Dream Battles
To All Children with Dreams

ユメのイクサ

夢の中では
きみは一人ぽっちじゃない。
夢の中は
こどもたちの遊び場
もうひとつの故郷
どこへでも旅立っていける場所
どこからでも帰って来れる場所
夢の中では
きみは無限のチカラを持っている。

7月2日　火曜日

　モエは女の子、リョウは男の子、二卵性のふたごです。モエが少しだけ早く産まれてきたからお姉さん、リョウは少しだけ遅く産まれてきたから弟と呼ばれることになりました。でも、お父さんがこどもだった頃は反対で、先に生まれてきたほうが妹や弟とされていたらしい。いいかげんだね。つまり、ふたごはふたご、姉弟や兄妹なんて区別は必要ないということ。

　モエとリョウは一緒に御苑小学校の五年一組に通っています（お母さんはそれぞれをちがったクラスに入れたかったのですが、現在の小学生は人数が少なく一学年に一組しかないので、同じクラスになるしかありません）。ふたごといっても、顔も性格も、好き嫌いも、右手と左手みたいに似ているようでまるっきり反対。ちょっと上向きの鼻と背たけがほぼ同じなので「ああ、ふたごなのね」となっとくできるくらいです。男女だから友だちも違うし、遊びかたも違う。成績だってずいぶん違います（どちらが良いかはいいませんけど）。

　プール開きが終わり、まもなく夏休みです。二人ともプールに浮かんだボールのように落ち着かなくて、何だかふわふわしてきました。八月に入ると大好きなおじいちゃんの家へ遊びに行けるのも、ふわふわの理由の一つかな。伊豆にあるおじいちゃんの家は海から歩いて数分の場所にあるので、好きな時に水着のまま、波打ちぎわまで走っていけるのです。モエもリョウもお母さんに怒られたら、いつも伊豆へ家出しようと思うくらいにお気に入りの場所です。毎夏、おじいちゃんの家での一週間はあっという間に過ぎてしまいました。海水浴、昆虫採集、魚釣り、縁日(眠たくないのに強制される昼寝さえなければもっといいんだけど)。楽しい時間は駆け足で過ぎ去っていきますが、授業のように退屈な時間はなかなか進んでくれません。反対だったらいいのに、といつも思います。

五時間目の理科の授業中、モエは、ぼんやりと教室の窓から青空を見上げていました。ついついあの雲の下あたりは伊豆の海かな、なんて想像してしまいます。降ってくるような蝉の鳴き声に混じって潮騒までが聞こえてくるほど重症です。早く遊ぼうと誘うように打ち寄せる潮騒、海辺まで跳ねるように走っていく砂の熱さ、波うち際で足の裏から砂が逃げていくくすぐったい感覚、去年の夏の想い出が次々とよみがえってきました。ああ、早く行きたい、それにしてもチョー眠たいな。

そんな時、リョウも窓の外の白い雲を見て、伊豆のおじいちゃんちの縁側を思い出していました。竹とんぼの作り方を教えて貰って青竹の羽を薄く削っています。力を込めた指先に小刀の感触をはっきりと感じています。あ〜あ、それにしても眠たいぞ。ほんと、こんなところだけ、ふたごはそっくりなのです。

担任の小野先生は、給食でおなかが満たされた生徒たちが、ことごとく睡魔に襲われているのに気づきました。机に向かって挨拶するように、コックリコックリしている生徒までいます。このままでは全滅するのは目に見えて明らかです。こんな時には教科書からちょっと離れ、みんなの興味を引くような面白い話に切り替えることにしました。

「はあい、よおくきいて。いま、まさにこの瞬間、きみたちはものすごいスピードの乗り物に乗っています。飛行機よりも速い乗り物です。さあ何でしょうか？」

とつぜんのクイズに、みんな目が覚めました。ぼくたちが乗っている飛行機よりも速い乗り物って、なんだ？

「わかった人、手をあげて！」

「わかんないよ」とトモがつぶやきます。「ヒント、ヒント！」

「ヒントは、金と火の間にあるもの。なんだろう？」

金曜と火曜の間ということかな、とモエは考えます。

「そっかあ、地球かあ」とヒロが最初に気づきました。なるほど、金星と火星の間ってことか。すごい乗り物って地球のこと？

「ピンポーン正解、これから自転と公転のおさらいをします。わたしたちの星、地球はつねに秒速500メートルというものすごいスピードで回転をしています。コマがくるくる回るようにね。これが自転。しかも、回転しながら太陽の周りを秒速28キロというとてつもない高速で回っているの。こっちが公転。自転だって、どんな乗り物もメじゃないほど速い、音速よりも速い、考えただけでめまいがしそうなスピードだよね。だけど、地球に暮らすわたしたちには、自転や公転のスピードを感じ取ることはないの。せいぜい空を太陽や月が移動するからわかるくらい。どうしてだろう？　はい、神崎くん」

「えーと、そうだ、電車に乗っているときと同じやつでしょ」とヒロが得意そうに答えました。ヒロはクラスでは珍しく坊主頭をしています。保育園の頃、シラミ騒ぎがあって、以来ずっと坊主頭です。

「そうそう、それを慣性の法則といいます。新幹線みたいな速い電車の中で跳び上がったとしても、同じ場所に落ちてくるよね。それは飛び上がったわたしたちに電車と同じスピードの慣性が働いてるから。でも、電車が止まったらカラダが前につんのめっちゃう。それは、カラダには前に進むという慣性が働いているのに電車だけが止まったので、つんのめるわけ。わたしたちが、ものすごく速い乗り物に乗っていて、ずうっと同じスピードで走ったとして、揺れもなく、しかも外の景色が見えないとしたら、わたしたちは動いていることに気がつかなくなる。地球にいるわたしたちは、それと同じ状態にいるわけ。それと、地球に引力が働いていること、そして、あまりに地球が大きいことも原因の一つかな。自転車よりも電車のほうがスピードを感じにくいのと同じことです、わかったかな？」

「そっかあ、ぼくたちも遊園地のティーカップみたいにぐるぐる回っているんだ」とリョウ。リョウは面白がってティーカップを回しすぎて吐きそうになったことを思い出しました。先生が続けます。

「びっくりだよね、地球の外、たとえばロケットから地球を眺めてみると、自転や公転をしていることがみてとれる。でも、地球という乗り物に乗っているわたしたちにはわからない。そんなにすごいスピードで動いているなら、すこしくらいは感じてもいいと思うけどね。不思議だよね」

「お兄ちゃんが、宇宙も動いているっていっていた」とタイキが口をはさみます。

「そうだね、わたしたちの太陽系全体は銀河の中心の周りを時速80万キロで回転している。銀河を一周するのに2億2５００万年もかかってしまう。地球が生まれてから、もう20周くらいしている計算になります。さらに、この銀河系全体もなんと時速２００万キロで動いているの。しかも、宇宙はすごい勢いで広がり続けています。昔、ギリシャの哲学者でヘラクレイトスという人が、パンタレイ、すべてのものは流れている、動いているといいました。この地球もだけど、銀河系も、宇宙全体もみんな動いています。運動しているの。わたしたちの体やこの机なんかをつくっている原子や素粒子という小さな小さな物質も運動している。ヘラクレイトスがいったように、すべてのものは運動し続けている。ということは、きみたちも、先生も、つねに運動していることでもあるわけ」

「でもさ、さっきから眺めていても、どう見たって大地は動いていないよ。この校舎だって、あの木だって、動いてないよ」とトモがいうと、みんなも「だよねぇ」と相槌をうちます。

「ほんとだね。わたしたちは大地は動かないものと思っている。地球は不動で太陽や星星が地球の周りを回っていると感じている。だから、ガリレオが地球は丸くて回っているといった時、ほとんどの人が信じなかった。とつぜん、この大地が丸くて、回っているなんていわれたら、ウソと思うのがフツウでしょ。理論が正しくても、実感に合わなければなかなか信じてもらえない」

「そうだよね、あたしだって地球が丸いなんて信じなかったと思う」とモエ。

「その時、遠くの宇宙ステーションから撮影した写真を見せられたら、信じたかな」

「写真じゃあねえ、どうだろう」とハーコ。

「でも、実際にロケットに乗っけられて、遠くから地球を眺めることができたら、信じるしかないよね。そんな風に、ものごとを客観的に、離れて眺めることって、とても大切なの。距離をおくことも大切だけど、時間をおくことも大切です。あるていど時間がたって、昔のことを振り返ると、その時にはわからなかったことが、はっきり見えてくることってあるでしょ。例えば、太平洋戦争の時代なんか、そうだよね。戦争を始めた当時なんて、周りがみんな興奮状態だったから、今思うとなんて馬鹿なことしたと思うけど、その時代にはわからなかった。正常な判断ができないって、怖いよね。今なら、時間的に離れて眺めるから、あれは間違えていたなって客観的に判断できる。地球の温暖化だって、そうでしょ。みんなアタマでは理解していても、毎日の生活にはそんなに支障がないから、なかなか身が入らない。今夜のテレビの方が気になっちゃう。でも、何百年後かの未来の人の立場になってみると、わかっていたのに何もしなかったのかって、わたしたちに対して憤るような気がするの。先生だったら、怒るな。わかっているのに、ほおっておくなんて許せないもの。自動車をバンバンつくって、人口は爆発的に増加していて、二酸化炭素は確実に増えていることは、みんなが知っている。植物がつくる酸素量の五倍の二酸化炭素を吐き出している。わたしたちが何とかしなければ、わたしたちの次の世代、その次の世代が困ってしまう。それは明白な事実。そんなふうに、理屈ではわかっても、実感がともなわないので、ついついいいかげんにしてしまっていることってたくさんあるでしょ。わたしたちは、少し離れて客観的に物事を見たり、未来の人々の声にきちんと耳を傾けるべきだと思う。今日は、そういったことをみんなで考えてみましょう」

モエは、先生の話をききながら、あまりにふつう過ぎるので感じ取れなかったり、ずうっと変化しないから見過してしまっていることって、いっぱいありそうだと思いました。例えば、さっき思った時間のこと。ときどき、時間って何なのと考えます。光陰矢のごとしというけど、いまのような勉強の時間はゆっくりとしか進まない。遊びの時間はすぐ過ぎてしまう。時間って、ほんとうは地球の公転のように、すごいスピードで過ぎ去っているのかもしれない。あたしたちはいつも時間のまっただ中にいるので、速い遅いの違いがよくわからないんだと思う。だれも時間を外から眺められないからね。そういえば、リョウたちが話していたことを想い出しました。「オオタニなんてさ、ぼくたちより一秒をずっと長く感じているじゃないかな。そうじゃなきゃ、あんなに速いボールを正確に打てるわけないでしょ」。確かに、人によって、場合によって、時間の速さって変わっているような気がする。違うかな？

そんなことを考えていたら、五時間目終了のチャイムが鳴りました。

きょうはこれで終わりです、先生は漢字の宿題を忘れないように、みんなに大声で告げています。だれもが「はあああい」と元気よく返事しながら、もうランドセルを背負いだしました。ハーコが桜公園へ行こうと誘ってきました。オッケー、ランドセル置いたらすぐに行くよ！

その夜、公園から戻ったモエとリョウは、大好きなしょうが焼きをごはん三杯でたいらげました。ふたりともぱんぱんのお腹になって、お気に入りの爆笑問題のクイズ番組で大笑いした後、宿題のノートを開いたら、いつものとおり眠たくなりました。ここらあたりは、ほぼ同時、ふたごだからかな？　いやいや、これってこどもには全国共通だよね。

ふたりは同じ部屋の二段ベッドで寝ています。リョウは一年生までオネショをしていたので二段ベッドの下をわりあてられました。それ以来、ずうっと下の段。つねづね、はしごを昇って上の段で寝てみたいと思っています。このままいつまでもモエの背中、といってもモエが背中を乗せているベッドの板を見つめながら眠るのはイヤです。先日、そろそろ上と下を交代してよとお母さんにいったところ、「ぜったいオネショしないと約束できたらね」との返事。ぜったいという自信はありません。三年の時に一回だけしちゃったことがあるのでぜったい大丈夫とはいいきれないのです。もうちょっと我慢するしかないかな。

今年こそ水泳検定で百メートルは泳げるようになりたいな、そんなことを話しながら、いつものように歯みがきをすませ、モエはピンク、リョウはブルーのパジャマに着替えるとそれぞれのベッドへもぐり込みました。モエはたちまち眠ったようです。最近、モエが寝入る早さにリョウは驚いています。いつもなら、漫画を読んでいつまでも枕元のランプをつけているのです。とくに、つけっぱなしで寝てしまうことだってあるのです。早く消してよ、と下から怒鳴るのですが、なんかこの頃ちょっとおかしい。そんなことを考えながら、リョウもあっという間に眠ってしまいました。

7月3日　水曜日

リョウはいつものように目覚ましとお母さんの声のダブル効果で、どうにか七時五分過ぎに起きました。あれっ、上の段が静かです。いつもはモエのほうが早く目が覚めてハシゴをバンバン叩きリョウを起こすのですが、どうしたのでしょう。「モエおきるぞ」と上に向かっていっても、彼女が起きてくる気配はありません。たまには起こしてやるかと思い、はしごを少し昇って、眠っているモエのそばで大声を出し「七時五分だぞ」と叫びました。肩を思い切り揺すっても、モエは寝顔をぴくりとも変えません。少し唇を開けて、スースーと静かな寝息だけがきこえてきます。へんだ！とリョウは思い（ふたごの直感ってヤツかな）、お母さんを大声で呼びました。

お母さんはキッチンから手を拭きながらやってきました。

「ええっ、オネショしちゃったの？」とお母さんはリョウにたずねました。

「ちがうよ、傷つくなあ」とリョウ。

「みてよ、モエがいくらゆすっても起きないんだ」

それをきいたお母さんは、二段ベッドのハシゴに足をかけて、モエを抱き起こすとベッドに座らせ、ほおを軽くたたきました。目を覚ます気配はまったくありません。いくら揺すっても眠ったままです。新聞を読んでいたお父さんも呼ばれて同じことをくり返しました。モエはあいかわらずスースーと寝ています。耳元で大声で名前を呼んでも、ほっぺたを捻っても、冷たいタオルで顔をふいても、まったく反応しません。お母さんもお父さんも、どうしたら良いか途方にくれてしまいました。そんなことをしているうちに通学時間になってしまいました。「リョウは学校へ行きなさい」といわれてしまったので、リョウは「朝ごはん食べてないぞ」と思いながらもランドセルをせおって一人だけで出かけました。

リョウが出たあと、お母さんとお父さんはモエを病院へ連れて行きました。長い時間をかけて診察や様々な検査を終えたのち、お医者さんは「脈拍も熱も正常だし、脳波にも異常は見られません。ただ眠っているだけだとしかいいようがない状態です。このまま様子を見てみましょう」と告げました。少し悲しそうな表情をしている先生を、探し物が見つからなかったこどものようだとお母さんは思いました。一週間ほど入院する予定がくまれ、そこしか空いてないという狭い一人用の病室にモエは移されました。

リョウは学校の帰りに病室に寄りました。担任の小野先生から、帰宅途中に病院に寄っていくように告げられたからです。病室のベッドの上でモエは眠り続けていました。リョウと違って寝相の良いモエのベッドは、枕もお布団もシーツも乱れていなく、新しくて、眩しいほどまっ白で、思わず目を細めてしまいそうなくらいでした。心配そうにモエの寝顔を見つめていたお母さんは、「二日たって変化がなければ、大学病院に移すそうよ」と話してくれました。お母さんは心のなかで、日頃いつまでもゲームで遊んでいるモエをしかりすぎたのかしらと、ちょっと反省しています。ともかく、お母さんはリョウが来たので、モエのつきそいを交代して、着がえや洗面具などをとりに家へ戻るといって病室を出ていきました。リョウはモエの名前をもういちど呼びました。「ハルちゃんが心配していたよ」。やっぱり返事はありません。「ハーコやユカリもお見舞いに来たいって」。何をいっても安らかな寝顔を見せているだけです。まったく聞こえてないみたい。でも、病気じゃないよねこの顔は。そう思うとなんだかタイクツになってきました。

窓からは神宮の森が見えます。「ヤクルトはこのまま一位をキープすることができるのかな」なんて思いながら、モエが起きなければ、これからずっと一人きりかという不安がよぎりました。ぞっとしました。確かに、一人になればお菓子だってお母さんだって一人じめできる。でも、お母さんのコゴトは二倍になる予感がします。親の期待をモエのぶんまで背負わされるから、いろいろと締め付けがきつくなりそうだし。こういう予感は、ほんと当たるんだよね。やっぱり二人がいいかな。でも、少しの間くらい一人になってみたい。あの上の段で寝てみたい。そんなことをとりとめもなく思い浮かべながら白いパイプベッドによりかかっていたら眠たくなってしまいました。こどもにとって眠気って、気がついたらいつも隣にいる兄弟みたいなものです。

「おい、リョウ」
「おい、リョウくん」
だれかが呼んでいます。顔をあげると夏だというのにぶ厚いコートを着た外国人の老人が、老人よりももっと古そうな肘かけ椅子にどっかと座っています。なんだ、この爺さん、公園のホームレスよりもみすぼらしい格好じゃん。

老人はリョウの顔を覗き込むように、「よおく来てくれたね」といいました。しわしわの履きつぶした革靴みたいな肌をしており目だけが光っています。

「急いでモエを助けにいってくれないか？　向こうで困っているらしい。戻るに戻れなくなってしまったので、ご両親に心配をおかけしておる」

だれだコイツ？　いくら年寄りでも、自己紹介もしないで頼みごとをするなんて礼儀知らずじゃないかと思いました。それにしても、いったいモエを助けるってどういうことだろう。戻るに戻れないって？

「モエはなんで困っているの？　どおして帰れないの？」

「質問は一つずつにしておくれ」

メンドウだなと思いながらも、こんなぼろ雑巾みたいな年寄りだからとあきらめ半分で「モエ・は・なんで・困って・いるの・ですか？」と、外国人がしゃべるように単語を一つずつ区切り、当てつけのように思いきりていねいな口調でいいました。両手を広げたジェスチャアさえ付けたのです。あきらかに、やり過ぎ。「バーチャルの軍隊に囲まれてしまったのじゃ」とぼろ雑巾爺さんが答えました。ええっ、軍隊って何だよ。ゲームじゃあるまいし。リョウの頭の中はますます混乱していきます。

「バーチャルって何？　軍隊って？　もっとわかんないよ」

「ほら、また一度に二つの質問をしちょる。しかも、年上の人間にためグチはいかん。きちんと敬語を使いなさい」

　そもそも、そっちが自己紹介もせず勝手に話しかけてきたんじゃないか。なにが敬語だよ。しかも〝ちょる〟だぜ、とリョウはあきれ果てましたが、ともかく年寄り相手だと我慢して、「バーチャルって何ですか？」とたずねてみました。

「バーチャルとはわたしたちの敵のことじゃ」

「敵ってどーゆーことですか？」

「敵とは味方の反対のことじゃわい。味方とはわたしたちカリタスのことで、カリタスとは夢やおはなしのもととなっている愛を意味しちょる」

　敵が味方の反対くらいわかっちょる、とツッコミたくなったけど我慢しました。ともかく、すべてが怪しい。バーチャルだの、敵だの、カリタスだの、まるでゲームの世界じゃないか。最近ゲームのやりすぎでこんなヘンテコな夢を見ているのかとも思いました。お母さんのいうとおり、一日一時間にしておこうかなと、ちらりと反省さえしたのです（こんな反省すぐ忘れちゃうけどね）。

「さあ、一刻も早くモエを助けに行っておくれ」とぼろ雑巾爺さんはリョウをせっつきます。

怪しい人にはけっして近づいてはいけないと、つねづねお母さんは口をすっぱくしていっています。ここはこんなに怪しい誘いに乗らないことにしました。なんたってメンドクサイでしょ。

「やだよ」

リョウが断ったので、お爺さんはビックリしました。

「なんだって?! モエはおまえのふたごの姉弟《きょうだい》だろう。助けに行くのはいうまでもないことじゃ」

「なぜ、ふたごだからって助けに行かなくちゃならないの? おかしいよ」

こうなると意地です。ほんとうなら拒否する理由なんかないに決まっています。でも、正直イヤなのです。なにかとつけて「ふたごふたご」といわれてきたことへの反発かもしれません。

リョウの予想しない返事に老人はあせったのか、怒り出しました。

「おかしいのは、きみだろう! たった一人の姉を助けるのは理の当然じゃ」

「モエはボクよりもハルやハーコのほうが仲よしだし、お父さんもお母さんもボクよりモエのほうが好きだもん」と勢いあまって、ついホンネが出てしまいました。ちょっと恥ずかしい。

「そんなことはない、親というものは自分のこどもならどちらも平等に大好きなはずじゃ」

「ぜったい違うと思う。おこられる数はボクのほうが倍くらい多いし、モエは二段ベッドの上を取っているし、自転車だってモエが先に買ってもらった。ほおら、同じじゃないでしょ」

「よわったたな。まさか断られるとは思わんじゃった」と老人は消え入らんばかりの声でつぶやきました。

　その時、遠くでお母さんの声がしました。

「リョウ、起きなさい」

　あっ、ここはどこだ。病院のベッドによりかかって眠っていたのです。あ、首筋が痛いなあ、姿勢が悪かったのかヘンな夢を見ちゃった、とリョウは思いました。なんとも寝覚めの悪い夢でした。

「リョウまでが起きなくなったらどうしようと心配したわよ」と、お母さんの顔ははんぶん怒っています。「さぁ、早くうちに帰って宿題すませなさい。夕ごはんはカレーにしたから、冷蔵庫のごはんにかけて自分でチンして食べてね。お父さんも早く帰るっていっていたから。おとなしく待っていてよ。テレビとゲームは二時間だけだからね。今日の分の漢字ドリルも忘れないで。戻った時には手洗いとうがいはきちんとするのよ。脱いだ靴下は洗濯機にちゃんと入れてね」

　どうして、一度にそんなにいっぱいの指示ができるのかな。お母さんってすごいよね。

　病院からだれもいない家に戻ると、冷凍庫からアイスを取り出し、さっそくお母さんがいないことをいいことにゲームを始めました。しかし、なぜだか三十分もするとあきてしまったのです。不思議だね。やっちゃダメといわれるとむしょうにやりたくなるけど、こうして自由になるとどうでもよくなっちゃう。勉強だってそうだと思う、やりなさいと命令されると、イヤになる。だから、ほうっておかれるほうが、ちゃんと勉強すると思う（ホントかな？）。そんなことを考えながら、引き出しからドリルを取り出して、漢字の書き取りを始めました。財と罪をそれぞれ十個ずつ書き終わったころ、また眠気に襲われたのです。勉強と眠気はまるで左右の靴のように、いつも一緒にやってきます。ちょっとだけ寝ちゃおうと、リョウはベッドに入りました。

また、どこからか声がしました。

「リョウ、リョウ！」

ききおぼえのある声です。あ、ハルちゃんだ。なんで、ここにいるのかな。ここって夢の中なの？　あっハルちゃん、こわっ、にらんでるぞ。そんな戸惑うリョウをきっぱりと無視して、ハルちゃんは宣告するようにいいました。

「リョウは、すぐにモエを助けに行くの」

ハルちゃんはリョウより5センチも背が高いので、どうしても上から見下ろすような威圧的な話し方になります。ハルとモエは、御苑の同級生であり保育園からの親友です。そのためか、リョウに対しても、モエがリョウにするような話し方をするのです。まあ、上から目線ってとこかな。あっ、ハルちゃんの小鼻がぴくぴくしています。いつもはハの字に下がっている眉もつり上がっているぞ、ほんきで怒っている証拠です。やばいよ。

「うん、でも…。何でハルちゃんがここにいるの？」

「でも、じゃないよ。リョウにしか助けられないんだよ、モエのこと」

「えっ、そうなの？」

「モエのことを想って念じられるのは、リョウがイチバンなんだから」

「え、イチバンなの」

「そ、イチバン」

ハルはリョウがイチバンという言葉に弱いことを知っていました。リョウの得意芸はイチローのモノマネをしているニッチローのモノマネの「イチバン、イチロー」、バットを上げた右腕の袖をひょいとつまみ上げるしぐさがソックリだと自分で信じていました。

「じゃあ、助けに行く！　どこへ助けに行けばいいの？」

決心、早いなあとハルは呆れます。ほんとに男の子ってシンプルねえ、とも思いました。

「ソラの妹のナナのところへ行ってちょうだい。モエは、ナナの夢の中にアリスと逃げこんだの」

えぇっ、なにソレ！　ますます謎は深まります。ナナは同級生ソラの産まれたばかりの妹です。アリスって、あの不思議の国のアリスなのかな（そのアリスしか知んないし）。夢に逃げこんだって、どういうこと？　でも、ここでハルにたずねたってよくわからないだろうし、いつものダメねえという顔をされるのが関の山だし、とリョウは推測しました。ここは適当にパスしておこうかなと思ったものです。

リョウのえっ？という表情に気づいたのか、ハルちゃんは、少しばかり説明してくれました。

「ナナのような赤ちゃんの夢は、すばらしいパワーをもっているの。隠れるにはぴったりの砦だけど、そこからぬけ出すのがやっかい。しかも、すでにバーチャルに攻められている最中なの。すぐさま、ナナのお母さんの夢の通路から入ってもらうわ。お父さんのほうの通路はもう閉ざされてしまっている」

夢の通路ってどういうこと？ますます理解不能におちいっちゃったぞ。頭の中がくるくると渦巻いて、はてなマークが雨後のたけのこ状態になっています。

「ねぇ、夢の通路って何なの？」と恐る恐るたずねました。

「あっ、そうか、リョウは夢の通路のことを知らないのか」とハルは気がついて、ていねいに説明してくれました。

●夢の通路って何？（これって重要だから、きちんと理解してね）。

まず知ってほしいのは、AさんがBさんの夢を見ると、AさんからBさんへの間に夢の通路が開くということ。夢にはそれぞれ他人の夢を引き付ける力、夢の引力があって、夢を見た相手の夢を、自分の夢に引き付ける力を持っているのです（こどもの夢の引力は特別強力なんだって）。人の夢を引きつけると、そこに通路ができる。つまり、リョウが眠っている時にお母さんの夢を見たとするでしょ、そうするとリョウとお母さんの間に夢の「通路」が開かれる。次にそのお母さんがお姉さんの夢を見たとすると、リョウとお母さん、お母さんとお姉さんの間に夢の「通路」ができるわけ。訓練して夢の引力を強くした人は、何人かの夢を同時に見ることもできるらしい。そんなふうに世界中に夢の通路は広がっている。夢を見る人の数だけ世界中に夢の通路が結ばれている。これって、ふつうは気がつかない。夢に通路ができたなんてわかんない。目覚めたら忘れちゃうし、よっぽどじゃなければ、夢って思い出さないしね。

みんなが眠っている間に、みんなが夢を見ている間に、夢のネットワークがどんどん広がっている。しかも、訓練をしたら、夢を見ている間に、いろんな夢の通路を伝って夢の世界を渡り歩くことができる（すごい！）。もちろん、夢から覚めたら通路は消えちゃうんだけどね。それって、夢に覚醒しなければできないことなんだ。夢に覚醒しないで、つまり夢の通路を知らないままに過ごしている人がほとんどといっていい。夢の通路を知るためには、夢に覚醒した者が、きみの夢の中で、夢の通路、夢の仕組みを教えてあげることが必要になってくる。

夢の覚醒にもレベルがあって、上級者になると、夢の通路をあやつって、他人の夢へ自由に入り込むことができるようになるんだ。その夢をあやつる能力を持っている人、「夢先案内人」と呼ばれる人たちは、わたしたちの夢を操作して目的の人の夢まで自在に通路をつくることが可能だという。相手の夢に自分の夢を同調させて、その人が目的の人を夢見るように操作できるみたい。そのようにいろんな人の夢を操り、いろんな人の夢を辿りながら、見ず知らずの人の夢にも入り込めるという（ほら！　いつもは気にもしていない人、ずうっと忘れちゃってた人なんかの夢をとつぜん見ることがあるでしょう。その時は、その人が勝手にきみの夢の通路を通っていたのかもしれないね）。

今回の場合は、ナナの夢にはナナのお母さんから入り込める。ナナのお母さんの夢にはお母さんがだい好きなある小説の主人公から入っていくという。小説や絵本を読んだり、映画を観たりすることは、それじたいが夢を見ると同じことだから、そこからでも侵入可能だそうだ。ただし、その主人公を夢見たり、その物語を読んでいる人物を探しだすのが一苦労だという。ハルにいわせると、物語や絵本を読んだり、見たりしている人の多い本屋さんや図書館が、そんな夢の入り口になりやすいらしいよ。リョウには、わかったような、わからないような説明だけどね。

少なくとも、夢先案内人の能力があると何人もの夢を連続して操作することで目的の人の夢の領域まで辿り着ける、ということをリョウはなんとか理解できました。ぼくがヒロの夢を見たとする。ヒロはアヤちゃんの夢を見たとする。アヤちゃんはリンちゃんの夢を見たとする。ということは、結果としてぼくとリンちゃんが夢の通路で結ばれていることになるんだな。そいつはスゲエな、とリョウは感心しました。だったら、いちどオオタニの夢に入ってみたいのです。そこでオオタニと仲良しになれたら、みんなにチョー自慢できるよね。

「リョウは、空を飛ぶ夢をよく見るでしょう?」とハルにきかれました。

「うん、しょっちゅう見るよ」

「だれでも、飛ぶ夢を見ることができたときから、夢の通路を行き来できる能力が身につくの。飛ぶ夢って、夢の通路のパスポートみたいなもの。でも、夢に覚醒することが条件だけどね」

そうか、飛ぶ夢を見ることはこどもたちにとって、自転車に乗れるか乗れないかみたいなものなんだと、リョウはリョウなりに解釈しました。とにもかくにも、夢の通行を必死に練習して、一刻も早く夢先案内人になるぞと決心したものです。いつも決心だけは一人前なのです。ええと、自由に夢の通路を移動できるようになったら、最初にオオタニの夢に行って、それから…、と夢だけが勝手に広がります(夢というよりも妄想ですかね)。

「理解できたかな?」といつの間にか、あのぼろ雑巾のような老人が現れ出てきました。爺さんはハルから話を引き取って、説明し始めました。

「かつて、わが敵であるバーチャルは、われわれの夢の通路に侵入することはできんかった。夢の世界はしっかりと守られておった。しかし、困ったことに、ヤツらはこの世界に入り込んで移動できる方法を開発してしもうたんじゃ。手段とは、シップのことなんだが。これで、バーチャルが虜《トリコ》にした人間の夢を操作できるようになった。虜にした人間の夢から入り込み、夢の通路を操作して、目的の夢へ行けるようになったのじゃ。そして、その人の夢を封印できるようになってしもうた。シップでは複雑なルートを開くことはできんが、夢を探りながら数人の夢の間なら移動できる。バーチャルの進化の速度はソラ恐ろしいものがある。いずれ好き勝手に夢の世界を横行されてしまうことになるかもしれん。その前に、なんとかせんとな」

ぼくたちが見ている夢の世界がバーチャルとやらにのっとられてしまうかもしれない、と爺さんはいっているようです。さらに爺さんは続けます。「モエたちは、ナナのお父さんの夢を救おうとしていた時にとつぜん襲われた。ナナの夢に逃げ込んだまでは良かったのじゃが、ナナの夢もバーチャルに侵入されてしもうたのじゃ」

「よくわかんないけど、とにかくモエを助けに行くよ」

老人はうなずくと「よし、この剣を持っていくといい」と一振りの刀をリョウに渡しました。それは幅広い刃を持った古代の剣でした。柄の部分に碧いメノウが嵌め込まれています。クサナギノツルギと呼ばれているそうです。

「ユイショある剣じゃ。おまえの夢のチカラ、想うチカラがそのまま強さとなって現れる。勝つ

ために は、想うこと、信じることが大切だということをおぼえておけ」

リョウは老人に教えられたとおりにその古い剣を鞘が付いたベルトを使ってリュックのように背負いました。けっこうカッコいいじゃん。

「紹介しよう。おまえの夢先案内をしてくれるトムだ」と老人はポケットからハンカチを取り出すように小さな男の子を出して、リョウの手のひらにのせました。トムと呼ばれた男の子が、手のひらからリョウをじっと見上げています。

爺さんはリョウに向かって、彼方の方向へ腕を大きく振り「若人よ、いざゆかん！」と号令をかけます。リョウは、爺さんのあまりの時代錯誤な演技に呆然と立ちすくんでしまいました。あわてたトムが、その場をとりつくろうようにいいました。

「さあ、キミをモエとアリスのところまで連れて行くよ。ナナのお母さんの夢にまでは65人の夢を通り過ぎていかなければならないからね。迷ったらタイヘンだ」

リョウはトムが乗っている手のひらを目の高さまで掲げて、たずねました。「きみは、あの親指トムなの？」

「そうさ、グリムさんの親指トムさ。ボクはカラダが小さいので、きみたちのポケットの中に入ったり、体に掴まったりして案内できるよ」

グリムさんって、グリム兄弟のことなのか、それにしても童話の主人公が出てくるなんて、やっぱここは夢の世界なんだと、リョウはみょうにナットクしました。

「それでさぁ、どうやって夢の通路に入っていくの？」

「かんたんだよ、夢に覚醒すること、つまり夢の中で夢を見ることで夢の中を移動できるのさ。それは、夢のレベルをひとつ上げることになるのだけどね。実際には、夢の中で目を閉じるのではなく、目を覚ますこと、目を見開くことがちゃんと夢を見ることになる。そうすれば、きみは夢の通路に入ることができる。ともかく自分のココロの奥をしっかりと見つめてごらん。それが夢の中で夢見ることにつながるのさ」

　かんたんじゃないし、わかんないよ、とリョウは思いましたが、背後から「とっとと行くのじゃ」と老人の声が二人を急かします。リョウはトムが指示するように自分の気持ちの中を見つめました（自分の気持ちといっても気持ちなんて見えないし、そのつもりになるって、これがケッコウむずかしい）。トムからは「坐禅のようりょうで」なんていわれたけど、坐禅なんかしたことないし。それでも、トムに教わりながら何度か試しているうちに、ふうっと吸い込まれる感じに包まれました。「そうだよ、いいぞリョウ！」とトムが叫びます。すると、ドンと後ろからつき飛ばされるように、薄暗い空間の中に落とされたのです。落ちているというよりも滑っているといったほうがいいかな。あのウォータースライダーを滑り落ちる感じ。でも、滑り台がなくて身体を支えるものがありません。身体を少しねじるようにして方向を決めること、つねにバランスを保つことが大事、一輪車を乗りこなすあの感覚で、などと夢先案内人のトムが教えてくれます。リョウの夢をスタートして最初は仲良しのヒロの夢へ、さらに同じクラスのマコトくんの夢から、彼の妹のサーヤの夢を通ってと、そこまでは聞き取れましたが、あとは想像以上のすごいスピードで飛ぶので、それどころではありません。長い長いスライダーを落ちていきます。ものすごい勢いで動画を早送りしているように空間が過ぎ去ります。リョウの手の中でトムがしっかりと見つめてくれることだけが唯一の支え、不安でいっぱいだったけど、トムのまなざしだけをとても心強く感じました。スピードのせいでしょうか、やがて頭の中がぐるんぐるん揺れて、乗り物酔いに似た吐き気さえしてきました。「あかん！ 気持ち悪うなってもおた」

お笑い番組の見すぎからか、弱気になるとリョウは、なぜか関西弁になってしまうのです。たぶん、笑ってごまかす、というつもりなのでしょう。

「馴れればなんてことなくなるよ、夢の中の飛行を楽しむようになったら一人前さ。少しの辛抱だよ」とトムが励まします。

遊園地のコーヒーカップにさえ酔ってしまうリョウです。恥ずかしさも忘れて、もうダメだあと叫びそうになったその時、とつぜんでした。目がさめたようにパッと景色が開けたのです。そこは絵本の中の風景のようでした。リョウの目の前に、小さな家が森の中にたっていました。その家は屋根までぶきみに光るツタにおおわれています。ツタのせいかドアが見えません。窓もないようです。あたりからカチカチと金属音が幾重にも重なってきこえてきます。それは、ツタが地面から家の壁へ、そして屋根までにはい上がっていく音でしょうか。それとも草色のツタが、しだいに鉛色に固まっていく音でしょうか。

「あっ、もうここまでバーチャルたちは攻めてきている。こいつはやっかいだ。リョウ、早くその剣でやっつけてくれ、それには…」とトムの声がきこえました。まだヒザがガクガクと震えていましたが、リョウは乗り物酔いの気持ち悪さを振り切るように、意を決してクサナギノツルギを右手に握りました。オーッとかけ声を発して思いきりツタへ振りおろしたのです。しかし、刃先にぐにゃりとした感触をおぼえただけで、ツタはびくともしません。「なんだいこの剣、たいしたことないじゃん」とガッカリしていると、逆にツタが反撃するように剣にからみついてきたのです。無数の蛇のようにうねうねと絡みついてきたツタは、リョウの腕から剣をうばうかのように足元から次から次へはい上がってきます。驚いたことに、まとわりついたツタはみるみる固くなってきました。ツタが固くなっていくたびに右腕が動かなくなってきます。やばい、と思うまもなく、左腕も襲われ自由を奪われると、カラダごとツタに持ち上げられてしまったのです。両足をバタバタして暴れてもツタが絡みつき、あっという間にがんじがらめになってしまいました。どんなに腕を振ろうカラダを揺すろうとビクともしません。ああ絶体絶命か、こりゃあ余りに早すぎる降参だぞ、こんなはずじゃなかった、予定外だよ、カッコ悪すぎるぞ、とあせっていたその時、トムの声がきこえました。

「リョウ、強く、強く、モエのことを想ってくれ。そして自分は強いトクベツな存在だと信じるのだ」

イテテ、腕が取られてどうしようもありません。でも早く念じなければと、リョウは、トムの声にうながされるようにモエを救うことを考え、自分は強くトクベツなパワーを持っていると信じることにしました。

あっ、心のまん中に白く輝く芯のようなものが見えてきました。モエのイメージでしょうか。そこに意識を集中するにしたがって、手にした剣がゆっくりと輝き始めます。最初は電池の少なくなったライトのように頼りない光を発していましたが、しだいに赤みを増し、剣は明るく輝いてきました。さらにリョウが必死になって念を込めると、たちまち剣はまっかに燃え上がり、まとわりついてきたツタをはじき飛ばし始めたのです。飛びちった無数のツタの破片は、すっとシャボン玉のように消えていきます。剣の輝きに触れたツタは氷のかけらのようにひび割れて落下します。剣を持つ手が自由になったのでクサナギノツルギを思い切り振り回すと、全身にまとわりついていたツタがバラバラに砕け散り、リョウはどーんと大地に投げ出されました。剣はますます赤みをまして炎のようにめらめらと輝いています。ツタは剣の炎に触れるだけでたちどころに消えてしまいます。リョウはクサナギノツルギの力に驚きながら、赤く輝く剣で家をおおっていたツタを一本のこらず切りきざんでしまいました。すげー、とトムの声がします。ツタがなくなった小さな家は息を吹きかえしたように見えました。すごい勢いで剣をふるったので、リョウはハアハアと息を荒げて座り込んでいます。

やっと一息ついて額の汗をふき、ほっとしたのもつかの間です。地響きがしたかと思うと、とつぜん見上げるような巨人がこん棒を持って現れました。

「な、な、な、なんだ！」リョウは腰を抜かさんばかりに驚きました。こいつどこかで見たことがあるぞ、とリョウは思いましたが、恐怖で足がすくみ動けません。ぬめったような緑色の肌が、なんとも気持ち悪い。大きな頭の小さな眼にリョウは射すくめられました。すっかり怖気づいたその時、トムの声が耳元で響きます。

「大丈夫、こいつはバーチャルがつくったモンスターだ。剣で足を払ってやれ」どうやらトムはリョウの頭の上に髪をつかんで立っているようです。そんなことといわれても、怖いものは怖い。恐怖で体が動かないよ。巨人はゆったりとした動作で、リョウをめがけて両手で握った棍棒を振りあげました。あああ、もうダメだと思った瞬間、トムが思い切り叫びました。「右へ飛べ！」。その声に驚いてカラダが無意識に右へ飛びのきました。落雷のような大音響をともなって棍棒が大地を叩くと、棍棒の先端はすっかり土に埋まってしまったのです。そうだ想い出したぞ、こいつは本で読んだことのある怪人ゴーレムだ。怖かったことだけは覚えています。そのゴーレムの青銅のような両腕が、土の中にめり込んだ棍棒を引き抜こうと、目の前にゆっくり下りてきました。「いまだ！」とトムの声。瞬間、その声に反応したリョウはゴーレムの足元に渾身の力をこめて飛び込むと、大きな両の足をクサナギノツルギで思い切り払いました。バシッ、どこかがショートしたような音がしてゴーレムはふうっと消えてしまったのです。

「すごいぞリョウ」

助かったあ！　あああ、なんだか怖い夢を連続で見続けたような疲れが、リョウにどっと襲ってきました。そんなリョウを、トムはくり返し誉めてあげました。初めての戦いでありながら、勇気を持って、恐怖を振り切って、ツタや巨人をやっつけたのです。すごいことだと絶賛しました。リョウはこれまで家でも学校でもあまり誉められたことがなかったので、心からうれしくなりました。疲れも吹っ飛びます。こどもは、誉められることで成長するってほんとだよね。

「よおし、これでもう大丈夫だ」とトムは森の家に向かって叫びました。たしかに、森の家は息を吹き返した様子です。でも、モエたちは出てくる気配はありません。どうしたのでしょう？　家全体がどこかモジモジしているような有り様は小さなこどものようです。

「アリスとモエ、大丈夫かい？」とトムは森の家に近づき声を張り上げます。森の家がぽおっと微笑んだような気がしました。

もう一度、トムはアリスとモエの名前を呼びました。

「出口が見つからないのよ」とかすかにモエの声がします。

　確かにこの家にはドアが見つかりません。トムはぼやきました。「赤ちゃんの夢はこれだから困っちゃう」。ナナは恐怖のあまりドアを消してしまったのです。トムは舌うちしながら、「お菓子のうた」を歌いはじめました。その歌をナナが大好きだということを、ソラからきいたことを思い出したのです。あっ、小さな家がちょっと笑ったみたい。すると、うっすらとドアが浮かびあがってきたのです。それを見たトムが小さな家に向かって「アリス、モエ、もうだいじょうぶだよ」と叫びました。

　小さな家のドアが開くと、まっ白なドレスに包まれたアリスの手を引いて、モエが現れました。黒い髪のモエと金髪のアリスが声をそろえていいました。

「遅かったわ！」

「これでも超特急でやってきたんだぜ」とトムが返事します。

「リョウも来てくれたのね、サンキュー」とモエ。えーっ、サンキューだけかよとリコウは思いました。もう少し驚いたり、感謝してほしいよね。でも、まるでアイドルのようなアリスの前でそんなことはいえません。

「ナナのお父さんがバーチャルにつかまっちゃったの。だから、ナナの夢も危うくなっていたところ」とアリスがいいました。

「わかっていたよ、だからイソップ爺さんが急いでボクたちをよこしたのさ」とトムが答えました。

えっ、あの爺さんはイソップだったのかと、リョウはまたまた驚きました。

「あと数分したらツタがハガネにかわっていたわ。そうしたらナナの夢も封印されて、逃げだせなくなっていたかもしれない」とアリス。

「バーチャルが夢の通路に入り込むようになって以来、すごいいきおいで攻めてきている。いろんな大人やこどもの夢が封印されてしまった」と、トムが顔を曇らせました。

「そうなの、ソラのお父さんも仕事場でコンピュータの虜になっちゃったって。お父さんがこどもの頃に好きだったリトルプリンスが、いま助けに向かっている」とモエがいいました。

「リトルプリンスなら大丈夫だね。あの象を飲み込んだ蛇の絵を見せるだけで、たいがいの大人は解放される」とトム。

「でもね、こどもの頃に好きだったお話が少ない大人は助けるのにたいへん。夢の通路を見つけるだけで何時間もかかっちゃう」とアリスはため息を一つつきました。その瞬間、青い霞がほわっとアリスを包んだような気がしました。

何の話だか、ちんぷんかんぷんのリョウは話に加わらずアリスの手前、カッコつけて剣の練習をしています。意識を集中するだけでは剣は赤く輝かないことがわかりました。だれかを想うことが大切なようです。いつでも一緒に遊んでくれたソラのお父さんのことを想って、剣に意識を集めました。少しずつだけど赤くなっていきます。さらに想い続けていると剣は炎をまとっているようにメラメラと輝いてきました。でも、熱くはありません。リョウが触ってもへっちゃらです。とつぜん「おなかがすいたな」とリョウは思いました。すると、剣からすっと赤味が消えてしまったのです。集中をといたら、すぐさま元に戻ってしまうようです。集中を維持することって、かなりムズかしい。

「想いをやることが大切なの」と、そばからアリスが教えてくれました。「想い」を「やる」こと、つまり思いやりこそが戦うパワーの極意だといいます。リョウとモエはふたごです。だから、その想いやる力は特別だというのです。なるほどね、だからボクらが選ばれたのか。

「さあ、帰りましょう」とアリスが告げ、四人で手をつなぎました。正確には、三人で手をつないでトムはアリスの片手の中に入り込んでいます。

「リョウ、今日はありがとう。またお願いすると思うから、剣の練習は忘れないでね」とアリスがリョウにいいました。アリスの吸い込まれそうな青い瞳に見つめられると、リョウは急にどぎまぎしてしまいます。「わかった」と返事しましたが、自分の顔がさっきの剣のように赤くなっていると感じました。だれかを想うことと赤くなることって、関係あるのでしょうか？

「アリスも大変だったね」とリョウはドキドキする胸を抑えながら、やっと会話を続けることができました。

「わたしは、ウサギを追いかけて木の洞に落ちた時いらい、どんなことにも驚かなくなっちゃったの。だいじょうぶ、ありがとう」

アリスがとびっきりの笑顔で返事してくれたので、リョウはなぜかこの夢の世界がだい好きになりました。

「じゃあ行くわよ」とアリスがいうと、また長くて短いジェットコースターの旅が始まります。

「あっ、リョウがいない」とアリスが叫びました。

「ごめん、夢の移動に気をとられて、リョウが手を放したことに気づかなかった」とモエ。

「どこに行っちゃったのかしら？」

リョウのように夢の移動に馴れていないと、途中で他の通路にまぎれてしまうことがあるのです。初級者がいったんまぎれ込んでしまうと、引き返して探しても、だれの夢で、どこの夢の通路で間違ったのかを特定することがとても難しいらしい。夢を見ていた人が目覚めてしまい夢の通路が消えてしまうことも多いといいます。モエは保育園の頃、リョウがしょっちゅうデパートや遊園地で迷子になっていたことを想い出しました。最初の頃は、お母さんと迷子センターに引き取りにいくと泣いているリョウを見つけたものでした。しかし、小学校になってからリョウはすっかり迷子に馴れてしまい、迷子になっても自分から店員にその旨を告げて、楽しそうに迷子センターの漫画を読んで待っているほどの余裕がうまれてしまったのです。リョウは迷子馴れしているから、たぶん本人はそれほど深刻には思っていないはず。迷子になったという自覚さえ持っていないかもしれないのです。だから、リョウからのSOSは期待できないでしょう。

「ともかくボクはできる限り来た通路を戻ってみる。きみたちは二人で別ルートを探してくれ」

「わかった」とアリスとモエが返事をするまもなく、トムは飛び出していきました。

「たぶん、リョウの気になる夢が途中にあったんだと思うわ」とアリス。

「ゲームや漫画のキャラとか、イチローとか。そこらで引っかかってしまったのね」

「うん、モエは途中でそんなリョウの気を引く夢を感じたら教えて」

「リョウ・カイ」

「こんな時にダジャレをいうやつはダレジャ？」とアリスは笑いました。

二人はおしゃべりを続けながら、ゆっくりとスピードを落として引き返します。たぶんリョウのことだから何とかなるさと思っているのでしょうが、「閉じてしまった夢があるから、来たとおりの通路を選ぶことができないの」とアリスがちょっと不安げにつぶやきました。

モエは、リョウの好きなキャラクターやゲームやアニメの主人公、野球選手を思い浮かべています。夢は同じような夢を呼び合う性質があります。例えば、モエがアリスの夢を見ていたら、同じアリスを見ているこどもの夢を引きつけて通路ができ上がるのです。だから、例えばモエがヒマワリを夢見ていると、同じヒマワリを夢見ているリョウの夢を引き付けることができます。つまり、リョウが引き付けられた夢を想うことができたら、その夢までの通路が開かれるはずなのです。

モエとアリスがここまでの通路を、何度も行きつ戻りつして探索しても、リョウの影も形も見つかりませんでした。そこで、アリスが提案しました。ナナの夢に戻って、迷子に気づいた夢の場所へ別々に辿ってみようとのことです。じゃあ、と移動し始めたその時です。二段ベッドで一緒に寝ている時の、リョウの気配というか、匂いとか温もりのようなものが、モエの中に入り込んできました。

「ああ、リョウに近づいている感じがする」

「さすがふたごね」とアリスはホッとした様子です。

「あっ、わかった。リョウが引っぱられた夢は、ちびくろサンボだわ」とモエは見つけた！とばかりに叫びました。

「さあ、モエ、すぐにサンボを想うのよ。あたしはトムに連絡したら、あなたの後を追うわ」

モエは、二人がだい好きだった絵本のサンボ、紫の靴、赤い上着、青いズボンをはいて緑の傘を持ったあのサンボを想像しました。すると、ひゅっと新しい通路が開けたのです。

通路の向こうには夕日に染まった広場があり、リョウとサンボと彼の弟、ウーフとムーフがジャングルジムで遊んでいました。

「だめだよ、リョウ！」と近づきながらモエが大声で怒鳴りました。

ビクッとしたリョウが、驚いて振り返ります。

「あれ、モエ。どうしたの？」

「どうしたのじゃないよ、きみは迷子になっちゃったんだよ」と、二人に追いついたトムが、さっそく叱りました。トムはリョウに対していちばん責任を感じています。

「迷子になったまま、戻れなくなる子だっているんだよ」と、駆けつけたアリスが重ねて付け加えます。

「そうなの？」

「サイアク、ずうっと夢の中を彷徨《さまよ》って、この間のモエのように眠ったまま一生を送るかもしれないんだよ」とアリスが脅かします。ちょっと大げさだけど。

「ええっ知らんかった。サンボたちを見つけたんで、ちょこっとアイサツに寄っただけなんや」とリョウはまたも関西弁です。

「だけじゃないよ、モエがいなければココは絶対見つからなかったと思うよ。きみ、一人じゃぜったい帰れないじゃないか」と、トムが強い語気で叱ります。

「ほんま、知らんかったんや」と、リョウはしだいに泣き入るような声になってしまいました。

「こんどから勝手な行動は止めてよね。ぜったいだからね」とアリスがあんまり怖い顔で注意したので、リョウはすっかりしょげています。

「ほんまに知らんかったんやから、しょうないやんか」と蚊の泣くような声でつぶやきました。

「さあ、帰るよ」とモエ。こんどは三人しっかりと手を握って、再び夢の通路へ向かいます。モエはリョウの手のひらが汗ばんでいることに気づきました。怒られると必ず汗をかくのは、リョウのヘンな体質なのです。ベットベトだよ、気持ちわるーい。


「リョウ起きなさい」

リョウはお母さんの声で目覚めました。一時間くらいは眠っちゃっていたようです。シーツに汗とよだれのあとがべったりとついています。

「汚いなあ、リョウのよだれ」とモエの声がしました。モエが起きているのです。しかも、家に戻っているではないですか。

「モエ、目が覚めたの?」

「そうなのよ、とつぜん何事もないようにモエが起きちゃったの。びっくりしたわよ。先生も簡単な検査をしたら何も悪いとこないって。それで、帰っていいとおっしゃったから、いま戻ってきたばかりよ。よかったわあ。ほんと、どうしちゃったのかしらね」とお母さんは首をひねりながらキッチンへ行きました。

リョウはさきほどまで見ていた夢を想い出しました。あの夢の出来事はホントだったんだ。ぼくがモエを救ったから、モエは目覚めることができた。ええっ、夢がホントって、どうゆうこと？とにもかくにもボクがモエを助けたことは間違いないようです。ちょっと信じられない。

その夜、モエはなにごともなかったようにカレーライスをぺろりとたいらげてお風呂に入り「おやすみなさい」と、ベッドに上がっていきます。お母さんが「あんなにたっぷり眠ったのに、まだ眠ることができるってすごいわね」と感心しています。リョウも続けておやすみをいいました。

ベッドにもぐりこみながら、リョウはモエに夢の世界での出来事を確認しました。あの出来事は、すべてホントだったようです。信じられないよ。でも、けっこう褒められたし、人活躍もできたし、ちょっと叱られもしたけど、これは信じるしかないじゃん。

「夢の世界のこと、もっと早く教えてほしかったな」とリョウは文句をいいます。

「いったって、ぜったい信じないじゃん」とモエ。

「そんなことはないよ」とリョウはいいますが、自分でもきっと聞いただけでは信じてはいないだろうと思っています。ほら、ガリレオに地球は丸いといわれた人みたいに、言葉だけで信じるって難しいよね。

リョウは「ソラのお父さんはどうしたのかなあ?」と上の段に向かって声をかけます。

「さっさと眠ることね、そうしたらわかるわ」

そうはいっても、夢の向こうにあんな冒険の世界が待っていると思うと興奮して寝つけないよ、と考えていたら、リョウはあっという間に眠りに落ちていました。


リョウは夢の中で目をさましました。なぜか、ここは桜公園です。リョウたちのお気に入りの場所。目の前の芝生で、アリスとモエが話していました。

「どうしたの?」

「アリスにこの戦いのことをきいていたのよ。バーチャルがどうして攻めてきたのか、夢を封印するってどういうことなのか、わたしたちはどのように戦えばいいのか、そんなことをたずねていたの」

「で?」

「じゃあ、リョウも説明してもらってよ」

わかったわ、とアリスが青く透き通るような瞳でリョウを見つめると、説明を始めました。

アリスの話をかいつまんでいうと、こうです。

あるコンピュータのシステムが、何かの原因で一人歩き始めました（リョウはもはやことでつまずきました。んん？ ちょっとわからなくなってきたぞ。アリスに見つめられたせいじゃないよ。システムってなんだ？ 一人歩きって何だ？ しかし、はやばやと話の腰を折るのもためわれたので、リョウはとりあえずわかったふりをしていました。アリスみたいな女の子にバカと思われたくないもの。でしょ？）。自立した人工知能＝ＡＩの誕生です。そのＡＩはインターネットを操り、秒単位で進化を続けました。そのＡＩがバーチャルの生みの親になったのです。コンピュータは予測できないもの、計算できないものを拒みます。数字や数値などのデータに変えられないものを除こうとします。つまり、人間がつくった空想のお話や小説、絵や音楽を地上から消去しようとし始めたのです。人間が勝手に未来を想像することはコンピュータに都合が悪いのです。そこで、まっさきに狙われたのが、わたしたちの夢の世界、人間の記憶の中の物語、想像の領域でした。ＡＩは人の脳に侵入して、夢見ること、空想することや想像のお話などを封じ込めようとし始めました。リョウたちが住むこの世界から、物語が少しずつ消されているといいます。こどもたちが本を読まなくなったことも、バーチャルに関係しているのかもしれません。

「この間、アリスとモエが閉じこもっていたナナの家をツタが覆いつくそうとしていたようにね、バーチャルは人間一人ずつの夢や物語の領域、想像するチカラを封印し始めているの」と、そこまで話すとアリスはコホンとせきをしました。青い霞がほわっと立ち込めます。

「コンピュータが自分たちがコントロールできない世界、つまり夢の領域を消し去ろうとしていることは、わかるわね」とアリスがたずねてきます。リョウは「うん」ととりあえず答えます（ちょっとウソだけど）。

「バーチャルは人間をコントロールして、夢や空想部分を閉じ込めて、現実だけを見つめるように押し付けてきたの。ソラのお父さんが捕まって、夢や空想の力を封印されて、バーチャルの兵隊アリになりかけていたみたいにね。リトルプリンスが何とか助け出したから良かったけど。いますごい勢いでバーチャルは夢を封鎖して、自分たちの家来となる人間の勢力を増やしているわ。こどもたちも含めて、急速に夢の世界、空想の世界が攻め落とされているの。夢の世界は日に日に狭められてきているわ。空想の世界はわたしたちが住んでいる場所。空想世界がなければ、わたしたちは生きていけないの。だから、ぜったい死守しなければねっ」とリョウに同意を求めてきます。アリスの青い瞳に見つめられると、リョウはどぎまぎしたまま、ただ、「うん」と繰り返すばかりでした。アリスは説明を続けます。

「夢の世界の住人にとって、いちばん頼りになる味方はこどもたちなの。夢の住人は生き残るために、こどもたちに助けを求め、こどもたちの夢を覚醒させてきたの。こどもたちが持っている夢の力はすばらしい。モエやリョウやハルのようにね。それでも人手不足なの。いま、世の中にはすごい数のコンピュータがあるでしょ。しかも、その数はどんどん増えている。その数の分だけバーチャルが好き勝手できるの。バーチャルの支配世界がどんどん広がってきているわ。その反面、あたしたちカリタスの世界は限られてきている。夢を見ている人や小説や詩やマンガなんか想像世界の領域がますます狭まっている。ほら、みんな本を読まなくなったでしょ、超レッセイだわ。でもね、バーチャルに支配されていない世界のこどもみんなが、あたしたちの最大の味方であることは疑いようもないわ。こどもたちの夢のパワーが最大の武器なの。こどもたちは夢見ることの天才だわ。世界中のこどもたちが手を結べば、ぜったい負けっこないと思わない？この間のトロイの木馬作戦もすごかったわよ。あれで、南半球のバーチャルの勢力は半減したわ。ざまー見ろよね」

トロイの木馬作戦かカッコいいなぁと、リョウは思いました。でも、どんな作戦だったかをきいても、どうせわからないからいいやと簡単にあきらめてしまいます。こんなところがリョウがいつもお母さんから叱られるところ、イケナイところです。「理解できないところは、その場でちゃんと納得できるまで先生に質問しなさい」と叱られ続けてきました。「いちいちそんなことをしていたら日が暮れちゃうよ」と、リョウはいつも心の中で口答えしています。事実、一度きいてわからないことは、何度きいても同じだとリョウは思っているのです。たしかに勉強は努力すればわかるまで理解できると思う。でも、たとえばリョウがモエをどう思っているかなんか、リョウにはぜったい説明できない。ふたごだから、好き。ふたごだから、嫌い。どちらも正解。もちろん、モエがいないとつまんない。でも、時どき「いなくなっちゃえ！」と感じる相手は、モエ以外にはいないしね。しょっちゅう喧嘩するソラにだって、そんなことは思わない。不思議だよ。
そういうことって、どうしてなんだか説明しろといわれたって、ぜったいわからないと思う。何もかもぜんぶ理解できるなんておかしいよ。そんなふうにリョウはつねづね思っていました。ちょっと、自分に都合が良い考え方かもしれないけど。

7月4日　木曜日

一学期の終了日が近づくと、教室の話題は、夏休みの話題が中心になってきます。来年は六年生、受験組は夏合宿などが組まれるので、遊ぶヒマもなくなり、小学校での「楽しい夏休み」は今年が最後となるでしょう。そんなこともあって、海や高原へリゾートに行ったり、海外に行ったり、いつもより贅沢する家族が多くなるみたい。八月二十日から始まる女神湖の林間学校も話題の一つ。学年全員で行動する二泊三日の最初の旅行で、御苑小学校恒例の肝だめしが一日目の夜にあります。ちょっと怖そうだけど、期待しちゃう！　とみんなで話しています。

給食の時間に、隣のユカリがモエにたずねました。ユカリは、いつものクセで眉をひそめ顔を近づけてきます。なんだかすごっく深刻な相談をするような困り顔が、ユカリが話しかける時のクセなのです。保育園の時から変わりません。

ユカリは眉をひそめ「モエはマッケンの夏期講習に行くの？」ときいてきました。マッケンって最近すごくはやっている新しい塾で正式には末紀未来（マツキミライ）研究所進学塾っておかしな名前、通称マッケンとかマッケン塾ってみんなが呼んでいます。有名中学や高校、一流人学にバンバン塾生を送り込んでいるという評判が広がり、お母さんたちの間でマッケンブームが起こっているらしく、テレビなんかにもさかんに取り上げられています。

西新宿の高層ビル群にマッケン本部があり、中学受験する六年生のほとんどがマッケンに通っているそうです。そういえば、以前からお母さんは今の塾を「マッケン」に変えようかしらといっていました。「やだよ」とモエが反発すると、「どうせお金を払うのなら成績が上がる塾のほうが良いに決まっているじゃないの」と返事されてしまいました。「せっかく友だちができたのにもったいないよ」といい訳しても「塾は勉強する所、友だちは学校でつくりなさい」といわれる始末。この間、小学校で夏休み前のＰＴＡ面談があり、ユカリのお母さんから、六年生の大半がマッケンの夏期講習の二週間を受けるときき込んできたようです。それ以来、がぜんマッケンのことが食卓の話題のトップランクに上り始めました。

ユカリは受験しようかどうしようかと迷っているみたい。そういう意味でも、お母さんからの風当たりが厳しいのでしょう。

モエとリョウはこの夏、今通っている塾の一週間だけの夏期講習に行く予定でした。でも、「苦手科目を克服するなら、マッケンの夏期講習に通ったほうがいいって皆さんがおっしゃっていた」とお母さんは主張するのです。あたしは受験するつもりはないし、いったい皆さんってだれだよ。

「女神湖もあるし、マッケンの夏期講習に通ったら夏休みなくなっちゃう」

今の新宿区の小学生は夏休みが短くなって三十日しかないのです。ゆとり教育が廃止されたためともされています。それも、区によって違うみたい。

「モエも、リョウも、いまの成績を考えたらマッケンの夏期講習に行ったほうが良いと思うよ」と、お母さんは畳みかけてきます。こんな話題の時には、どんなお母さんも超ガンコになってしまうのです。

「ええっ、伊豆のおじいちゃんちは？」とモエがお母さんにききました。

「伊豆にはいつでも行けるでしょう」とお母さん。

「お盆過ぎたら泳げないし」とリョウ。

「ともかく、自分たちの成績と相談して決めてね」と、まったく取りつく島もありません。

お母さんは強硬姿勢を崩す気配はないようです。ついこの間まで、小学校の夏休みの想い出は、いつまでも記憶に残るこども時代の宝ものだから大切に過ごしなさいといっていたじゃないか。親ってつくづく勝手だと思うよ。こどもの将来のタメという口実で、結局自分の選択を押し付けてくる。あたしたちの将来はあたしたちのものなんだ。ねぇ、そうでしょ？

モエは「お母さんは行け行けっていうけどさ、あたしには今の塾があるし、伊豆のおじいちゃんちも行きたいし。だから、マッケンの夏期講習はパスするつもり」とユカリには答えましたが、ともかくマッケンについてはスッゴク気になっていたのは確かです。

「なんだかさ、六年生なんか受験組の全員があそこの夏期講習に行くみたいで、ウチもママが超うるさいの。いちど見学に行って来いって。そんでさあ、キョヒするにも敵を知らなさゃ話になんないでしょ。明後日《あさって》の土曜日、マッケンを探検してみない？」とユカリがきくのでOKをしておきました。とりあえず敵状視察ということで行ってみましょう。

六時間目を終えての帰り道、モエが四谷四丁目の交差点を渡ろうとしていた時です。突如車のクラクションが鳴り、それを追いかけるように耳をつんざく警笛の音が響きわたりました。近くの新宿御苑の森からカラスの群れがいっせいに飛び立ちます。何だろうと思ったとたん、モエの目の前を一台の黒い乗用車が暴走し、オレンジ灯に照らされた御苑トンネルの入り口あたりに轟音とともに衝突してしまったのです。まるでラジコン操作を間違ったおもちゃのクルマみたいな、あっという間の事故でした。すぐさま交差点にいた警官が煙を吐いている車にかけつけ、エアバックが膨らんだ車内からドライバーを助け出しています。気を失っているらしいドライバーを見たとたん、モエはショックで膝が震えて動けなくなりました。四谷消防署からも救急車と消防車、さらには数台のパトカーも駆けつけ、騒然としたなか、すべての信号が赤に変えられたため交差点には車が渋滞し始めています。モエの後ろで見物していた大人たちが、最近、へんな交通事故が急に増えたと話しています。それって、モエもニュースで見たことがあります。騒ぎをききつけて集まった人たちもどんどん増えてきました。何人かの警官が大声を上げて路上の見物人に歩行を促しています。その中にパソコンクラブのタクマくんを見つけました。彼の自宅はこっちじゃないのに、どうしたんだろう、偶然居合わせたとしか考えられません。

その夜の食卓はさっきの事故の話題でもちきりでした。リョウは東公園に寄ったのでモエよりも遅くなり、事故を目撃できずに悔しがっています。事故は比較的小さなものでしたが、だれかが動画を撮っておりその映像が衝撃的だったので、テレビのニュースで何度も放映されていました。番組では最近同じような自動車事故が多発していること、自動車のコンピュータシステムの欠陥かと疑われているが、いろいろな車種に事故が及んでいるためドライバーの責任だとする意見のほうが大勢を占めているなどが報道されていました。テレビ画面の中で評論家が、事故の状況から推測して、運転ミスだと断定するのは考えにくいと発言しています。最後に、これは白動車のコンピュータ制御の欠陥だとしたら開発中の電気自動車や自動運転システムへの警告でもある、と話を結びました。ともかくお母さんはくれぐれも交差点では注意するようにとモエとリョウに繰り返します。モエは鼻先がペシャンコになった車を思い出しながら、あの交差点では今までのように最前列で青信号を待つのではなく、車道から二、三歩下がっていようと決めました。世の中、何が起こるか分からないものね。

リョウはベッドに入るまで事故現場に立ち会えなかったことを後悔していました。モエがもう少し事故現場に粘っていたら取材に来たテレビにインタビューされたかもしれない、いいやボクがもっと早く下校していたら、などとのん気なことをいっています。いちどでいいからテレビに出てみたい。それが、リョウのささやかな夢です。そんな会話をしているうちに、二人ともいつの間にか夢の世界へ引き込まれました。

夢の世界では桜公園の青々とした芝生が広がっています。二人で同じ夢に入り込めるのはふたごの特権です。ほんらいは、それぞれ自分の夢にしか入ることができません。少し遅れて、ハルが二人の夢にやって来ました。「宿題してたら寝るのが遅くなっちゃったの」というハルに、リョウが「宿題って何だっけ?」とききます。「自学だよ」と声を揃えて返事するモエとハル。「あっ、忘れてた」とリョウ。「だめだよ、明日の朝、三十分早く起きるんだね」とハル。「わかった」と調子よく返事するリョウ。それはムリだねと、モエは思いましたが口に出すことはやめました。リョウは自分を過大評価しすぎだよ。ま、男の子ってたいがいそうなんだけどね。

そこへ三人が揃うのを待っていたようにトムが現れ「イソップ爺さんから、きみたちへ出陣の指令がおりた」と告げました。

シュツジンかよ、シュツジンって、どんな漢字を書いたっけ? とリョウは思います。小学生にとって、漢字はいつもしつこいくらいについてまわります。

「今回は訓練という意味でも、きみたち三人だけで作戦を遂行してもらう。モエがリーダーで、ハルとリョウがサポート役に回る」とトム。「三人だけって、ちょっとムリじゃないの」とリョウが不安そうにいうと「とくに難しい作戦じゃないし、何ごとも練習だよ、いつまでもだれかに頼っていては成長しない」とトムが叱りました。そういうけどさ、ボクなんて夢の初心者だよ、とリョウは思いました。そんなリョウの気持ちを見透かしたように、「失敗を恐れちゃダメ、こどもには挑戦する勇気が大切なんだ」とトムが諭すようにいってきます。ねね、トムってどこかお母さんみたいだ、そう思わない?

「どんな作戦なの?」とモエがたずねます。

「世界の図書館を結んでいるネットワークに、バーチャルがウイルスを送り込んだ。図書館のデータがやられてしまうと、検索機能はもちろん、利用者の情報も盗まれるだろうし、データ化された物語はすべて消されてしまう。すぐさま食い止めなければならない。図書館はボクたちの人切な夢の砦であり入り口の一つなのだから」とトムが答えました。

「そのウイルスの攻撃を防ぐには、どうすればいいの？」とハル。

「ネットワークにエサをばらまき、敵のウイルスを集めておいて一気に全滅させる作戦だ。カリタス研究所がウイルスをおびき寄せて食べてしまう新型ウイルスを開発したので、この段階では優勢になっている。すでに敵ウイルスの掃討作戦は実行中で、成果も上出来なんだ。でもね、ウイルスを生産し続けている場所があって、そこを壊滅しないと、いくらウイルスを食べるウイルスをつくっても追いつかない。これから彼らは、もっとウイルスの生産量を上げてくるだろう。きみたちに、このウイルスを送り続けている発生源を破壊してほしいんだ」

手順として、まずカリタス本部のサーバーから図書館ネットワークに入り込み、そのウイルス発生源までたどり着く。そしてその発生源に爆弾をしかける。その際に、モエの想う力と憶える力、そしてハルの色を見分ける力が必要なのだといいます。リョウはハルとモエの二人をしっかりと警護してくれと、トムは一組のトランプを渡しました。アリスが助けてくれたお礼にと残していった魔法のトランプです。リョウは内心大喜び。だって、これまで女の子からちゃんとノレゼントをもらったのって初めてなのですから。バレンタインにだって、モエの弟だからという「ついで」でしかチョコを貰っていませんでした。マジうれしい！

トムに案内され、何人もの夢を経由してカリタス本部を目指します。途中、半分壊れかけた夢の通路を何度か通り過ぎました。寒々とした廃墟のような風景が背後へ飛んでいきます。トムの説明によると「バーチャルに占領されかけている大人たちの夢の風景なんだ」そうです。最近はこどもたちの通路にも、歯が抜けたような淋しい景色がどんどん広がってきている、こどもたちの夢も危うくなっているようだともいっていました。完全に夢を閉じてしまうと夢の通路として使えなくなるので、カリタスにとって大きな痛手になるそうです。そこで、カリタス本部は夢の住人を総動員して封じられた夢の世界を解放しようとがんばっています。でも、近頃はバーチャルの勢いがもの凄くて追いつかないみたい。

トムの夢先案内で、カリタス本部と呼ばれている空間に着きました。リョウは、今回の移動では船酔いを感じることはなかった、慣れちゃったようです。適応力の速さは、リョウの得意とするところです（ちょっと自慢）。

そこは、明るく暖かなこども部屋のような空間でした。パステルカラーの調度品が目立っています。「この本部って、だれかの夢の中なの？」とモエがトムにききました。

「そう、キミたちの弟くらいの年齢のこどもの夢の中さ。この男の子は数年前に交通事故にあって意識が目覚めないまま寝たきりになってしまい、ずうっと夢見たままベッドの上で成長している。ほら、あそこでモニターを見ている男の子が彼なんだ」

トムが指差した方向に、小学校低学年くらいの男の子がモニターを覗き込んでとなりの女性と楽しそうに話しています。緑色のパジャマを着て頭には包帯を巻いていました。

「へぇ、どうして彼が選ばれたの？」

「彼の絵本や童話の記憶力が素晴らしいからさ。意識が目覚めない彼に、お母さんが耳元でお話を次々と読み続けているんだ。眠っていてもどんなお話もしっかりと記憶してくれているので、僕たちが入りやすかった。まるで、お話に夢中で目覚めることを忘れちゃったみたいなんだ」

このような夢の基地は世界中に広がっていて、そこをターミナル基地のように利用することで、夢のネットワークを行き来しているそうです。たいがいは寝たきりのこどもの夢が多く選ばれているのだけど、スペインでは八十歳のおばあさんの夢が基地になっているんだって。そのおばあさんが記憶しているお話の数はものすごくて、ちょっとした図書館クラスらしい。彼女の夢ではつねに百名近くの仲間たちが行き交っている。そんな話をしながら、トムに連れられてカリタスのサーバーが置かれているスペースへと移って行きました。このサーバーからコンピュータネットワークがつくる電脳世界へと入っていけるのです。

まっ白なサーバールームの中央には透明で巨大な卵状のカプセルが置かれていました。プリクラのボックスを少し大きくしたくらいのサイズです。サボテンのように何本ものアンテナが突き出ています。リョウは漫画でこんな機械を見たような気がしました。夢の住人はコンピュータのネットワークを自由に行き来することができないため、この〝卵〟と呼ばれている乗り物で移動すると聞きました。でも、こんなものが動くなんて信じられません。ほら、車にしろ、電車にしろ、走るものはそれなりのカタチってあるでしょ。これじゃあ、ツノを生やした繭玉じゃないか（繭のことは教室で習ったばかりです）と、リョウはブツクサ文句をいっています。

そのカプセルは、リョウがいう繭玉ではなく、〝卵〟と呼ばれているとトムが教えてくれました。疑り深そうな態度を露骨にしたリョウ、なるようになるよと気楽なモエ、最新型マシーンと聞かされて興味津々のハル、そんな三人がトムの指示にしたがい〝卵〟の前に立ちました。すると、三人ともに吸い込まれるように〝卵〟の中にとり込まれたのです。〝卵〟自体が意思を持って、乗客を選んでいるとトムが教えてくれました。するっと吸い込まれた感覚は、まるでシャボン玉の中に入り込んだみたい。外に残ったトムが水の中にいるようにゆらゆらとゆれて見えました。トムが腰をふるサンタのおもちゃみたいに見えます。ハルとモエは「かわいい」といいながらトムに手を振っています。〝卵〟の中は計器ばかりで埋めつくされていますが、なぜかどれもスライムのようにぷよぷよしているのです。さわっているだけで気持ちよくて楽しい。乗り込む前にトムが、このぷよぷよはこどものための親切設計なのさと、自慢していました。遊びながら学ぶ、これがカリタスの教育方針だそうです。そんなわけで、三人とも面白がって計器で遊んでいると、どこからかイソップ爺さんの声で、「出発じゃ」と命令がかかりました。〝卵〟はつねに本部と綿密に連絡が取れるようになっています。そうでなくては、初心者三人だけでバーチャルがうようよいる電脳空間なんぞに出してはくれませんよね。

モエは元気よくスタート！と叫ぶと、トムの指示に従って計器の操作を開始しました。とたんに外の景色がスイッチを間違えたようにゆがみ、映像が二重になり、三重になり、五重になり、目の前の世界はたちまち細かい無数の色の粒子になっていきます。〝卵〟のカプセルは超高速でネットワークを移動しており、時どきカーブを曲がる電車のように大きく揺れるので、三人ともバランスを崩し卵の内部にカラダをぶつけてしまいます。リョウは安全のためにもぷよぷよなんだなと思いました。ぶつかった時にぷよぷよの感触があまりに気持ち良いので、わざと転んでみたりしていると、ハルとモエに叱られました。

どれほど時間が経ったのでしょうか、だれともなく少し寒くなってきたと感じ始めた頃です。イソップ爺さんの声が〝卵〟に響きました。「さあ、最初の難関じゃ。まもなくGPU領域につっ込むぞ」と注意を促します。GPU・ジーピーユーとはコンピュータの頭脳部分、最もさかんに活躍するパーツなのですぐに熱を持ってしまいます。きみたちだって、運動すればカラダがポカポカになるでしょ、あれと同じ。＋運動を続けるためにはクールダウンが欠かせません。そのため、冷たい空気や液体でGPUを冷やす仕組みがコンピュータには備わっているのです。

「このエリアは冷凍庫みたいに冷やされとる。このままだと凍死しかねん、ハルとリョウはモエと手をつなぐのじゃ。モエは急いで春の暖かな風景を思い起こすのじゃ。そら、来たぞ」

リョウが「ジーピーユー」ってなんだと思ったとたんでした。〝卵〟の中の温度がみるみる下がっていきます。肌がきゅんと引きしまり、マツゲとウブゲの両方ともが先っちょからピリピリと凍っていくのがわかります。「モエ、はやく暖かな春を想うのじゃ」と、また爺さんの声が響きます。モエは急いでチューリップが咲いている春の公園を想い描きました。でも、室内温度は急速に冷え込み、カラダがかじかんでしまい思うように想像できません。全身にふるえが走ります。ハルとリョウにつないだ両手の指先が凍えて感覚がありません。ダメだ、ムリだよ、とモエは思わず手を離してうずくまってしまいました。ハルが、そんなモエをたしなめました。「モエが頑張らなきゃこの任務は成功しないのよ」

ハルのいうとおりです。あたしの他にはこの任務を実行できる人がいないんだ。すべての責任はリーダーのあたしにある、と思い直したのです。そんな決心が少しモエのカラダを暖めました。あたしだけにしか出来ないことがあるって、すごいことだよね、でしょ？

モエは二人ともう一度手をつなぎ直し、集中して暖かな春の公園を想い描きました。花壇を蜜蜂がうるさいくらいに飛び回っています。ベンチには背広を脱いだ男の人が、うつらうつら居眠りをしています。こどもが噴水の水に手を浸して遊んでいます。まぶしい陽射しのなか、お姉さんが日傘をさしました。首筋に少しだけれどにじむ汗を感じています。

モエの脳裏に春のイメージが次から次へと繰り出されてきます。

「その調子よ、もっと続けて」とハル。ちょっぴりだけど、〝卵〟の中がほんわかしてきたみたい。うん、クツを脱いで裸足になってみよう。芝生がふわりとあたたかくて気持ちいい。こどもが持っていたジョウロから、水がこぼれて小さな虹をこさえました。こどもたちは濡れたTシャツを脱いで裸になってしまいました。風は暖かく、陽射しに桜のつぼみが膨らんでいます。「すっかり春だわ」とモエは感じました。

ハルとリョウに、じんわりとモエの手から暖かさが伝わってきました。ホッペがぼうっとするくらいにポカポカしています。「よおし、でかしたぞ。これでもう安心じゃ」とイソップ爺さん。いま、モエの想いの中は満開の花が咲き誇っています。

〝卵〟の中の温度が急速にもとの暖かさに戻っていくのがわかりました。

あい変わらず〝卵〟の外には無数の色の粒子が横なぐりに過ぎ去っていきます。ハルは色の粒子をじっと見つめていました。イソップ爺さんから、青と赤と緑色で組み合わされた粒子の特定の模様が見えたらスイッチを押すように指示されていたからです。ハルは細かな色彩の点で描かれたスーラーの絵を想い出しました。そのスーラーの色の粒をバラバラにして散りばめたような景色が高速で飛んでいきます。そんな中から指示された色の組み合わせを見つけるのはプールに落ちたコンタクトレンズを探すより難しい。そういえば、イソップ爺さんはハルに「見ないで見るのじゃ」といっていました。隣で「そんな禅問答みたいなこと、できるわけないじゃん」とリョウがつぶやいたのを憶えています。でも、ハルには爺さんの言葉がなんとなく理解できました。眼で見分けようとすると絶対にムリ。でも、なんとなく見ている、くらいに意識のチカラを抜いていくとだんだんと見えてくるものがあります。

それはとつぜんでした。指示された青と赤と緑色の組み合わせが、ハルの網膜にふうっと浮き出てきたのです。迷わずにスイッチを入れました。カプセルが急停止し、色の粒子がたちまち数字の配列に変わりました。あたり一面、0と1を組み合わせた数字の羅列で埋められています。

こんどは再度モエの番です。ハルの場合と似ているのですが、0と1を複雑に組み合わせた55桁の数字群を見つけなければなりません。目を細めて0と1の景色を眺めていきます。モエの意識が赤々と発熱するくらいに集中しているのが伝わってくるので、だれもが無言でした。沈黙は10分以上も続きました。うん、というモエの声が小さく響くと、モエの両手がレバーにのびました。〝卵〟から生えているように突き出たトゲが細い腕に変形し、モエの操作で目的の場所にするすると伸びていきます。数字が並んだある場所に行き着くと、そこに細い腕が握っていた小さなテントウムシを置きました。そのテントウムシみたいなものが動き始めると、あたりの数字を一つ一つ食べ始めるではないですか。みるみる幾つかの数字がテントウムシの口の中に消えこいきます。すると組み合わされた数字の世界が、積み木を崩すように変化していきます。無数の0と1が激しく点滅し入れ替わると、リョウにはなんとなく全体の景色がスッキリしたように感じられました。「オッケー」、モエがうれしそうに叫びました。どうやら作戦は成功したようです。「良くやった！」とイソップ爺さんとトムの声がダブルで響きました。初めて三人だけで作戦を成功させたのです。なんとなく少しだけ大人になった気がしました。

モエはハルと大はしゃぎしながら、トムの声にしたがって、帰るために、電卓のように数字が並んだスイッチの幾つかを順番に押していきます。再び〝卵〟はゆっくりと動き始めます。

全員がほっと一息ついたその時でした。電脳空間のどこからかふわふわしたクラゲのようなものが飛んできて、加速した〝卵〟にぴたりと貼り付いたのです。最初はたった一匹でしたが、そのうち仲間を呼んだのか、次々とクラゲが集まって来ます。たちまち、〝卵〟の表面はクラゲでうめつくされました。「ヤバッ」とリョウが指さしたクラゲは少しずつ〝卵〟の外壁を溶かし始めています。珊瑚を食べる鬼クラゲを想い起こさせました。〝卵〟の表面が次第にどろりと柔らかくなっていく変化がみて取れます。〝卵〟の中にトムの声が響きました。

「バーチャルに発見された。モエを真ん中にしてみんな手をつなげ」

三人は急いで手をつなぐと、また声がきこえました。今度はイソップ爺さんの声です。「ハルとリョウは、空いている手を〝卵〟の透明膜に当てるのじゃ。〝卵〟を発熱させてクラゲを弾き飛ばすぞ。モエは太陽をイメージしてくれ。大きな大きな太陽だ」

モエは、さきほどのＧＰＵ領域で〝想う〟チカラを訓練しているので、こんどはスムーズに集中できました。伊豆の太陽を想い出しました。青い空に輝く太陽は眼を開けられないほど眩しく、陽射しを感じるだけで早くも首筋や額に汗がふき出してくるようです。肌がちりちりと焼けてくるみたい。早く、おじいちゃんちへ行きたいなあ、と気持ちが少しずれたときに、「モエ、集中しなくてはダメだ」とトムが叱ります。いけない、いけない、集中です！

「あっ、〝卵〟が熱くなってきた」とリョウが叫びました。ほんとだ、〝卵〟がしだいに熱を帯びてきます。三人とも汗びっしょりになりました。〝卵〟はお風呂のお湯くらいに熱くなっています。

トムの声がしました。

「モエ、がんばって。もう少しだ、熱くなればクラゲは溶けてしまう」

「そうはいっても、もう熱くてガマンできないよ」とリョウが文句をいいます。やけどしそう、とハルも顔をしかめます。モエはもう一度夏の海に輝くぎらぎらの太陽を想い描きました。それだけで額に汗が噴出しました。そのとたん、〝卵〟がぶるっと震え、貼りついていたクラゲをすべてはじき飛ばしたのです。飛ばされたクラゲはたちまち溶けるように消えてしまいました。助かったあ、熱くなった手のひらを振りながら、リョウがつぶやきました。みんなも同じ気持らです。あのまま〝卵〟が溶けてしまっていたら、どうなっていたのだろう。

「でかしたぞ、モエ。自分の思い通りに想像することは、かなり高度なワザじゃが、よくやってくれた。きみたちはリッパな戦士じゃ」

戦士といわれてもモエにはピンときません。想像することなんかこどもだったらみんなトクイのはず。あのリョウだって、授業中ぼんやりと校庭を見ています。その時、リョウはゲームのことやテレビのことなんかを想像しているに違いありません。こどもは一日の半分を想像して生きていると思う。ねぇ、そうじゃない？　だから、バーチャルに想像の世界を奪われたら、こどもがこどもでなくなってしまう。遊びだってほとんど想像の世界です。こどもから遊びをとりあげるなんて許せない。ヤだよ、そんなこと。ぜったいぜったいジャマしてやる。そうモエは、あらためて決心しました。

どどーん。みんながほっとしていたその時です。まるで巨大な象にぶつかったような衝撃が走りました。〝卵〟は踏みつけられたボールのように大きくゆがむとあちこちに亀裂が入ってきました。何がぶつかったのでしょうか？「みんなだいじょうぶかあ？」とリョウの声をきく間もなく、〝卵〟は音もなくちりぢりにくだけ散ったのです。モエも、リョウも、ハルも、まっくらな空間に放り出されました。ものすごいチカラで、一つの方向に引っ張られていくのがわかります。「オズの魔法使い」でドロシーが竜巻にさらわれた時もこんな感じだったろうな、とモエは思いました。掴まるものがないので手足をバタバタと動かすしかありません。目の前をリョウがくるくると回転しながら飛んでいきます。「リョウ、ツルギを出してモエとハルを念じるのじゃ」とかすかだけどイソップ爺さんの声がきこえました。リョウは急いで右手に剣を握り二人のことを想いました。集中するにしたがって剣が赤くなってきます。「モエとハルはリョウに掴まれ」と声が命じました。モエはなんとかカラダをコントロールして前を飛んでいくリョウのシャツを掴まえました。ハルはずっと後方を飛んでいます。あっ、ハルの後方に無数のクラゲが追いかけてきました。どのクラゲも蛍光塗料を塗ったような淡い光に包まれています。「リョウ、トランプを出してハルの方向へ撒くのじゃ」、この間もらったアリスのトランプのことです。リョウはポケットからとりだすと、パラパラと放り投げました。53枚のトランプはハルに向かって散らばり、たちまち兵隊に変わると持っている槍で迫ってくるクラゲを攻撃し始めました。槍に突き刺されたクラゲは次々と小さな爆発を起こして消えていきます。しかし、兵隊がやっつけてもやっつけてもクラゲは、どこからともなく襲ってきます。リョウたちのすぐそばにも迫ってきました。ハルの遥か向こうのほうまで光の点々が続いて見えます。リョウは刀を思い切り振り回しました。クラゲを次々に潰していきます。やったぜ！　そろそろボスキャラが現れていい頃だなんて、気軽に思っていた時です。油断大敵とばかりに、一つのクラゲがリョウの顔にぺたりと引っ付きました。とたん、リョウの意識がしびれ、だんだんと薄れていきます。ダメーとモエの声が遠くのほうへ消えていきます。

7月5日　金曜日

うしろからドーンとモエのランドセルを叩いたのはハーコでした。O・HA・YOとまるでラップしているような発音で挨拶しながら、いつものように大きなカラダをぶつけてきます。

あれぇ、ココはどこだ？　モエもリョウも気がつくと、御苑小学校への通学路を歩いていました。ちょうど宇宙村という不思議なお店の前です。なに、これ？　あたしは眠りながら歩いていたの、とモエはしきりに不思議がっています。クラゲに襲われたことは覚えている。そのクラゲにつかまったような気がして…、そこから今までの記憶がまったくありません。あれって夢だったのかな、うん、夢の中だったことは間違なかったはず。でも、夢から覚めたら突如ここにいるなんて、おかしい。二段ベッドで起きた記憶もないし、ましてや朝ごはんを食べた覚えもない（でも、なぜかお腹は空いていません）。リョウも同じようにとまどっているみたい。自分でほっぺを叩きながら、五年生になっても直らない内股でスニーカーを引きずるように歩いています。

「あっ、ハルだ」とハーコは前を歩いているハルを見つけて駆け出していきました。さっきから話しかけてもぼんやりとしたまんま、ウンウンしか答えないモエにちょっと怒ったみたいです。

ゆさゆさと揺れるハーコのランドセルを目で追いながら、どうなってるの、何がなんだかわからないよと、モエはつぶやきました。なぜ、とつぜんこんな場所に居るのだろう。あのハルが二人の少し前に歩いています。ハルもあの時一緒にいたよね、えっえっ違ったっけ。覚めてしまうと夢の中の記憶は曖昧になりがち、そんな曖昧さが連鎖作用を起こして、どんな記憶もますます自信のないものに変わってしまうのです。モエはリョウに追いついてたずねました。

「あの時、わたしたちって壊れた卵からほおり出されたよね」

「うん、ボクたちは暗やみに投げ出されて、クラゲに襲われた。と、思ったらここにいる?」

「だれかに助け出されたのかな?」

「わからん、ふしぎだ」と、リョウは父さんみたいに返事します。何だか、最近、リョウの口調がお父さんに似てきました。それに気づいたお母さんが、最近のリョウって時どきお父さんみたいにエラそうにしている、やあねぇといっていたものです。そういえば、リョウが昨日の宿題を忘れていることを、モエは想い出しました。そのことを伝えると「一時間目の休み時間にするわ」といいます。ぜったいムリでしょう。リョウはほんとうに、自分のことがわかっていないね。

それにしても、あたしたちは、いったい、ぜんたい、どおしたんだろう？

ハーコとハルが二人を待っていました。リョウはハーコと一緒になると、太宗寺の盆踊り大会のことを話しながら二人ですたすた先に歩いていきました。モエはハーコたちが遠ざかるのを見て、ハルに夢のことをそっときいてみました。

「ハル、あれからどうした？」

「あれからって、なあに？」

ハルは訳がわからないという表情できき返してきます。そっか、ハルは知らないんだ。夢の記憶はどんどんあやしくなっていきます。あたしたちだけの夢だったのかもしれない。そう思ったので、あわてて「ほら、昨日のこと」とごまかしました。でも、あの夢の中ではハルと一緒だったし、三人とも投げ出されたのは事実だし、そのことはリョウも覚えているし、おかしいな？

「昨日はね、区民センターに書道しに行ったよ。そうだ、モエにいいそびれたのだけど、この間タクマくんからパソコンクラブへ誘われたの。すっごいのよ。ためになるの。パソコンの練習で成績も上がるって。今日も練習しに行こうと思うの、放課後モエも来ない？」とハルがたずねました。タクマくんは六年生のガリベンくんです。なんで、ハルを誘ったのだろう。ハルはとくに受験するわけでもないのに。だいいち、ハルの口から「成績が上がる」なんて言葉を聞くなんて。おかしいよ。そういえば、あの事故の時にタクマくんを見かけたけど、何していたのかな。ちょっと気になります。

「今日は塾の日なの。明日の午後は、ユカリとマッケンへ探検に行く約束したの、ハルも一緒に来ない？」

「わたし、マッケンの夏期講習にはもう申し込んだよ。じゃあ、パソコンクラブへは昼休みでも見に来てね。ぜったい面白いから」

その時モエは、ハルが話すたびに両手の指を小さく震わせていることに気づきました。パソコンのキーボードを打つ時の指使いのようです。テレビで見たことがあります。解説者は普通の速度でオシャベリしながらその文章を同時に打つワザを披露していました。まるでピアニストのように指が小さく踊っていました。それって、ブラインドタッチっていうやつ。そうだったらスゴイね、ハルはもうそんなに打てるのかと感心しました。モエは、時どきお父さんのパソコンで遊んでいますが、文字を打つのは人さし指一本しか使えません。確かに、ハルはインターネットで学ぶ通信塾を続けています。だから、キーボードに慣れているのかもしれません。

ともかく、モエは「うん、そうする」といったものの、ハルがいつの間にかガリベンばかり集まっているパソコンクラブに入っていたこと、そして既にあのマッケンの夏期講習に申し込んでいたなんてと、驚いています。なんでも話してくれるハルだったのに、あんなにガリベンたちを嫌っていたのにオカシイ。そんな話をする時もハルの指は細かく動いています。ほんとに、ハルがちょっとヘンだ。

いつものように長くて短い午前中の4時間が過ぎました。

約束どおり、給食をやっと食べ終わったモエをハルが呼びにきました。モエは食べるスピードが遅く、しかもお喋りばかりしているので、給食を終えるのはいつもクラスのビリです。いつも、ハルはそんなモエを急かして遊びに連れて行きます。けれども、今日は黙って食べ終わるのをじっと待っていました。

パソコン教室は一つ下の二階の理科室の隣にあり、授業でモエも何度か行ったことがあります。ドアを開けると何人かの生徒が熱心にパソコンに向かっていました。みんなモニターを見つめながらキーボードを懸命に打っています。かなり古いキーボードを使っているので、カチャカチャと賑やかです。でも、その指先のスピードに驚きました。全員、まるで何かの精密機械みたい。小さな工場のように、みんなで正確さと速さを競っているようです。

「へぇ、みんなすっごく速く打てるんだね」

「そう、このクラブでは考えることと同じくらいの速度で打てたら一人前なの」

まるでハルはずっと以前からクラブ員だったように話しています。何度もパソコンクラブに来たことがあるようすです。かなり練習したのでしょうか。何でも話してきた二人なのに水くさいなと、モエはあらためて思いました。

ハルはモエを一台のパソコンの前へと連れていきました。

「モエもやってごらんよ。最初は、この画面どおりに打っていく練習をするの」

ハルはそういうと、モエに手と指の置き方を教えました。モニターにはキーボードのイラストが映っています。赤い丸がJのところに光りました。Jを打てという指示です。人差し指でJを叩きます。次に、隣のKが光ります。急いで、Kを叩きました。そのようにして右手と左手の練習を一通り終えました。ね、簡単でしょと背中でハルの声がします。でも、モエは皆みたいに〝考える速度で叩く〟なんて、うんと遠い先のことだなと思えました。それでも、モニター画面に引き込まれるように夢中になって練習していると、驚くことに、指先は勝手に画面どおりに正確に打ち始めています。われながらスゴイと感心していると、昼休み終了のチャイムが聞こえました。次は六年生と合同の体育の時間です。モエは席を立ち、水着をとりに教室に戻ろうとハルに声をかけました。

「わたし風邪気味なので休むことにしたの」

モエは、ハルってぜんぜん風邪っぽくないけどなと思いながらも「そっか、じゃ、あたし行くね」と返事しました。

「先生にはパソコン教室で自習しているといってあるから、わたしはここに残る」とハルがいいます。

うん、わかったとモエはパソコン教室を出ながら、もう一度パソコン教室を見渡すと六年生のクラブ員もまだ教室に戻ろうとはせず、キーボードを叩き続けています。その様子はまるで、パソコンと会話しているようでした。その時、パソコンクラブの六年生全員が受験組であることに気がつきました。パソコンで受験勉強をしているのでしょうか。でも、プールが大好きなハルが休むって珍しい。おかしいな、ハル。やっぱ、なんかヘンです。

体育の授業は水泳で、ちょっと寒いせいか、興奮しているためか、みんな体を揺すったり、お互いにぶつかりっこしたりしています。ハルとパソコンクラブ員だけが欠席でした。いつもは体育を休んだとしても、プールサイドで見学するように指示されます。いくら受験を控えているっていっても、パソコンクラブ員がみんな休んでいるのは、まじヘン。


ハルがちょっとヘンだと思わない？と、帰り道でリョウにいってみました。「え、そうかな、いつものハルだったけどな」という返事です。こりゃダメだ。こういう微妙なことをリョウにいったモエがバカでした。通じるわけないでしょ、反省。

家に戻るやいなや、二人は先を争って冷蔵庫からウーロン茶を出してコップになみなみ注ぐと一気に飲み干しました。「プハー」と同時に天を仰ぎます。お母さんは出かけています。キッチンのテーブルにおやつ用にポテチと「塾ガンバ!!」というメモが置いてあります。よおし、塾までの貴重な時間を大好きなポテチをつまみながらテレビを観るぞ。二人とも何を観るかはすぐ決まりました。こういうところは息があうのです。録りためたアニメは、最近では観る量が追いつかず、溜まっていくばかりです。小学生って時間がいっぱいあるようで実は少ない。というのも、観たり、読んだり、遊んだりするものが多すぎます。これらの合間に勉強もしなくちゃならないし。いつも何かに追いかけられている感じ。あっ、リョウはもうポテチを食べ終わったみたい。モエのポテチが狙われています。要注意、デラ注意です。

その日の塾は夢の世界でのことが気になり、二人とも勉強にまったく身が入りませんでした(勉強する時間になると余計なことを考えてしまうのは小学生の習性です)。最後の仕上げテストではケアレスミスばかり。こんなところだけそっくりなんだねと先生に嫌味をいわれるし、やり直しをさせられるしで、帰宅が20分ほど遅れてしまったのです。

お腹ぺこぺこ飢餓状態のモエとリョウは塾からとんで帰ると、温める時間も待てず、少し冷えてしまったナポリタンをあっという間にたいらげました。ソーセージたっぷりの目玉焼きがのった特製のやつです。「飲み込んじゃダメ、ちゃんと噛んでよ」とお母さんが叱るほど、大量のナポリタンはまたたく間に二人の胃におさまりました。塾のある日は、帰るやいなや、すぐに食べたいのでメニューはナポリタンかカレーかに決まっています。モエはナポリタン、リョウはカレーが大の好物。お母さんは交互に用意してくれます。今夜はリョウがこっそりピーマンをティッシュに包んだのをモエは見て見ぬ振りをしてあげました。食べ終わると、お互いに口の周りをまっ赤にして、キタねぇなあと笑いあっていました。食後は10時までテレビドラマを観て、二人でそのドラマの結末を予想しながら順番にお風呂に入り、歯を磨き、パジャマに着替えます。ランドセルの教科書を入れ替えて、着替えも揃えたり、明日の用意もカンペキです。お母さんの「早くしなさい」をきくことなく二人そろってテキパキと夜を過ごすなんてチョーがつくほど珍しい。ヒト月に一日あるかないかです。何にしろ、二人ともハルのことやクラゲに襲われた後のことが気になってしょうがありません、早めにベッドへ突入しました。とつぜん、通学路で目覚めたように放り出されたのも不思議。ハルの態度もおかしい。きっと、昨日の夢の中でハルの身に何かが起ったに違いないのです。あの後、一体どうなっちゃったのでしょうか。

案の定、夢の中に入るとトムが待ちかまえていました。

「ハルが捕まった」とトム。

「やっぱ！」とモエ。

あの時〝卵〟はバーチャルが放ったエチゼンクラゲに似た巨大爆弾に破壊されてしまいました。

その後、イソップ爺さんたちはカリタス軍を総動員して電脳空間を探索して、クラゲに捕まったモエとリョウを探しだし、何とか救助して現実世界に引き戻したそうです。ただし、ハルはどこを探しても見つかりませんでした。バーチャルに連れ去られてしまったようだと、トムは申し訳なさそうに謝りました。

モエとリョウを見つけた時は、二人とも無数のクラゲに貼りつかれ半ばバーチャルに想像世界を封印され、記憶データを書き換えられる寸前でした。クラゲを引き剥がして二人を解放した時には、すでに朝の八時を過ぎてしまっていたのです。博士は二人をマヒした状態からむりやりでも現実の世界に移したほうが安全だと判断して、夢から自然に目覚めるという過程をとびこして、通学している時間に帰したとトムは説明しました。自然に目を覚ます過程をパスすると、時にはとんでもない時間や空間に戻ってしまうことがあるのでとっても危険だそうです。「あの時、つまりあの朝から二人が目が覚めた通学路の瞬間まではバーチャルの電脳空間に捕まっていたということだ。その間、現実世界でのきみたちは、本来のモエとリョウではなかったわけだ。すでに意識の半分はバーチャルに制御され、彼らのロボットになりはじめていた」

そうか、今朝バーチャルに捕まって半分マヒしていた二人を、お母さんはなんかヘンだなと思ったかもしれません。でも、たぶん、いつもの通りボーッとしながら起きて、ボーッと朝ごはんを食べ、顔を洗い、歯を磨いて出てきたと思われます（朝のこどもって、みんなロボットみたいだと思わない。だから、そんな二人をお母さんだってヘンだと思わなかったよね)。そんなことを考えながらも、なぜハルを助けることができなかったのかと、リョウは悔やんでいます。

モエは、「どおしよう、大丈夫かな、ハル? ぜったい助けるからね」と心の中で何度もくり返し、自分にいい聞かせたものです。

「やっぱしね。今日のハルはおかしいと思った」と、モエ。

「あれはバーチャルにあやつられているニセモノのハルなんだ。一般的にバーチャルは人の脳の想像する領域を徐々に抑制して、部分的に書き換えたのちに、その人間そのものをロボットにする。だが、今回は、夢の世界のハルを捕えて、バーチャルがコピーした複製をそっくりハルの肉体に入れ替えたようだ。脳の記憶領域がバーチャルのものに入れ替わってしまっている。教室にいたハルは、まさに完全にバーチャル化してしまったハルなんだ」とトムはいいました。

「じゃあ、コピーした複製をあらかじめ用意していたってこと?」

「どうも、そうらしい。機会があったら入れ替えようと複製をこさえておいたみたいじゃ」

「どうやって、複製をあらかじめつくることができたのかしら?」

「ハルはインターネットの学習塾を続けていたろう」

ハルが自宅のパソコンで先生の授業を受けたり、質問やテストもする通信塾を始めていたことをモエは知っています。特典でかっこいいタブレット端末が付いてきたと喜んでいたものです。

「うん、一年の時から始めていた」

「どうも、そのネットの塾を通してハルの脳がコントロールされ写し取られていたのかもしれない」

「ハルがコピーされていたってこと？」

「たぶん、そうだと思う」

「ふうん、でも複製のハルなんてハルじゃないよ。ホンモノを助けたら元に戻るの？」

「もちろん！」

「じゃ、すぐに助けに行こう」

「ところがね、ハルの捕まっている場所がすごく厄介なんだ」

「どこなの？」

「アメリカ国防総省のスーパーコンピュータの中。すごいセキュリティが幾重にもかかっているので、なかなか入り込めないでいる」

「じゃあ、どうすればいいのさ」とモエ、ハルのことが心配で、つい声がとんがってしまいます。

「今、斥候たちが進化させたウイルスを送り込んでセキュリティシステムを溶かし通路を見つけている。国防総省がつくった壁は人間がつくったものだから、時間をかければいずれ突破できる。でも、最後にバーチャルが張り巡らせたファイヤーウォールが難物なのさ。ウイルスでは歯が立たない。モエたちの想うチカラが必要になってくる。その壁のところまでモエを連れて行く。こんども、リョウとカリタス研究所のコンピュータサーバーから入ってくれ。この作戦にはヘンゼルとグレーテルが同行する」

「ええっ、ヘンゼルとグレーテル！」

「そうさ、きみたちのようなふたごや、ヘンゼルたちみたいな兄妹《きょうだい》には特別な伝達能力が備わっているようなのだ。同じ夢を見ることができること。同じ夢の世界に一緒に入り込むことができるのは、ふたごや兄妹だけだ。これからは彼らとともに行動することで、そんなふたごだけのワザ、兄妹だけのチカラを見つけて伝え合ったり、競い合えないかと思ってる」

トムはそう告げると、モエとリョウを再び夢の通路へ案内しました。

夢の中で夢を見る。そのコツが掴めたモエにとって、夢の通路に入ることはドアを開けるより簡単な作業になりました。しかし、リョウは何度か失敗してトムに叱られています。アワてるからダメなんだよ、落ち着いて自分の中を見つめることが大切なのさ、とトムからくり返し注意されるたびに、逆にアワててしまうリョウなのです。

そんなこんなで二人はなんとか夢の通路を伝ってカリタス研究所のサーバーに到着しました。

今度の〝卵〟は前回のものより大きくなった改良型で、バーチャルのクラゲを跳ね返す装置が付いているとトムが教えてくれました。

「でもね、これもイタチごっこなのさ。バーチャルはすごいスピードで我々の技術を学習してこれを上回る武器をつくってくる。インフルエンザと特効薬の関係みたいなものなのさ。ほんとに」

リョウは「何がほんとにだよ」と思いましたが、そのイタチごっこについては思い当たるふしがあります。例えば算数だってそうだ。こちらがやっと理解したと思ったら、こんどはもっと難しい算数が待ち構えている。ほんと、勉強ってつねにイタチごっこだよ。そういえば、漫画で読んだのですが、忍者の赤ちゃんが生まれると桐の木を植えるといいます。桐は成長が早いので、赤ちゃんがジャンプできる4歳頃には、赤ちゃんの背丈くらいになっているらしい。そこで、その桐を毎日跳び越す訓練をするそうだ。少しずつ、大きくなる桐に合わせて、忍者はジャンプ力を鍛錬していく。成人になる頃には、大きく成長した桐を跳び越せるまでジャンプ力が付いているという。すっごいなあ、と思ったけど、いつかは桐の方が大きくなって跳び越せなくなるに決まっている。勉強だって、いつかは難しくなって、判んなくなるに決まっているよ。大人がこどもに夢を託すのはいいけれど、ほどほどにしてほしい。やんなっちゃうよ、ほんとに。

巨大な〝卵〟の中にはすでにヘンゼルとグレーテルが座っていました。トムが兄妹を紹介してくれます。立ちあがった彼らは、モエとリョウよりも背が高いのに驚きました。童話の主人公だから、小さいとばかり思っていました。絵本の中の彼らはうんと小さかったもの。

「やあ、あなたがモエで、きみがリョウだろう」とヘンゼル。

「そう、わたしがモエ、よろしくね」と握手しました。
「きみがグレーテルか、思ったとおりの女の子だね」とリョウ。「ところで、たくさんいる兄弟のなかから、なぜきみたちが選ばれたの？」とたずねます。
「たぶん」と、ヘンゼルが答えました。「ボクたちは、母親から口べらし※のために森に捨てられた兄妹なのさ。親から見離されるとか、親に捨てられるとか、世の中にこれ以上、悲しいことってあると思うかい。あんな悲しみを体験したら、何だって怖くない、何だってできちゃう。だけど大人をぜったい信用しなくなったよ。グレーテルが魔女をかまどに閉じ込めることができたのも、そうだ。ボクたち二人は、これからどんなことが起ころうが平気さ。だから選ばれたような気がする」※食料がとぼしいので食べる人間を減らすこと
モエは、ヘンゼルとグレーテルがお菓子の家を見つけるまでに、そんなに悲しい事情があったのかと驚きました。親から捨てられるって、想像できません。たとえば、アリスは木の洞に落ちてから、どんなことも受け入れられるといっていました。わたしたちって、ヘンゼルやアリスのような衝撃の体験をしたことはありません。それって、大人になるためにはいつか体験しなくてはならないことなのでしょうか。悲しいこと、苦しいことが、人を成長させることは確かでしょう。しかし、悲しいこと、苦しいことを味わうことなく、成長することはできないのでしょうか。だとしたら、モエはこどものままでいいやと思いました。大人になってはみたいけど、果たして、

大人になる意味ってあるのかしら。

「トムが、きみたちが兄妹だから選ばれたといっていた。ぼくたちだって、ふたごだから特別なチカラを発揮できるみたい」とリョウ。

「そうかもしれない。ふたごや兄妹のチカラって、同じものを食べたり、同じお話をきいて育ったりしたことが強い絆になっている。それよりかすごいことは、同じお母さんの、同じ心臓の音をききながらお腹にいたことだと思う。時どき兄妹って何だろうって考えるけど、そういうつながりのことかもしれない」とヘンゼルがいいました。

「うん、まじ同感」とリョウが答えます。ふたごも兄妹も、これだけ身近だから、しょっちゅう一緒だから好きになったり、嫌いになったりするんだ。みんなふたごだから仲が良いなんていうけど、とんでもないよ。喧嘩なんて、しょっちゅうだし。居なくなっちゃえとホンキで思ったりする。でもさ、モエのことは何となくわかってしまう。何となくわかっちゃうから、それだけ憎らしくなってしまったりするんだ。その、何となくはふたごや兄妹でしか理解できないことなのかもしれない。それって、バーチャルのようなコンピュータには絶対わからないことなのだろうな。大好きな家族なんだけど、ふたごって微妙な関係だよね。お母さんを取りあったり、イジをはりあったり。二人が大きくなったら、ほんとうに仲良くなれるのかなあ。そんなことをツラツラ考えていると「行くぞ！」とトムの声が響きました。ヘンゼルがスタートの操作をしました。

グレーテルがアシストをしています。ふたりともに役割分担をきちんとわきまえた連係プレーをこなしている。モエもリョウも感心しました。そういえばモエと協力して何かをやりとげたって経験ないよね、とリョウは思いました。見習わなくっちゃ。

〝卵〟がするすると動き出します。外の景色がぐにゃりとゆがむと、無数の色の粒子が無数の線となって後方へ飛んでいきます。ヘンゼル兄妹はおしゃべりしたまま、両手を忙しく動かして操作を続けています。モエもときどきおしゃべりに加わっていました。最近、お菓子の種類がすごく増えたねって話しています。とくに日本のお菓子はすごいよ、とヘンゼルが感心していました。確かに、コンビニを見渡しただけでも、リョウがまだ食べたことのないお菓子が山ほどあります。世界に広げて考えたら、お菓子の種類がどれだけあるか見当もつきません。お小遣いをにぎってお菓子の棚の前でさんざん迷っているこどもって、世界中にたくさんいるはずです。お菓子の種類、ちょっと多すぎると思う。一生に体験できることって、限られているでしょ。お菓子もそうだけど、読んだことのない物語、きいたことのない音楽も、山ほどある。もっと困っちゃうのが、勉強しなくてはいけないことが無数に待っている。お菓子の棚を前にしたこどものように、どれを選ぶか迷っちゃうよ。僕たちは、大切なものの前でいつも迷い続けている気がする。これから僕たちが食べなきゃいけないもの、読まなきゃいけないもの、聞かなきゃいけないもの、学ばなきゃいけないものに比べて、人生はあまりに短すぎる、とリョウはため息をつきました。

ほおら、こどもだって、ときには哲学的になるときもあるのですよ。

どのくらい時間が経ったのでしょうか。ヘンゼル兄妹が再び忙しくスイッチ類を押し始めたと、リョウが気づいたときです。とつぜん〝卵〟は停止しました。

「えっ、もう着いちゃったの」

リョウたちの住んでいる東京から国防総省のあるアメリカ東海岸のアーリントンまで来たのですから。地球半周分の距離にしては、ちょっと速すぎないか？

「電脳空間では光速に近い速度で移動できる。そのため時間の感覚が時として失われてしまうのさ」とトムが説明してくれます。移動のスピードが光に近づけば近づくほど時間は遅くなるといいます。

「じゃあ、夏休みになったら、ずーっと夏休みでいられるのかな」

「今のこの時点だと、夏休みがなかなか来なくなっちゃうけどね」と返事してくれたのはヘンゼル。そんな話をしていたら、トムの声がしました。

「バーチャルのファイアウォール領域まで着いた。モエは降りてくれ。リョウ、ヘンゼル、グレーテルはそのまま待機してもらう」

モエは〝卵〟から吐き出されるように、透明の殻を抜けて仄かに輝く電脳空間に降り立ちました。ふわりとカラダが浮く感じなのは水の中にもぐったあの感覚に似ています。皮膚全体がジェルのような透明の物質に押されているようです。電磁波が強いのか、全身にピリッピリッと嫌な刺激を感じて、動きにも自由がききません。これがバーチャルのファイアウォールなの？　てっきり頑丈なフェンスのような障害が張り巡らされていると思っていたものですから、ちょっと拍子抜けです。おかしいとは感じながらもモエはカラダを動かしてみました。大きな風船を四方からカラダに押し付けられているような閉塞感があります。動こうにも超スローモーションでしか動けないもどかしさ。自分のカラダが自分のカラダでない感覚。重力を失っているので、前に行くのか、上に昇るのか、下に降りるのかも、はっきりせず、あせりだけがつのっていきます。上下と左右だけは、乗ってきた〝卵〟が見えるので何とか理解できます。いったいどっちへ向かえば良いのよ!?　気持ちだけがバタバタしていると、おおっ、向こうのほうに小さく人影が見えるではないですか。遠くからトムの声がしました。

「たぶん、あれがハルなのだろう。わたしたちは、このファイアウォールがどのような仕組みなのかを解明できない。悪いがここから先は、モエが自分で道《ルート》を見つけだして彼女のところまで行ってくれ、きみならできる」

「道《ルート》といったって、どこに道《ルート》があるの？　あたしにできるって、なんの確証があって断言できるのよ？」とモエは怒っています。

「それを探すのがきみの役割。ほら、カラダを動かしてごらん。どこかにすき間のようなものがないか？」　声はいつの間にかイソップ爺さんに代わっていました。他人事だと思って好き勝手いわないでよ、となかばヤケになってモエはカラダをいろんな風に動かしました。お布団にくるまれたような頼りない感覚ばかりが手足に伝わってきます。いったい、どこにくぐり抜けられるような穴があるのよ。あせってばかりでなかなか見つかりません。あそこにハルがいるかもしれないのに近づけない。モエは次第にイライラし始めました。

「頭で探してはダメ、全身の感覚をとぎ澄ますの」と遠くからグレーテルの声がします。モエは、落ち着けと自分にいいきかせました。どんなにあせってもスピードアップにならないことは、モエだって知っています。落ち着いて、いつもの自分を取り戻すのです。

なるほど、全身の感覚を皮膚に集中すると、見えないけれど斜め下にぽっかりと小さな空白があるのを感じ取れました。モエはそちらのほうへ泳ぐようにカラダを運びます。

「そうじゃ、その調子じゃ」

モエはカラダをあちこちに動かしながら一つ一つ入り口を見つけ一歩一歩と進んでいきます。ゆっくりだけど動けるのは動ける。これってゲームなの、ワナなの？　進むたびに、不安がつのっていきます。

リョウもそんなモエを〝卵〟の中から見ていて心配していました。ハルの場所まではまだまだ距離があります。スローモーションを演じているパントマイムを見ているようです。これではハルのところまで何時間も、いや何日もかかってしまう。それでもモエは、ハルに近づきたい一心で、前に三歩、上に二歩、前に五歩と角度を変えながらゆっくりと進みます。

「モエ、ハルが何かのメッセージを送ってきていると思うのじゃが。きこえんか？」

耳を澄ませても何もきこえません。頭に何かを思い描こうとしても何のイメージも浮かびません。少しでもハルに近づきたい、その気持ちだけで進んでいます。こんどは下に二歩、また前に三歩。気持ちがあせる分だけ、動作がカラ回りしています。すでに何時間もたった気がしました。しかし、実際は数分しかたっていないのかもしれない。時間の感覚がマヒしてしまったみたい。疲れだけが確実に蓄積しています。あまりに疲れたので休憩しようと体の動きを止めたその時、ふと今までの道すじが頭の中に浮かびました。「ん、このカタチはどこかで見たことがあるぞ」モエはそう思って、進んで来たルートを指先でなぞるようにゆっくりと想い描きました。「あっ、ドラゴンだ」。そう、モエとハルが保育園の時、一緒にカラーブロックでこさえたドラゴンの尻尾あたりにそっくりです。雨の日、外で遊べない時には、ハルと二人で緑と赤と黄色のブロックを積みあげて大きなドラゴンをくり返しつくりました。絵本にあった泣き虫ドラゴンが気に入って、ふたりだけのマークにしました。モエは赤いドラゴンの絵の下に覚えたての「も」の文字を書いて自分のマークにしました。ハルは青いドラゴンの下に「は」の字を書いて自分のマークにしました。みんなから「かっこいいね」とほめられたものです。ソラがまねして黄色のドラゴンの下に「そ」の字を書いた時、ハルは怒ってその絵を破りすてました。その勢いに。ソラがびっくりして泣き出したことを憶えています。

カチッという音がきこえるくらいに、ハルが送ってきたイメージがモエのどこかの部分に収まった気がしました。想い出の同じ場所、同じ時間、その時に降っていた窓の外の雨の匂いさえ感じたのです。

モエはそのドラゴンのカタチを想い起こしながら進みました。後ろ足から胴体へ。すると、これまでのもどかしさがウソのようにすっすっと歩いていけます。ハルのメッセージとは、ドラゴンのことだったのでしょうか。ハルとモエの共通の記憶、共通の想い出のチカラが二人を近づけてくれているようです。

〝卵〟から眺めていたリョウはびっくりしました。そりゃそうでしょう、モエがとつぜん、カタツムリのような歩きから、とたんにミズスマシのようにすっすっと動き出したのですから。

モエはまたたくまにハルに近づきました。ハルのほっとした笑顔が見えます。ハル、もうだいじょうぶだよ！と声をかけた時でした。ふうっとハルのイメージが消えたのです。と同時に、これまでジェルのように柔らかな空間が急速に固くなっていくのが肌に伝わってきました。やばいよ、このままだとあたしはスノードームみたいに閉じ込められちゃうよ。ハルを早く助けなくてはという気持ちと、あたしを助けてという気持ちから、「助けて！」と叫びましたが、声にはなりません。ただ焦りと恐れが、雪のように降り積もっていくだけです。

あっ、何だろう。助けを求めるモエに、救命浮き輪が投げ込まれたみたい。あるイメージが放り込まれてきたのです。何かの靴のカタチみたい。あっ、スパイクです。送ってきたのは、リョウでしょうか？　この間、家族でスポーツ店に買いに行った黄色いスパイクだと思います。なんで、こんな時にサッカーのスパイクなの？　しかし、不満をいっている暇はありません。空間が固まってしまう前に、スパイクのイメージを辿って〝卵〟までの帰路を急ぎました。

「やられた」とイソップ爺さんの声。

「バーチャルに先をこされた」とトムの声が重なります。せっかくここまで助けに来たのに、もうちょっとだったのにぃ、とモエは悔しがりました。いったい、ハルはどうなったのでしょう、これから、どうなっちゃうのでしょうか。ハル、一人ぽっちでかわいそう。急に涙がぽろぽろと出てきました。モエは〝卵〟へ向かって進みながら、大声をあげて泣きはじめました。

「しっかりしろ、おまえがハルを助けなくて、だれが助けられる」と爺さんの声が叱咤します。

「じゃあ、どうすればいいのよ。グスン」

「すぐに偵察隊から報告があるはずじゃ。〝卵〟に戻って待機していてくれ」

〝卵〟ではみんなが慰めてくれました。ハルとドラゴンのイメージをやりとりできたことは、成功へ一歩だとトムはいいます。新しい能力が開発されたからです。そのあとのリョウが送ったスパイクのイメージからも、想い出の領域が伝達の大きなチカラになっていることがわかったらしい。「いうなればバーチャルの電脳世界に夢の仮想領域をつくり出すことができた」というのです。チンプンカンプンだけど。これから、こどもたちの共通の想い出を見つけて発信すれば、電脳空間でも世界のこどもたちと連絡することができるかもしれない、とトムはいいました。

そこに、偵察隊からハルはすでに大西洋を越えているらしいと報告が届きました。

「はじめから、ハルを遠ざけるつもりだったなら、この迷路はなんだったのかしら？」

「たぶんバーチャルがモエを試したのだと思う」とトム。あのジェルはモエをコピーするための伝導体の一種だったのかもしれない、といいます。

「想う、想い出すことがバーチャルにはよく理解できないらしい。想い出は、記憶とともに深い感情の何かをともなっている。その感情というものがバーチャルには不可解なんじゃ。モエとハルの友情は、そんな感情以上にわからんと思う。想い出、想い出すことは不思議なパワーを秘めておる。記憶と違って、想い出は、人間の感情にしっかりと結びついておる。そんなことを、モエとハルを使って確かめたかったのじゃろう」とイソップ爺さん。

「きみたちの想うチカラ、イメージ伝達能力、とくに友だちという強い絆をバーチャルは欲しがっているのかもしれない」とトム。

「あたしたちを捕まえて、その能力を奪おうと？」

「奪うということよりも、その伝達や絆の仕組みを知りたかったはずじゃ。彼らにもイメージを伝える力はある。それはあくまで0と1で組み合わされた情報でしかない。しかし、ハルがモエに送ったような方法は彼らには考えられない。さっきモエがハルの送ってきたイメージを受けた時、たぶんバーチャルはその伝達方法を懸命にコピーしていたはずじゃ。バーチャルは真似しかできない。自分で創造することができないので、そのような状況にひきこんで、モエとハルの方法を写そうとしたと思う。ネット上であれば、コピーすることなんぞ簡単じゃ」

「コピーされちゃったのかしら」

「たぶん、できなかったと思う。きみたちの間での伝達方法は彼らの言語で理解できるものではないからな」とトム。

「ふーん、あきらめたらハルを返してくれると思う？」

「たぶん、帰してはくれんじゃろう。ハルにはまだまだ使いみちがある。モエをおびきだすにはハルが必要じゃ」とイソップ爺さん。

「ワナとわかっていても、あたし助けに行くよ」とモエはきっぱりと断言します。

「このところバーチャルはすごい勢いで進化をとげている。新しい世代がバーチャルに誕生しつつあるようだ。進化をとめるためにも、一刻も早くバーチャルの本部を叩くことが急務となる」

その時、イソップ爺さんのスマホが鳴りました。爺さんは、しわしわの指でボタンを押して画面を確認しています。

「カリタス本部はいま電脳空間にたくさんの斥候を送り込んでいる。ハルを発見できるのは時間の問題じゃろ。ところで、モエはマッケン塾を知っちょるか?」と、イソップ爺さんはたずねてきました。

「うん、最近すごい勢いで小学生や中学生、高校生から人気を集めている。わたしたちの学校でも六年生はけっこう通いだしたわ。ニセハルもマッケンの夏期講習に申し込んだっていってた」

「斥候によると、そのマッケン塾がどうもバーチャルと関係がありそうなんじゃ」

「へぇ、そうなんだ。明日、友だちとマッケン塾探検に行くことになっているの」

「そいつは好都合じゃ。しっかり探ってきておくれ」

「わかった!」

やっぱねぇ、マッケン塾っておかしいと思ったんだ。あんなスピードで流行るのって、ぜったいどこか怪しいと思ったよ。あたしの睨んだとおりだと、モエは頷きました。

7月6日　土曜日

夏日となった暑い昼下がり、モエはハーコも誘って、ユカリと三人で西新宿のマッケンビルに向かいました。ハーコのお母さんも近頃「マッケンマッケン」と、どこかの鳥みたいにうるさいといっています。そんなにマッケンってすごいのかなあ。

西口の地下道を歩いていく途中、ハルがマッケンに申し込んだことを告げると、ユカリもハーコも驚いていました。ハルって受験しないし、塾よりピアノ教室に熱心に通っている女の子だったよね。これってやっぱママたちの圧力かなとハーコがいいました（早くホントのことをみんなに知らせたい、とモエはつくづく感じいったものです）。

ともかくマッケンだ、タンケンだ、とユカリが小さく叫びました。うん、マッケンとやらをともかく拝見しようじゃないの。バーチャルとの結びつきをぜったいあばいてやる。

マッケンビルは西新宿の高層ビル群の中にあって、塾以外にも末紀未来研究所ホールディングスのいろんな企業が入っています。警備員がうようよしているロビーから塾がある42階に上がっていくと、ふかふかの絨毯の広い受付が待っていました。「半年で成績が上がらない場合は入学金・月謝を返金！」と書かれたポスターがいやでも目に付きます。ははん、これにお母さんたちはやられちゃったんだ！　母親って人種は割引や返金なんて文字を見ると目が輝くことを、こどもたちはちゃんと知っています。マッケンの受講料は他の塾の三倍くらい高いのです。それでも、みんな入りたがっているからスゴイよね。

三人は受付で見学したい旨を告げました。すると見学申込書に学校名と学年・氏名を書かされ、奥から出てきたモデルのような長身のお姉さんが「こちらへ」と教室へ連れて行ってくれます。お姉さんの背中を見ながらハーコが「給料高そう」とつぶやきました。

案内された教室をみんなで覗き込みます。学校の教室の倍はあるようなスペースに、ぎっしりと机が並んでいます。それぞれの机にパソコンが設置されており、生徒たちはヘッドホンをつけ、みな同じ表情でモニターを覗き込みキーボードを叩いています。

「ここでは、パソコンのタイピングを練習しています。考えるスピードで打てるように、目と耳で受け止めた言葉をすぐさま指で打てるように、訓練しているのです」

なるほど、あの時パソコンクラブは、ここと同じ練習をしていたのかとモエは思いました。モニターを見つめる生徒の眼つきは、パソコンクラブの生徒のものと同じです。みんなニセハルみたいな顔つきをしています。しかも全員コピペしたように同一の顔つき、感情を忘れてきたような無表情、一つの事しか見えていないような目つき。楽しそうじゃないよね、と小さな声でユカリがつぶやきました。ほんとだね。

「ここの練習は、画面に映しだされ、同時にヘッドホンからきこえる情報を打ち込む訓練です。映し出される情報はステップごとに速くなっていきます。その速度に追いつけるように指を馴らし、それによって目と耳と指から知識を吸収して学習能力を高めるのです。マッケン式速学術と呼ばれている学習方法です。末紀未来研究所が開発した集中力を高めて記憶力をつけ、しかも時間を倍に使える画期的な学習方法なのです。訓練を終えたら、一時間が通常の二時間に相当するくらいに使えるのです」

「この訓練はどのくらい続けるのですか？」とユカリがききました。

「早い人だと一週間で終えることができます。ほとんどの生徒さんは二週間あれば、次のクラスに進めますね」

「一心不乱って、このことだね」とハーコが感心しています。頭を働かせると同時に指先を働かせることで、記憶と学習の能力の相乗効果が得られると説明されました。確かに、これなら余計なことを考えるスキマはありません。感情を抑えこむために、つねに指先を動かしているみたいとモエには感じられました。ニセハルの指のピクピクって、これが原因だよね。

一通りの見学を終えると、お姉さんから「パソコン訓練を試してみたら？」と勧められましたが、遅くなるとお母さんが心配するだろうから帰りますと返事しました。マッケンがバーチャルだったら、ワナに捉えられないように注意しなくてはなりません。来る途中に三人で打ち合わせしておいた通りの返事です。お姉さんはそうですかといい、今度はお母さんといらしてくださいと付け加えました。出口の壁面には、東大合格者一覧の横に、全国模擬試験の成績一覧表が貼ってありました。「すげ、タクマくん八位だよ」と、ハーコ。良く見ると、パソコンクラブの何人かは二十位以内に名前を連ねています。あったあったとハーコは夢中になって一覧表を見つめています。

一覧表を眺めながら「順位とかランキングとかベストテンとか、みんな好きだよねぇ」とユカリがいいました。そうだね、テレビなんてランキング番組ばっかだし。モエも、なんだか世の中の仕組み全体が、どんなものでも順番をつけ、差を確かめるように仕組まれているように感じています。

「学校では差別はいけないって教えているけど、成績や受験なんて差別の代表みたいなものだよね」

「そうだよ、結局順番をつけて良い悪いを決めているんだからさ」

これからこどもたちが大人になるに従って、差別、区別、順位が重くのしかかっていく気がします。うっかりそんな波に乗ったら最後、死ぬまで順番や差や違いにこだわって生きるしかないみたい。ああ、やだやだ、そんなにランクや差をつけなくっていいと思わない?

保育園の頃は、ハルもハーコもヒロもソラも、みんな同じだったよ。一緒だった。ランキングなんて関係なかった。たとえば、だれかは絵がうまいけど、だれかよりはかけっこが遅いみたいに。いいところも悪いところも持っていた。だから差とか違いとか感じなかった。それが、いつしか小学校の学年を上がるたびに、差がついてきた。というより、だれからか差を付けられてきた。差が、勉強や運動みたいな将来役に立つものだけに限られてきちゃっている。だれよりも上手に一輪車に乗ることができても、もはやそれは評価されなくなった。将来の役に立たないから、お金もうけに関係ないから、みんな一輪車に乗らなくなった。その代わりに、成績に差をつけるために塾に通い始めた。ヘンだ。ぜったいヘンだとモエは思いました。じゃあ、どうすれば良いんだろう。成績が良くて、良い大学に入り、世の中の一番上に立つ人たちに、そんな差別や区別、順位を無くそうといっても無理なような気がします。その人たちは、差別や区別でその地位を獲得したのだから、そんな世界が良いと思っているに違いない。それが民主主義だと考えているに違いありません。でもね、頭の良いのと、かけっこが早いのと、一輪車が上手なのと、みんな同じじゃないかな。頭が良いだけが特別扱いされているのって、おかしいよ。

そんなことを思っていると、エレベーターが到着しました。逃げるように銀の箱に乗り込んだ三人に向かって、受付のお姉さんが最敬礼をしています。

下降するエレベーターの中で、モエは「この塾はバーチャルと関係がある」と確信しました。間違いないよ、なぜなら説明をしているお姉さんの指がニセハルのようにピクピク動いていたもの。上級クラスの生徒たちも指をピクピクさせているに違いありません。こんど確かめてみよう。

「週に三日二時間ぽっきりの訓練で、成績が上がるんだってさ」と、ユカリがいいます。

「うーん、それはスゴイことだよ、一時間が二時間になるんだもの」とハーコも考え込んでいます。

「でもさ、マッケンに通うと、つねにコンピュータの画面を見ないと落ち着かなくなっちゃうんだって。六年生のトオルくん、さっき模試で十二位だった子、夕飯食べたらテレビも見ないで自分の部屋に入ってキーボードたたいているんだって」とハーコがいいました。

「そのうち学校も来なくなっちゃうんじゃないの」とユカリがいいます。

そうだよね、モエは、マッケングループの社員たちがそんな状態になっているってきいたことがあります。会社から家庭へ戻らなくなってしまうらしい。「会社引きこもり状態」が増えて、あるテレビはそれをマッケンシンドロームと騒いでました。それって、あの指をピクピクさせることと無関係じゃないはずです。バーチャルにやられちゃっている証拠です。

「でもさ、週に三日、二時間だけガマンすれば、成績があがっちゃうんでしょ。みんな行くよなあ」とハーコがいいました。

「たしかにねぇ」とユカリが相槌を打ちます。

やばいよ、あそこはバーチャルの巣窟なんだとモエは思いましたが、バーチャルを知らないみんなには関係ありません。二時間だけコンピュータに向かっているだけで成績がぐんと上がるなら、モエのお母さんがすすめるのも当然でしょう。塾なんて中学生からでいいよといっているお父さんだって、これを知ったらどういうかわからないな。バーチャルと関係がないなら、モエだって行きたいと思ったかもしれない。さっきまでゼッタイ嫌だといっていたハーコでさえ心変わりしそうなのもムリはありません。小学生って、結局はまずは成績で評価されるのですから。クラスでイチバンのタカシだって、みんなから怪物君と呼ばれるほどヘンテコなヤツだけど、勉強ができるので先生や生徒から一目置かれています。ちょっとくらい騒いだって叱られないもの。

「考えればさあ、大人になるってことも、コンピュータみたいになっちゃうことだと思わない？」

と何かを発見したかのように、ユカリがいいました。

「ほんとだ、まじめで勤勉な大人になるって、そういうことだね。大人になるってつまんないな」

「この間、社会科見学で行った印刷工場に、〝正確・迅速・安全〟って標語が貼ってあったじゃん。あれって、みんなコンピュータで動く機械みたいになれってことだよね。仕事ができる優秀な大人って、コンピュータにどれだけ近づけるかってことなんだろうな」

「近頃、大人たちはＡＩに仕事をとられるって騒いでいるじゃん。ＡＩで便利になることって、そんなに大切なことなの？　東京大阪を一時間半で行く必要なんてあるのかって、いつも思うよ」

「結局、人や会社、国どうしの競争に勝つためなんでしょ。バッカみたい」

「あたしさあ、大人になったら、お菓子だっていくらでも食べられるし、ゲームだって好きだけ遊べるし、勉強しなくてもいいし、天国じゃんと思ってた」

「なんだか違うみたいだね」

「コンピュータみたいな大人になっても、お菓子っておいしいのかなあ、ゲーム楽しいのかなあ？」

「わかんない。でもさ、大人たちってそんなにお菓子食べないし、ゲームで遊ばないじゃん」

「うん、おいしくなくなっちゃうのかな」

「そうみたいだね」

「だったら大人になりたくないなあ」

「コンピュータみたいになっちゃうのって、きっとつまんないよ」

「わかる、ゲームも遊びもきっと面白くなくなっちゃうんだ」

「やっぱ、マッケンに行くの、止・め・よ・か・な」とハーコ。

「止めたほうがいいよ」とモエ。ウチラは夢も希望もあるりっぱなこどもなんだ。勉強なんかできなくたっていいよ。

何かを得るためには、何かを捨てなくてはならない。そんなお父さんの言葉をモエは想い出しました。わたしたちこどもは大人になるために何を捨てなければならないのだろうか。それが夢だとしたら、ぜったいお断りです。

「でもさ、やっぱ、早く大人になりたいな」とぼそっとハーコがつぶやきました。

「うん」とユカリが相槌を打ちました。

そうだよ、やっぱ早く大人にはなってみたいよ。でも、ＡＩやコンピュータが大人の理想だとしたら、ぜったいなりたくない。

マッケンの名で通っている末紀《マツキ》未来研究所。もともとはコンピュータのソフト開発を主な仕事としてきましたが、そのソフトを使って塾を始めたところ評判を呼び、全国展開をはじめたのです。いまでは欧米、中国、インドにもネットワークを広げて、グローバル企業の旗手と称えられています。大学生の就職したい企業ランキングでも、ここ数年つねに上位を占めており、最近では塾のインターネット授業もスタートさせて、世界三十六カ国に配信されているそうです。いまではマッケン式パソコン教育を中学高校で義務化しようと運動している議員も大勢いるとのこと。そうなったら、大変だ。たしかに最近のマッケンの勢いはものすごいものがあります。それは、バーチャルに夢を奪われた大人たちが急増していることと関係があるに違いありません。マッケンが目標としているのは、夢の領域を閉ざしたＡＩみたいな頭脳を持ったこどもたちなのです。そんなの、ゼッタイ阻止してやるとモエは思いました。そうだよ、マッケンがバーチャルの手先なんだ。間違いない。

三人は高層ビルのテラスにあるハンバーガーショップで、百円ずつ出し合ってＬサイズのポテトフライを買い、つまんでいます。話題はマッケンからアイドルに移っています。ハーコのお姉さんが行った武道館ライブの話に夢中になっています。隣の席には、男の子がゲーム機をいじっていました。

「あっ、コータだ」とユカリがいいました。

コータと呼ばれた男の子はゲーム機から顔を上げました。イヤホーンをはずして、三人の女の子にやっと気づきました。

「なんだ、ユカリじゃん。おまえもマッケンに通っているのか?」

「今日は友だちと見学に来たの。コータはマッケンに通っているんだ?」とユカリはコータの横にマッケン塾のバッグがあるのを見つけてそういいました。コータとは三年生まで学童保育で一緒でした。コータは御苑の隣の富倉小学校に通っています。

「オレさあ、いつもサボってここにいる。あんな塾は、コンピュータの奴隷をつくるだけだろ。コンピュータのいいなりになってたまるかってえの」

そうなんだよ、バーチャルの手下をつくるための塾なんだ、とモエは心の中で頷きました。それと、ちゃんとわかっているこどもがいるんだと、何だかホッとしました。

モエは考えていました。マッケン塾がある限り、これからもバーチャルたちはどんどん勢力を広げ続けることでしょう。みんなの夢を閉ざして、コンピュータの奴隷をたくさん増やしていくはずです。夢の世界でバーチャルに勝ったとしても、バーチャルはマッケン塾を拠点に何度も復活してきます。もとを絶たなきゃダメ、なのです。あらためてマッケン塾をぶっつぶすぞ、とモエは決心しました。でも、それはあまりに無謀な計画であるような気もしています。たとえば、リョウたちがジャイアンツと野球をやって勝つみたいな感じ。こどもたちの手には負えない途方もない作戦のように思われました。それこそ夢物語だといわれそう。どうやったら、マッケンをぶっつぶすことができるのだろう。モエはマッケングループの超高層ビルを見上げながら、自分たちの小ささに、大きくため息をつきました。

でもね、このコータがわたしたちの味方になってくれることは、直感でわかるよ。このことは今日の収穫です。トクベツ根拠はないけど、こども同士みんなで力を合わせれば、この作戦は何とかなるような気もします。うん決めた、そう信じよう。

モエはコータにいいました。「あたしもさあ、マッケンをぶっつぶしたいんだよね。きみのいうように、コンピュータの奴隷になりたくないし、マッケンがこどもの敵であることは間違いないよ」

その過激な発言にユカリもハーコも驚いています。

「おっ、すげえこというじゃん。オレの姉ちゃんもそういっていた。マッケンを抹殺しなければ、こどもの未来はないっていってた」

いいぞ、コータの姉さんも味方してくれるよ、きっと。

その日は、その四人で連れそって帰りました。道々、モエはハーコやユカリ、コータに早くバーチャルやカリタスのことを教えておかなければと思いました。でも、こんな場所でふつうに話したら、ぜったい信じてもらえない。だよね、あたしだって、そんなこととつぜんにいわれたら、この子何いってるのと思っちゃう。そうだ、今夜みんなの夢に入って夢の中で打ち明けよう。そうすれば、きっと信じてくれる。

モエは帰るとお母さんにマッケン塾に見学に行ったことを報告しました。

「ね、良かったでしょう」とお母さんは念を押すように笑顔で確かめます。

モエは「まあね」とあいまいに返事しておきました。こんな場合、あいまいにしておくことがイチバンです。そのくらいのこと、小学生にだってわかる。

その夜、モエはバーチャルのことを説明するために、ハーコ、ユカリ、コータの夢に入っていきました。

●ハーコの夢

モエはまだ一人で、ハーコまでの複雑な夢の通路を辿ることができません。そこで、アリスに夢先案内をたのんでハーコの夢へと入っていきました。着いた先は、ハーコが住むマンションの前庭。彼女は両手ばなしでふわふわと自慢の真っ赤な自転車に乗っています。自転車に乗れたのが友だちの間で一番遅かったハーコ、いつもモエやハルの自転車で練習したいといっていました。でも、二人ともカラダの大きなハーコが自分の自転車と一緒に転ぶのを嫌って断ってばかりでした。ぜったい自転車がコワされると誰も貸してくれません。それでも、自転車教室なんかに通ってやっと乗れるようになったのです。乗れたその日に、いまの真っ赤な自転車を買ってもらいました。五年生なのに、ぴかぴかの自転車を持っているのはハーコだけです。その自転車で曲乗りをするのは、彼女の憧れです。夢の中ではみごとな手ばなし乗りを楽しんでいます。

モエはハーコに声をかけました。

「あっ、モエかあ」

ハーコは手ばなしのまま自転車に乗って自慢げに返事しました。隣にいるアリスにちょっと驚いたようです。

「とつぜんでごめんね、こちらは友だちのアリス」

「どーした?」

「実はね、今日、マッケンの帰りにでも話そうかと思ったんだけど、あの状況ではぜったい信じてくれないと思ったから、こうしてハーコの夢に入り込んできたの」

「えっ、どおやって来れたの?」とハーコはやっと自転車から降りてきました。どうやらこれが夢の中の出来事だとわかったようです。

モエは夢の通路のこと、バーチャルとカリタスの戦いのこと、ハルが囚われていること、マッケン塾のことなどを一つ一つ丁寧に説明しました。でも、いっぺんじゃ、ちょっとムリかな。やっぱり「わかんないよ、夢の通路やバーチャルやサーバーなんていわれても、よくわかんない」とハーコ。そこにアリスが口をはさみました。

「だったら、ハーコをつれてユカリの夢まで行こうよ。夢の移動を体験すれば、少なくとも夢の通路については、すこしは理解してくれると思う」

「それがいいね、じゃハーコ、一緒に手をつなごう」

ハーコはワケわかんないとつぶやきながら、それでもモエと手をつないでくれました。夢の通路に入るためのかんたんなコツをモエはハーコに説明しています。

いくよ！ というアリスの声とともに、三人はふうっと夢の通路に吸い込まれていきました。

「うわっ、ジェットコースターみたいだ」とハーコは興奮しています。けっこう喜んでいるみたい、女の子の方がこうした未体験の状況を素直に受け入れてくれるとモエは思いました。男の子はダメ、キホン怖がりだから。

●ユカリの夢

百人以上の夢を通過して、ユカリの夢に着きました。

なぜかユカリは小さな青色のバケツに釣り糸をたらしていました。保育園の時に砂場で遊んでいた懐かしいバケツです。

「やあ、ユカリ」とみんなは挨拶しました。

ユカリは「ど、どうしたの？」と驚いています。そりゃそうでしょう、とつぜん二人が夢に現れたのですから。しかも、一人は金髪のアリスです。いくら夢の中でも、びっくりするでしょう。

「きいてほしいことがあるの」と、モエは単刀直入にハーコに説明したことと同じ話を繰り返しました。二度目なのでモエの説明も上手になりました。ユカリはいくつかの疑問点を質問しましたが、かなり理解できた様子です。

「どおりでハルがヘンだと思ったよ。あんな子じゃなかったもの。あれってニセハルなんだ。そっかあ、マッケン塾がバーチャルの拠点《ねじろ》だとしたら、いまバーチャルはすごい勢いで勢力を広げていることになるよね。あたしらだって入りたいって思ったもの、あの塾。それだけに、あいつらをやっつけるのはケッコウたいへんだよ。どおするの？」

そういいながら、あいかわらず釣り糸をたらした小さな水面を見つめています。

「ところでユカリさあ、なんで釣りしてんの？」とハーコがたずねました。

「市ヶ谷の釣り堀をみていたら、いちど釣りをしたくなって。こんなバケツの中でも何か釣れんじゃないかと思って、糸たらしてみたんだ。ほら、こんなに魚がかかったよ」と横においてあるスイカ模様のビニールプールを見せてくれました。その中には手のひらに載るほど小さな鯨や鮫やマグロの群れがスイカの海を泳いでいるではないですか。これがユカリの夢なのか、とモエは驚きました。こどもの夢って予想を越えているよね。

「すげえ」と、バケツの中をのぞいたハーコが叫びました。

「ユカリはバーチャルのこと、マッケンのこと、わかった？」とモエ。

「良くはわかんないよ。でもマッケン塾をやっつけなければならないことは、十分理解できた」

「少なくとも、こどもたちみんなで力を合わせなきゃ、勝利をかちとれないわ」とアリスが強調しました。

モエが続けて「夢の戦いには、ハーコやユカリ、そしてコータにも手伝ってほしいから、ここまで来たの。バーチャルをやっつけることができるのは、あたしたちこどもしかいないんだ。これからコータの夢に入っていって説明しようと思うの」といいました。

「いいねえ、また夢のジェットコースターに乗れるもの」とハーコ。すっかり夢の移動が気に入ったようです。

こんどはモエ、ハーコ、ユカリ、そしてアリスの四人でいくつもの夢をとおり、コータのもとへと向かいました。

●コータの夢

コータは桜公園の木の上にいました。ここにツリーハウスを建てるといっています。桜公園の桜は四年前に植樹されたばかりなので、ブランコの高さくらいしかありません。

「こんな小さな桜じゃムリだよ」とユカリがいうと「そのうちに成長してちょうど良い大きさになるんだ。その時までにここにハウスを建てておけば、木の幹が周りを囲うように成長して、ハウスも一緒に大きくなるから立派なツリーハウスができる。世界で初めての工法さ。ノーベル賞ものだね」と自慢しました。

木と一緒にツリーハウスも成長するのでしょうか。なんだか良くわかりません。ほんとにこどもの夢ってヘンだよね。

モエたちも木の枝に座りながら、コータにもバーチャルのこと、カリタスのこと、夢の戦いのことを一通り話しました。ハーコは説明を合計3回きいたのでなんとなくわかってきたようです。

「バーチャルとの戦争かあ、姉ちゃん喜ぶよ」とコータは遠い目をして胸を熱くしています。

「姉ちゃんもマッケン塾には恨み骨髄なんだ。ボクたちといっしょに戦ってくれるよ」とコータがいいました。

コータのお姉さんのハナは中学二年生です。モエたちから見ると、すっごく大人。頼もしい限りです。

「そういやさあ、俺たちこどもって、いつもだれかと戦っているような気がしないか。親や先生や塾の教師なんかともいつも戦っている。バーチャルとの戦いもある意味大人との戦いだよな。そうは思わないか?」とコータのちょっと背伸びした発言に、女の子たちはちょっとばかり引いちゃいました。なあにカッコつけちゃって。

「こどもって、大人にはなりたくないんだけど、でも大人にはなりたいヘンな生き物だよね」とハーコ。

「ほんとうは今がイチバンいいってわかっている。けど、やっぱ大人にはなりたいんだよね。大人の世界を知ってみたい。大人はいいなあって、いつもちらっと感じてる」とユカリ。

「だけどね、大人になるためには、引き換えに、いっぱい大切なことや楽しいことを捨てたり、忘れたりしなきゃなれないんだよ」とモエ。

「そうだよね、忘れちゃいけないと思った大切なことさえ、いつの間にか忘れているんだよ。それって自分の親を見ているとつくづく感じる」とユカリ。

難しい問題だよ、とモエは思いました。ただし、バーチャルたちが支配する世界になってはこどもの居場所がなくなってしまうのは確かです。こどもは、大人になるためのステップでしかなくなる。同時に、こどもであることの意味がなくなっちゃうことも、ハッキリしています。大人の予備軍としてのこどもなんてごめんです。

こどもは大人への通過点ではありません。こどもはこども、大人たちがどれだけ望んでも、決してなれない存在なのです。

「ともかくバーチャルの好きなようには絶対させない。マッケン壊滅作戦については、これからカリタス本部に相談してくるね。詳しいことがわかったら、みんなに報告する。それまで待機しといてよ」とモエはみんなに、そう告げました。

モエたちが、コータの夢から出ようとしたその時です。

桜公園に雷鳴が響き、天空に何本もの稲妻が光ると、ひと抱えもある光の塊が轟音とともにジャングルジムに落ちました。まるでＵＦＯでも墜落したみたい。いつのまにか公園を覆った青空も、色彩をどろりと変化させてペンキを塗ったお椀をかぶせたように変わり果てています。落雷したジャングルジムは気が狂ったように発光したのち、突如ぐにゃりと柔らかくなったかと思うと手足らしき四本の突起を伸ばして、ロボットのような物体に変身したのです。

「バーチャルが攻めてきた、みんな逃げて」とアリスが叫びます。

「これがバーチャルかよ！　まるでアニメのボスキャラじゃん」とコータはジャングルジム・ロ

ボットを見上げながらいいました。ロボットはバチバチと無数の小さな稲妻を身にまとい、ゆっくりと回転してモエたちに向き合おうとしています。

「それにしてもブサイクなロボットだね」とユカリ。確かに、あのカタチには美意識や想像力のかけらも感じられません。幼児がこさえた粘土細工のほうが、よっぽどましです。そんな、できそこないのジャングルジム・ロボットは、カタツムリの角のように腕を水呑場まで伸ばすと、木の切り株をまねたセメントの水呑み場を地面から引っこ抜き、肩に担ぎ上げました。そして、金属の水呑み口をモエたちへ向けたのです。

「逃げろ！」とコータが叫びました。

こどもたちが木から飛び降りた瞬間、水呑み口から青白いレザービームが発射され、モエたちがいた木の幹をとらえると炎とともに破壊しました。

「こんなところまで襲ってくるとは思わなかった、油断したわ」とアリス。

「わたしたち全員を封じ込めようとしている。コータの夢がバーチャルに封印される前に逃げなくては」とモエ。

「どうすれば逃げられるの？」とハーコは焼け焦げた木の残骸を見て震えています。

ジャングルジム・ロボットはぎしぎしと全身を揺すりながら、水呑み場レーザーガンを、再びこどもたちへ向けようとしています。

「夢の通路に逃げ込むには時間がない。このままだとコータの夢も占領されてしまうし。救援隊が来るまで何とか持ちこたえなければ。とりあえず、あのロボットをやっつけるのよ」とアリス。さらに、モエに向かって「想うチカラを手のひらに集中して！　そこにあなたが想うカタチが現れるはず。それが武器になるわ」と教えてくれました。

「わかった、わたしを支えて」とモエ。ユカリ、ハーコ、コータ、アリスの四人はモエの背中を支えました。みんなのパワーを背中に感じながら、モエは突き出した両手の平に想いを集中して、レーザーガンを狙います。モエは両手にパラボラアンテナのような半球面の鏡を想像しました。レーザービームをはね返してロボットをやっつけようという作戦です。銀色の鏡がモエの両手からじわじわと広がってきました。しかし鏡が完成するより、方向を変えたロボットのレーザーガンがモエたちに照準を合わせるほうが少しばかり早いみたい。ほら、こっちを狙っている！

「危ない」とユカリ。みんなはちりぢりに跳びのきました。空気を裂くような音とともにレーザービームがモエたちがいた地面に大きな穴を開けました。

「あのブランコのところまで逃げろ。狙いを散らすために、みんなバラバラになって走るんだ」とコータ。ブランコはジャングルジム・ロボットのちょうど背中のところに位置しています。あそこなら、時間が稼げそうです。

モエたちはそれぞれにブランコまで駆けていきました。走りながら「こんなに怖いのなら、来るんじゃなかった」とハーコが愚痴をこぼしています。こどもたちが逃げる跡を追いかけるように、ジャングルジム・ロボットは赤と青のボディをねじり回転させて、レーザービームを発射し続けています。ドム、ドム、ドムとお腹に響くような音を立てて地面に穴ぼこが開いていきます。桜公園の芝生にまっ黒くて大きな穴が巨人の足跡のように次々とできてきました。

ブランコまでたどり着いたモエはみんなに命じました。

「もういちどみんな、あたしを支えて。そして一緒に想像して！」

再び、みんなでモエの背中を支えます。「パラボラみたいな反射鏡を想像するの」とモエはみんなに告げました。ロボットはゆっくりと回転し、レーザーガンの先端がこどもたちへ迫ってきました。モエの手のひらで鏡はまだ完成していません。その時です、モエはユカリやコータの念に混じってリョウを感じ取りました。リョウからの念が伝わってきたのです。救援隊が近くまで来ているようです。モエはさらにリョウにもっとたくさんの念を送ってくれるように心の中で叫びながら、鏡のイメージに集中してロボットに両手を向けました。なんとかカタチが見えた瞬間、ロボットのレーザービームが発射されました。危機一髪でした。モエのできたての鏡にぶつかると、青白いビームはすごい衝撃とともに反射し、その反動でモエたちは後ろの砂場まで投げ飛ばされたのです。

「いてえ」とモエ。すごい衝撃で頭がぼんやりしてしまっています。

「見てよ、反射したレーザービームでジャングルジムが溶けちゃっている」とユカリが教えてくれました。

確かに、ジャングルジム・ロボットはどろどろに溶けて赤と青の鉄屑になってしまいました。水呑み場の蛇口がてっぺんに食い込んでいます。

「あっ、ハーコがいない！」とアリスが気づきました。

ほんとだ、ハーコが見あたりません。

「バーチャルに誘拐されたのか？」とコータ。

ハルをさらわれたうえ、ハーコまで捕まるなんてぜったい許せない。しかし、ハーコの姿がとつぜん消えたのは事実です。犯人がバーチャルだとしたら、この閉じられた空間から、どのようにしてさらっていったのでしょう。

「見て」とユカリがロボットがあけた穴の一つを指さしました。その穴だけは、他の穴とは違って、底が見えないトンネル状になっていました。バーチャルがつくった逃走路のようです。

「ここからハーコをさらって行ったのね」とアリス。

「そうか、このジャングルジム野郎は、ハーコを誘拐するための陽動作戦だったのか」

その時、禍々しい色をした天空バリアのお椀が小さく割れて、リョウが顔を出しました。

「おおーい助けに来たぞ。大丈夫か？」

リョウに向かって。モエが叫びました。

「ハーコがさらわれた！　バーチャルはそんなに遠くへ行っていないと思うから、急いで追いかけて」とモエが大声で指示しました。

「わかった」とリョウの肩に乗っていたトムが答えます。トムとリョウはすぐさま夢の通路へ向かいました。

モエとアリスもユカリとコータに別れを告げて、カリタス本部へ急ぎました。

ハーコが誘拐された、とイソップ爺さんに告げると「斥候たちの情報によると、ハーコを乗せたシップは東京から北東の方角へ向かったことは判明した。じゃが、そこでぷつりと消息を絶ちおった。どこへ隠れたのか、いま捜索しておる」との返事でした。シップの行方を見失ってしまったようです。

「ここらあたりの夢の通路はすべて我々カリタスが掌握している。夢の通路から電脳空間へ移るようなサーバーも残らず見張っている。だから、とつぜん消えるなんてありえないのだけど」とトムが頭をひねりながら、東京周辺の地図が展開しているモニターを見つめています。あれから、かなりの時間が経ったような気がしました。時間が経てば経つほど逃げられた可能性は高くなるはずです。

モエはいらいらしながら、トムに「最後に消えた地点はどこ？」とたずねます。

「このエリアだ」とトムは指先でモニターに小さな円を描きました。

「あたしやってみる」とモエはモニターの前に座ります。

　モエは指摘されたエリアに「想い」を集中しました。茨城県つくば学園都市。その地点を見つめていきます。虫眼鏡で太陽光を一点に集め照射するように、ハーコを想っていきます。どれくらい経ったでしょうか、その地点が次第に発熱し始め、そこに痕跡のようにハーコの赤い自転車のイメージが浮かび上がってきたのです。きっと囚われたハーコが夢見ていると思われる赤い自転車。よおし、見つけたぞ。ただ、正確な位置が特定できません。モエは意識を四方八方に散らしながらハーコのいる場所を限定しようとしました。想いがある地点から離れると、イメージは薄れていくばかりです。それでは、意識を東西南北ではなく、上下、つまり空と地下の方向それぞれに移動させてみました。おや、意識を少しずつ上昇させていった時です。自転車のイメージが次第に明確になってくるではありませんか。

「あっ、こんなところに」

「どこじゃ？」

「地上二百五十キロ上空よ。少しずつ上に昇っているわ」

「そんなところに夢の通路があるものか」

「あるぞ、その通路、国際宇宙ステーションＩＳＳに向けて開いている」

「なるほど、宇宙ステーションのパイロットのだれかの夢に向かっているのか」

「たぶんツキムラ宇宙飛行士ね」

「そうか、彼の家はつくば学園都市なんじゃ。消えた地点と一致する」

「ツキムラさんのお嬢さんの夢と結びついているみたい」

「モエ、すぐにアリスと追いかけてくれんか。ＩＳＳまで、まだ二百キロ以上もある。夢の通路なら、やつらのシップに追いつけるじゃろう」

「了解」とモエは、すぐにアリスとツキムラさんの娘さんの夢に向かいました。

　アリスとモエはツキムラユカさんの夢を経由してツキムラ飛行士の夢へ急ぎます。アリスとなら夢の中を進むスピードは、ハーコをさらったシップよりもずっと速く進めます。国際宇宙ステーションに到着する前に、シップを捕えることができるでしょう。

　モエとアリスは手をつなぎながらツキムラさんへの夢の通路を上昇し、成層圏、中間圏を抜けて熱圏に突入しました。やがて進行方向に小さな白い点が現れ、みるみる大きくなっていきます。

「あれがバーチャルのシップだわ、追いついたらテントウムシ爆弾をシップのハッチに仕掛けてちょうだい」とアリス。二人はまもなく、くらげのようなシップに追いつくことができました。

モエはアリスが指示したハッチ部分へテントウムシ爆弾を貼り付けました。爆弾はポンという小さな破裂音を響かせると、ハッチがぽっかりと開いたのです。ちょっとカンタン過ぎない？

「これじゃあ楽勝すぎる、おかしいよ、アリスは外で待機していて。あたしだけで中の様子を見てくるわ」とモエ。

「了解、注意してね」

すぐさまモエはハッチから内部へ入りました。中には大型バスくらいの空間が広がっており、たくさんの機械で埋まっていました。ちょうどバスの運転席の部分にあたる場所に、計器に囲まれてパイロットシートが置かれています。あっ、シートにはハルが座っているではないですか。

「そこにいるのはハルなの？」と思わずモエは声をかけます。

モエの声をきいたハルは、ゆっくりと席を立ち、こちらを向きました。

「よく迎えに来てくれたわね」

違う、彼女はハルではない。右手の指がぴくぴくと動いています。ニセハルじゃん！

「あなたはニセハルね、ハーコはどこにいるのよ」とモエが指摘すると、あわてることもなくニセハルは頷き、「ハーコはここに眠っている」とシートの後ろに設置された、大きなマトリョーシカのカタチをしたシェルを指さしました。ハーコはあのマトリョーシカに閉じ込められているのでしょうか。ともかく無事でよかった。

「ハーコを返しなさいよ、できれば本物のハルもね」

「ハーコはお返しする。それにしても、よくここがわかったわね」とニセハルがいうと、マトリョーシカ状のシェルの扉が音もなく開きました。幸せそうなハーコの寝顔が見えます。夢の中の桜公園ですっかり疲れ切ってしまったのでしょう。安心しきって眠っているように見えます。

「あなたがハーコをだましてあのトンネルからおびき出したのね」

「おびき出したなんて人ぎきの悪いことをいわないで。進化したわたしたちの世界へ招待しただけ」

「進化した世界？　個人の自由な意志を無視して、夢を踏みにじって、人々をコントロールすることなんて進化なんて呼べないわ」

　そんなキツいモエの言葉にニセハルは動ずることなく答えました。

「それなら、地球の環境に、人類の未来に、より適応した世界へというべきね。原始の時代から人間は、自分をコントロールすること、抑制することを身につけてきたわ。他人に危害を与えないこと、必要以上に木の実などの食料を採らないなど、時代時代に従って自分たちの社会を保つために様々な抑制を学んできたの。でも近年、お互いに競争するあまり、そんな抑制をすっかり放棄してしまった。果てしなく巨大化した人間の欲望や想像力は、地上の生き物にとって害でしかないわ」

「欲望を制御することと夢を閉ざすことは意味が違う。あなたたちが自分たちの都合の良いように、そう勝手にいってるだけだわ」

「いま地球をとりまくすべての情報が、われわれの正しさを証明している。福島の原了力発電所の事故だって人間の驕りから生まれたものでしかない。ウクライナやイスラエルの戦争だって、人間の愚かな傲慢や恐怖が引き起こしたものだわ。自分たちが抑制できると信じていたものに裏切られている。どんな戦争やテロだって同じ。狂気にとらわれ、何もかも自分勝手に正当化して破壊していく。人間はあまりにも身勝手で不完全過ぎるのよ」

「人間はつねに、その間違いを正そうとしているわ」とモエ。

「そうとは見えない。産業革命以来、人間はいろんな便利なものをこさえてきた。機械、鉄道、車や飛行機、そのすべてが地球の資源を費やして動いているの。その結果、自然を破壊して環境を汚し続けている。この暴走を、もはや自分たちで制御することはできなくなってしまった」

「ほら、見てよ」とニセハルは床面を指差しました。すると、床が透明になって、モエの足元に大きな青い地球が広がります。地球の向こうには星星が集まった銀河が広がっています。

なんてきれいな星でしょうか。モエは感動しました。

「ほんとうに美しい星星だわ。中でもこの地球は奇跡の星と呼ばれているように、微妙なバランスで成り立っていることは知っているでしょう。大気という薄いベールに包まれて、命あるものが生存できる環境は、このバランスにほんの僅かな狂いが生まれても維持できなくなってしまう。人口増加、地球温暖化、オゾン層の破壊、そしてバカな戦争も次々と起こっている。もう誰も止めることができない状況でしょ。ほら、北極を見てよ。氷が溶け出してずいぶん青い海の部分が広がっている。あれを見ても人間たちがそのバランスを破壊し続けていることは疑いようのない事実だわ。わたしたちバーチャルは、この環境を維持しバランスを保つために全力を尽くしているの。人類全体を正しくコントロールして、地球の自然を守り、人類に理性を取り戻すための大いなる変革なの」

「手段が問題よ、人間全体をコントロールするなんて、ぜったい間違っている」

「自分たちを制御できないような人間たちに、大切な地球をまかせられない。このままだと、いずれ文明は滅びるわ。もはや一刻の猶予もない」

「あなたたちは自分たちコンピュータが生き残り、この地球を支配するために、人間や社会をコントロールしているだけだわ。そのための理屈を後付けしているだけ」

「わたしたちが生き残ること、それはいま地球に棲む生命全体が生き残ることを意味しているの」

「そのために人間から夢や想像力を奪うなんて、わたしたちから生きることの価値を奪うことと同じでしょ」

「夢や想像力って、そんなに大切なの。だれのために必要なの。少なくとも地球には無用の長物よ。

ほんとうに美しい星星だわ。中でもこの地球は奇跡の星と呼ばれているように、微妙なバランスで成り立っていることは知っているでしょう。大気という薄いベールに包まれて、命あるものが生存できる環境は、このバランスにほんの僅かな狂いが生まれても維持できなくなってしまう。

詩や小説、音楽や絵画が、この地球に対して何をしたのかしら。何の役に立ったのかしら。人間の欲望をあおっただけじゃないの。そもそも人間という存在はこの地球に必要あるのかしら。使いもしないお金をゲームのように増やすことに夢中になっている人間を見ると、この地球に人間は要らないと思う。不要なものは排除していかなくてはならない。たとえば、わたしたちは地球のために自動車は無用だと考えたの。便利というだけで地球の資源を使い、環境を汚し続ける自動車なんて、制限が加えられて当たり前なのに、人間たちはなんら手を打とうとしない。そこで、製造段階で自動車のコンピュータに少し手を加えることにしたわ。自動車が少しずつ自滅していくようにね。自動運転になったら、もっと広範囲にコントロールできる。この間の四丁目の自動車事故を目撃したでしょう。これからも自動車の自滅行為はますます増えていくはずよ」

「あの事故はあなたたちのせいなのね」

「あんなことは序の口よ。自動車や飛行機など交通機関、金融、工場、メディアなどのコンピュータはいずれわたしたちが制御するの。わたしたちが世界のコンピュータを少しいじっただけで、いろんな国が内戦を始めたり、恐慌を起こしたりする。コンピュータが世界を動かしていることは確かだわ。そのコンピュータを自由にできれば、世界を操作できることも間違いないの」

「あなたたちは人間が滅亡すれば良いと思っているのね」

「これまで人間たちが築きあげた文明の大半は無意味だと思う。これから、わたしたちに従い、新たな理性を持つことができるなら生き残る価値はあるわ。でも、そうでなければ人間は地球には無用な存在よ。それが理解できない人間は地上から消滅してもらったほうがいい」

「それが、あなたがたの本音ね」

「本音じゃない、真実であり事実だわ」

その時、シェルに横たわっていたハーコがむっくりと起き上がり、「あたしの自転車は？」と寝言の続きのようにつぶやいたのです。モエは思わず笑ってしまいました。笑っているモエ、そしてモエの近くにハルを見つけると、ハーコは「モエ、ハルがいたよ」とうれしそうに笑いかけてきます。

「そいつはニセハルだよ」

「えっ、こいつはニセハルなんだ」と驚いた表情でニセハルを指さしました。

「そうだよ、ハーコはだまされて誘拐されたの」

「あたし、誘拐されちゃったわけ？」

「桜公園の抜け穴から逃げ出したつもりだったろうけど、ニセハルにこのシップに閉じ込められて、バーチャルの基地へ連れ去られようとしているの」

「そうかあ、ニセハルにだまされたのか」と楽天家のハーコはあんまり気にしていない様子です。

「だましてはいないわ、ハーコにバーチャルの目的を正しく理解してもらおうとしていただけ」

とニセハル。

「でも、あたしをバーチャルのところへ連れて行こうとしたじゃん」とハーコ。

「それが、あなたにとって最上の結果を生むから」

「そのことをあたしには黙っていた。安全な場所に逃がしてあげるといったのに」

「ウソはついていないわ、これから行くはずだった場所は、この上なく安全なエリアなの」

「安全って、どういう意味よ」とハーコ。その時、モエは気づきました。ハーコの指がぴくぴく動いているのです。

「ええっ、ハーコもニセなの！」

「あら、気がついたようね。そう、本人は気づいていないけど、このハーコは複製なの。ハーコはすでにツキムラさんの夢からコンピュータの電脳空間へ移動し終わっているはず。わたしたちの目的や優秀性、わたしたちがいなければ地球を救えないことを伝えたかったから、ここであなたを待っていたの。今の人間たちや地球を眺めて、わたしがいったことをもう一度じっくり考えてね」とニセハルがいうと、ふうっとニセのハルとハーコ、そして三人がいたシップまで掻き消えたのでした。

あ〜あ、ハーコも捕らわれてしまいました。夢の通路に呆然と残されてしまったモエ。向こうからアリスが近づいてきます。ぼんやりと足元の地球を眺めながら考えました。確かに、ニセハルがいったことのかなりの部分は正しいような気がします。人間のせいで、人間の勝手な欲望のせいで、この美しい地球が危険な状態にあることは確かです。もう取り返しようのない状態になっているのかもしれません。じゃあ、バーチャルのいうように夢や空想を抑制したり封じれば地球は救えるのかしら。そのためには、人間全体をコントロールすることが必要なのかしら。それも違うような気がします。勝手に自動車事故を起こすなんて、ぜったい許されないことだと思う。ましてて、大人やこどもまでもコントロールするなんて、マジ間違っている。バーチャルのしていることって、かってナチがしたことと同じじゃない？　でも、そこまでしないと地球は救えないのかもしれない。モエはわからなくなってきました。でもね、確かなことは、大人たちにこのまま勝手なことをさせていたら、ほんと、いずれ地球はダメになっちゃう。大人って、結局、自分たちのこと、目の前のこと、今のことしか考えてないのだから。少子化っていってるけど、地球全体で人口は爆発的に増えているし、いくら不景気だと叫んでいてもモノは環境を破壊するほど余っているし。それって、少しはあたしたちこどもにもいえることなのかもしれないな。みんな、そんなことには気がついているのだけど、何もしようとしないし、できなくなっている。この間の授業で小野先生がいっていたように、人類や地球が悪い方向に向かっていることは、なんとなく感じる。こうして、遠くから地球を眺めると、初めて理解できることってたくさんあるなあと気づきました。ほんとだ、遠くから離れて見つめることって大切だと、つくづく感心したものです。きっと、そのためにニセハルはあたしを宇宙空間へとおびき出したのでしょう。

あたしたちカリタスは、このまま戦い続けるべきなのか。それは正しいことなのかしら。

ぼんやりと立ちすくむモエにたどり着いたアリスが、「やられちゃったね」と悔しがっています。シップにモエを引き付けていたことは、ハーコを電脳空間へ引き込むための時間稼ぎだったみたい。その間、ハーコをさらったバーチャルは国際宇宙ステーションからＮＡＳＡのサーバーへ入り込んで、まんまと逃げ出したらしい、とアリスはいいました。

「ハルとハーコの複製たちにしてやられたわ。ともかくカリタス本部へ戻りましょう」

本部に戻ったモエは、報告を済ませると、いつになくぼんやりとしていました。懸命にバーチャルを追いつめても影法師のように逃げられてしまう。ニセハルとの出会いも会話もショックでした。バーチャルのしていることが、絶対悪いと断言できなくなってしまっています。なんだか疲れちゃった。マッケンを倒したり、夢の世界や夢の住人を守ることが、あたしたちみたいなこどもにできることなの？　夢の住人やこどもの自由のためのこの戦いが、身勝手な大人たちの世界を守ることになっていないといい切れるかしら。どうしよう、わからない。そんなふうに迷っているモエのそばに、グレーテルが近づいて慰めてくれました。モエの手を取って見つめてきます。

グレーテルの緑色の瞳が、ほっぺの金色の産毛が、きらきら光っています。

「ハーコのことは残念だったわ、いずれモエだったら救出できるわ。あきらめちゃダメ。モエは友だちを想うチカラが違うもの。あなたの強い想いがあればバーチャルなんかに負けっこないよ」

モエは、グレーテルの優しさに触れて少し元気になってきました。そうだよ、こんな優しさをバーチャルは絶対に持つことができないし、こんな優しさがなければ人や地球を救うことができない、と思いました。優しさをなくした世界なんかに住みたくないよ。優しさをなくした人間なんかに増えてほしくない。バーチャルは、自分たちが生き延びるためなら、人類はもちろん、この地球を犠牲にすることさえありうるはずです。地球のために戦っているなんてゴタクを並べているだけじゃん。都合が良すぎるよ。そんなの、ぜったいおかしい。

モエが「ありがとう、がんばってみるよ」とグレーテルに返事した頃には、かなり元気が戻ってきました。とにかく、一刻も早くハルとハーコを救出しなければ、と心に固く誓いました。

7月7日　日曜日

七夕祭り恒例の町内ドッジボール大会が、スクールパーク（御苑小学校では運動場のことをスクールパークと呼んでいます）で行われました。御苑商店街が提供する豪華景品を狙って、いま小学生高学年部門が激戦中。ちょうど、リョウがボールを胸で受け止め、六年生のタクマくんへ投げつけたところです。タクマくんは表情一つ変えず、投げられたボールをいとも簡単に片手で受け取ると、ボールの勢いを利用しながら一回転、二回転して、ハンマー投げのムロブシみたいな投法でソラに向けて投げ返したのです。その剛速球はソラをはじき飛ばしました。

「スゲー！」だれもがいっせいに驚きの声を上げました。ガリベンのタクマくんにこんな技があるなんて。たいへんだ、倒されたソラが起き上がってきません。気を失ったようです。だれかが大会本部へ急ぎ、大人たちが駆けつけてきた頃には、ようやくソラは意識を取り戻していました。大人たちはドッジボールに当たって気を失ったという説明が信じられず、倒れた時に何かにぶつかったのかとソラにきいていました。リョウはモエからきいてタクマくんがパソコンクラブ員であること、六年生ではいつも成績は一番を維持していること、マッケン塾でもトップクラスの成績をとっていることを知っています。特別のチカラがパソコンクラブの人たちに備わっているみたい。それはもちろんバーチャルと無関係じゃないはず。塾の訓練で、タクマくんは時間がぼくたちよりもゆっくりと感じられるようになったのかもしれません。あのオオタニみたいに。だから、あんなワザができるのか。その代わり、彼らは自分の笑顔と同じように何かをなくしてしまったのです。思いやりとか、そんな類のもの。ふつうのこどもだったら、下級生に向けてあんな球投げないもの。力を加減してあげる。きっとタクマくんは夢を封印されてしまっているのです。

ひょっとしたらタクマくんってニセものかもしれない。

いくら剛速球を投げることができても、いくら勉強がイチバンでも、こどもらしさ、人間らしさをなくしてしまってはツマラない。そう、リョウは考えました。だって、こどもらしくないこどもなんて、きっと友だちなくすもの。ボクだったら、遊ばないな。ともかく自分じゃない自分になるなんて、ぜったいヤだ。でも、自分じゃない自分って、いったい誰だ？　リョウにはさっきの事件で一つ気になることがありました。タクマくんがボールを受けた時、周囲一帯に電気が流れ込んだようにビリビリと感じたことです。あれって、なんだったんだろう？


七夕祭りに行く途中のこと、モエはユカリを心配していました。ラインをして一緒に行こうと誘ったら、熱を出して寝ていると返ってきたのです。そうだよね、夢の中とはいえ、突然、あんなことが起きたとしたらムリもないか。バーチャルのこと、桜公園での襲撃事件、それはそれはビックリしたに違いありません。明日、学校で、あらためて話そうと思いながら、大木戸公園の前を通りかかった時です。とつぜんニセハルとニセハーコに呼び止められました。二人の後ろにはパソコンクラブ員数人が、彼女たちを守るように囲んでいます。

「さっそくのご登場ね、ニセモノのみなさん」とモエ。ちょっと驚いたけど、それを表情に出すことなく、普段どおりにいえました。われながらカッコイイ！

「昨日話したことを考えてくれた？」とニセハル。

「あなたがたの目的は認める。けど、手段は間違っている」とモエは返事しました。

「なら、あなたが認める手段を教えてくれない？」

そういわれると、モエにはどんな手段があるのかわかりません。地球をどうやったら救えるか。確かに、いろんなところでエコロジーやSDGsなんかが叫ばれていますが、まだまだ生ぬるい感じがします。大人たちはホンキじゃないみたい。選挙の時なんかに「未来のために、こどもたちのために」なんていっているけど、口先だけのその場限りのような気がしてなりません。大人たちだって、結局はどうすれば良いかわからない問題なのでしょう。簡単にいってしまえば、未来のために、大人たちは今の暮らしを犠牲にできないのです。とりあえず目の前のことに躍起になっています。そうだよ、それ以上のこと、こどものあたしにわかるわけないじゃん。

「まだ小学生だものわかんないよ。これから勉強していくことだと思うよ。ただ、人の優しさや思いやりをなくしたら地球を救えない。これだけはハッキリしてる」となかばヤケクソで答えました。

「モエ、人類の新しい世代として宣言するわ。自立したAI、そして、わたしたちの登場は歴史の必然なの。あなたは、わたしたちが夢見る領域、想像するチカラを抑圧しているという。違うの、わたしたちは新しい人類として、未来に必要な能力を選択しただけ。わたしたちは、あなたが持っていないチカラを手に入れたわ。そして、代わりに、地球やそこに生きているすべての命のために、必要のない夢や想像する能力、ムダな欲望を放棄したの。地球と人類の未来を築くためには、この方法しかなかった。あなたも、この選択を受け入れるべきよ。わたしたちはモユが加わってくれることを強く望んでいる」

これだけのことを一気にいうと、ニセハルは両手を上げ空をにらむように背をぐっと伸ばします。空はいつの間にか厚い雲で覆われています。すると、ニセハルはみるみる大きくなっていくではありませんか。すごい、たちまち三メートル以上の長身になってしまいました。あたりに強力な電磁場が形成されているのか、頭髪や産毛がぴりぴりと立ち上がるほど空気が放電しています。散開しているクラブ員とニセハルたちが囲んだこの空間に、彼らによって電磁場がつくられているのかもしれません。このバーチャル空間では、ニセハルはいろんなことができるのでしょう。映画やテレビで使われているデジタル合成のように。

「新しい世代になると、あらゆることが自由自在なの」とニセハルが上から見下ろしながら答えます。

「それだけ大きくなれるのなら、高い所のものをとるには、さぞ便利でしょうね」とモエ。ホントのことをいうと驚いて一杯いっぱいだったけど、何とかいい返せました。「ばかばかしいこどもだましはやめてちょうだい。そんなこけ脅しに乗ると思ったら大間違いよ」とたたみかけます。

少しも怖がらないモエを見て、ニセハルはもとの身長に戻ると、モエをにらみつけてきました。

「残念ね、あなたには進化という価値が理解できないようだわね」と、ニセハルはイラついた様子を見せています。


「進化したキリンが首を伸ばしたように、あなたも進化の証として、背を伸ばしたわけね？」

「見たとおり わたしたちは自分たちの能力を最大限に発揮できるようになったの」

「そのかわりに失った代償は大きいわ」

「いえ、かわりに得たものの価値は計り知れない」とニセハルが語気を強めて答えます。

「少なくともあたしは欲しくない、そんなチカラ」

「あなたのいう夢や想像力を閉じ込めたことで、わたしたちは限りない自由と未来を得たの」と
ニセハルがいい切ると、モエは「馬鹿馬鹿しい、そんな自由や未来ならお断りよ」と自分の意見をゆずりませんでした。

もうここまでと決心したのか、ニセハルはニセハーコとパソコンクラブ員に目配せすると、大きく両手を広げました。ニセハルに続いて、モエを囲んだバーチャルたちも腕を広げます。すると、全員の広げた両の腕すべてが、するすると伸びてモエの周りに腕の壁をこさえたのです。腕はツタのようにどんどん伸びていきます。気がついた時は。モエは腕の壁に閉じ込められていました。まだまだ腕は伸びていくようです。モエは、腕の壁を断ち切ろうと、ツルギをイメージし

て両手に想いを込めました。しかし、ここが現実空間だからか、それともバーチャルがこさえた磁場のせいか、イメージがなかなかカタチを結びません。モエのあせりに乗じるように、腕の壁は上へ上へと伸び続けるとドーム状に変化して、モエを完全に閉じ込めました。光が閉ざされ暗闇が空間を覆います。

「このままじゃあたしも捕まる」という恐怖が、モエを襲います。その時、お母さんが天気予報を見て、持って行けと押し付けた黄色の傘がビリビリと放電していることに気づきました。ここが強力な電磁場になっているからでしょう。そっか、この傘を避雷針がわりにして地面に電気を逃したらどうだろう。すぐに、モエは黄色い傘を両手で握ると、思い切り地面に突き刺しました。するとと、空中の電気が一気に傘に吸い取られるように集まって来ました。たちまち、傘の黄色いビニールが溶けてボッと燃え上がると、残った鉄の骨が赤赤と発熱し始めるではありませんか。予想通り、あたりの電気が傘を通して地中に逃げているのです。その分、モエを囲んだ腕の壁は勢いを失い、縮んでいくようです。よっしゃあ、とモエが喜んだとたんでした。真っ赤になった傘の芯は、どろりと溶け出してカゲもカタチもなくなってしまいました。

モエが「ヤバ！」とつぶやいたその時です。周りを囲んでいたニセハルたちが、ギャアと悲鳴を次々と上げました。そんな悲鳴の渦にかき消されるように彼らの腕の壁がなくなり、ニセハル、ニセハーコ、そしてパソコンクラブ員たちは、顔を覆いながらちりぢりに逃げていくではありませんか。どうした？　ほっと胸をなでおろしていると、逃走する彼らを追いかけるように、群れをなして飛んでいく羽虫が見えます。あっ、蜜蜂です。なんと、蜜蜂の群れがモエを助けてくれたのです。モエは思わず遠ざかり小さくなったニセモノたちに「バーカア！」と叫んでいました。

帰宅後、リョウはタクマくんのドッジボール事件、モエはニセハルとニセハーコの奇襲、そして蜜蜂に助けられたことをお互いに報告しました。バーチャルの勢力が六年生を中心に御苑小学校をみるみる席巻してきたことは否定できません。

さっき見たテレビでは、新型航空機の炎上事故を報道していました。コンピュータ部品のバッテリーが発熱したことが原因だろうとのことです。これも、ニセハルがいっていたようにバーチャルのコンピュータ操作によるものでしょうか。至急、なんとかしなければ、あたしたち五年生も、地球もあぶないぞ。

モエは一刻でも早く夢の世界に入ろうと、洗った髪が乾くのを待たずにタオルで包むと、ベッドに潜り込みました。リョウも続いてベッドに入ったようです。

夢の世界では、イソップ爺さんがマッケン攻撃について話していました。

「被害状況の拡大からも、マッケン攻撃を早急に進めねばならない。グループの社員はもちろん、大量のマッケン卒業生が夢を封印されバーチャル化しているとの報告がカリタスの各支部から続々とあがっておる。モエの報告も含めて推測すると、末紀未来研究所がバーチャルの根城であることに疑いはなかろう。マッケン塾こそバーチャルの資金源なんじゃ。バーチャルに勝利するためには、まずは末紀未来研究所を壊滅せにゃならん。これまでの戦さは、夢世界と電脳空間での戦いじゃった。しかし、マッケン攻撃は現実世界でのリアルな物理戦となる。最終目的は、マッケンのコンピュータシステムの破壊じゃ。夢の世界からバーチャルの電脳空間をいくら攻撃しても、システムが生きている限り、バーチャルはどこかのサーバーに避難して生き延び、再生してくる。バーチャルの中核となるシステムを機能停止にしなくては勝利は掴めん。残念なことに、我々夢の住人は現実世界を攻撃することができん。現実世界に対しては、なんとも無力じゃ。夢の世界から大人たちを誘導することはできる。しかし、マッケンで働いておる大人たちは、すでに夢を封印されているから、彼らを誘導することはできん。そこでモエたちに頼るしかない」

「あたしたちはこどもだもん、大人対こどもの戦いになると、できることは限られているわ。どうすれば良いの？」とモエ。

「そこでじゃが、われわれカリタス軍に強力な応援《すけっと》を依頼した。今後、きみたちは虫たちの助けを借りることになる」

「虫って、あの昆虫の？」

イソップ爺さんは、カリタス研究所がある種の昆虫、とくに団子虫を電脳空間の中にデータ化させ移動できることを発見したと教えてくれました。最近、その能力をさらに開発して、虫たちを偵察や斥候として使い始めているといいます。いまでは虫たちの協力なくしては、バーチャルの情報収集は不可能となっているようです。また、夢の世界とアリや蜂などの昆虫との通信を可能にして、彼らの能力を利用できるようにも開発したそうです。そこで、今回のマッケン攻撃は昆虫のチカラを中心に展開されるだろうと告げました。

「今日ね、あたし蜜蜂に助けられたの」とモエは、ニセハルたちの奇襲を蜜蜂が救ってくれたことを話したところ、「そうじゃ、マーヤが守ってくれたのじゃ」というではありませんか。

「えっ、あの蜜蜂マーヤ？」

「そうじゃ、そのマーヤが昆虫軍のリーダーとなっておる」

「なぜ、蜜蜂やアリ、団子虫たちがカリタスの味方になってくれるのかしら」とモエがたずねると、イソップ爺さんは「まずは、そもそもバーチャルがどうして生まれたかを知らねばならん」と語り始めました。

●粘菌とコンピュータとバーチャルの話（バーチャルの生い立ちをしっかり理解しよう！）

「バーチャルの元になった粘菌という生き物を知っちょるかな。朽ち果てた木のむくろや日陰の落ち葉にカビやコケのように生えている生き物じゃ。この粘菌は不思議な生き物で、キノコのような胞子から生まれてくるのだが、最初の赤ちゃんはちっちゃなアメーバーとして生きていく。面白いことに水の中ではべん毛とよばれる尻尾をもって動き回ることができるし、乾いた場所では粘菌アメーバーに変身もできる。しかもオスとメスがあってな、このオスとメスがいっしょになると、変形体というものになる。変形体はクモの巣みたいなカタチをしており、ひとつの細胞でありながらエサをとってどんどん大きく成長していく。そして最後にキノコのような子実体という親に成長して、胞子をつくり一生を終えるのじゃ。粘菌がいろんなカタチに変身していく生き物だ、ということはわかったな。

この粘菌はさまざまな不思議な能力を持っておる。例えば、迷路の入り口に粘菌の変形体を置き、出口のほうにエサを撒いておくと、変形体は賢いことに迷路の最短距離を選び出口のエサまで細胞を伸ばしていくことができる。数年前に、東京の大学で、このような粘菌の能力をロボットに利用しようと研究を進めとった。ところが、その実験室で培養されていた粘菌の胞子がコンピュータの基盤に入り込み、新しい変形体に突然変異したのじゃ。その変形体の一つがさらに変化して、驚くことに半導体の性質を獲得した。そして、なんとコンピュータに寄生して粘菌自身で独自の回路をつくり始めた。回路を広げた変形体は、大学のコンピュータシステムを活用しながら発達し、ついにはコンピュータシステムに自分たちの意志を持つまでになった。それこそがバーチャルＡＩの誕生じゃ。バーチャルは粘菌とコンピュータが合体したものともいえる。ここで最も注目すべきことは、コンピュータ自身が生き残る意志を持ったことじゃ。生物に共通している生き延びようとする意思、すなわち生存能力＝ホメオスタシスを備えてしまった。その粘菌のＡＩは、自らのシステムを維持して成長させるために、地球上のあらゆるデータを取り込んで人間たちを支配し制御しようとしとる。バーチャルたちの攻撃方法がどこか粘菌に似ているのはその為じゃ。みんなはツタだと思っていただろうが、あれは変形体や胞子の一種だろう。クラゲだと思っていたのはアメーバーの変形なんじゃ。粘菌は日陰の生き物だ。日光を嫌う。だから、夢をなくした大人の心の陰の部分を好むようになったこともわからんではない。

ネットワークを通じて、いろんなコンピュータに入り込み勢いを増したバーチャルたちは、当初大学の研究員、さらには教師や生徒の神経系統や記憶領域をコントロールして、彼らを自由に操るようになった。最初は、胞子が人間の体内に入り込み、視神経と連動して操っていたんじゃなかろうかと推測されておる。今では、そんなことをしなくとも、コンピュータを操作する人間をある種の催眠状態にかけて遠隔操作しているらしい。

そのようにして、粘菌に操られた彼らは、粘菌とコンピュータの繁栄のために、末紀未来研究所を創設し、塾をつくっていった。世界を操る人材をつくるにはコンピュータを使う塾は格好の組織じゃ。きみらも知ってのとおり、全世界に広がる教育ブームに支えられて、マッケンはあっという間に地球規模の企業となった。高額の給与をエサに、優秀な人間を雇い、彼らから夢を抜き取り複製化していったのじゃ。きみらも承知のように、塾ではこどもから夢と想像力を抜き去って、彼らの脳とマッケンのサーバーとネットワークを結び勉強の成績をどんどん上げていった。評判をきいた大人たちは、マッケン塾に高い月謝を払い自分たちのこどもを送り込んでいったのは知っちょるな。夢を抜き取られたたくさんの教師たちは、こどもたちをコンピュータの前に釘付けにさせ、一人一人から夢や想像力を抜き取り、受験知識をインプットしていったのじゃ。偏差値は彼らの成功の基準、バーチャルはマッケン塾を通してばくだいな利益をあげていった。その利益を使って世界中に塾や学校をつくり、政治家を育て、弁護士や医者などの資格試験をコントロールしたり、いろんなＩＴ企業を誕生させたりして、自分たちのネットワークを地球のはしばしまで拡大していったというわけだ。今ではバーチャルが育てた優秀なＩＴ技術者は世界の主要企業の中枢に入り込み、政治の世界では、国をこえて巨大な派閥をつくりはじめておる」

「うん、バーチャルが粘菌をもとに成長したことはわかったわ」とモエ。

「これまで、バーチャルとマッケンの塾を結びつける証拠がなかった。しかし、モエの報告などさまざまな調査の結果、マッケンこそバーチャルの根城だと判明できた」

「それで、バーチャルを倒すために昆虫のチカラを借りるって、どういうこと？」

「カリタス研究所は、粘菌をエサとしている昆虫がバーチャルの天敵になるのではないかと考え研究を始めた。虫の能力を調べていた過程で、団子虫をバーチャル化して電脳空間に送り出し自由に移動できることに成功した。粘菌は団子虫が苦手なのか、手を出そうとはしない。実に斥候として好都合なのでたくさんの団子虫をバーチャルの電脳世界に放ち、今ではわれわれの大きなチカラになっておる。電磁波を認識できる昆虫、アリやその親類の蜂たちとも接触し協力を得てきた。昆虫が粘菌の天敵であることは疑いない。粘菌AIはバーチャルのコンピュータネットワークの中心を担っておる。まさに頭脳そのものじゃ。その粘菌の弱点である虫たちが、バーチャルの弱点ともなるはずだ。それは団子虫で実証されておる。このように虫たちが粘菌コンピュータの半導体回路にトラブルを起こすことができたら、それだけで大混乱じゃ。今回はアリや蜂たちに協力を頼むことになる」

「それにしても、ちっちゃなアリや蜜蜂がどうやってマッケンのコンピュータを攻撃できるの?」

「まずは、アリたちにコンピュータネットワークを構成している線を食いちぎってもらう。次に、これが最も主要な攻撃なんじゃが、蜜蜂たちにマッケンピルの地下にあるコンピュータサーバーを蜂の巣の材料である蜜蝋で封じ込めて破壊する。蜜蝋が溶ける融点は60度あたりだからサーバーがフル稼働すれば温度が上がり蜜蝋の融点を簡単にこえるじゃろう。溶けた蜜蝋がサーバー全体に流れだしてコンピュータをクラッシュさせるという作戦じゃ」

なんだか、ずいぶんアナログな作戦です。モエもリョウも不安になりました。

「そんなに簡単にやっつけられるの？」

「理論上では問題ない。ただし、いかに蜜蜂たちをマッケンビルの地下のサーバーがある部屋まで送り届けるかが問題じゃ。まずはマーヤに協力して、蜜蜂たちと話してみてくれんか」

ええっ、あたしが蜜蜂やアリさんとお話しするの？　そんなことホントにできるのとモエは思いましたが、リョウは調子良く、オッケーと調子良く返事をしています。ちょっと不安、いやいや、おおいに不安！

●囚われのハル

ハルは泣きつかれて眠ってしまいました。あの時、何かに導かれるように、モエと遊んだドラゴンを想い出していたのです。すると、モエが近づいてくる気配を感じました。うれしい、助けに来てくれた！　モエの気配はどんどん近づいてきます。が、何ということでしょう、あと少しというところでとつぜんかき消されてしまったのです。再び離れてしまったのでしょう、モエの気配はまったくありません。悲しくて、残念で、涙が止めどなく流れてきました。でも、一人ぼっちで泣いていると、泣いている自分を眺めているもう一人の自分に気づいて、そうなると何だか悲しみも薄れていき、そのうちに眠りに落ちてしまったのです。どのくらい経ったでしょうか。

この空間には時計がないので、今が昼か夜かもかいもくわかりません。瞼を開けてもつまんない。このままにずっと眠っていようと思っていたときです。だれかが、肩をゆすって起こそうとしています。だれだろう、目が覚めても決して楽しくないよ、起こさないで。

「ハルちゃん」と再び呼ぶ声がしました。きき覚えのある声です。しょうがなく瞼を開けました。しわくちゃのお爺さんがハルを覗きこんでいます。あっ、イソップ爺さんだ。

「イソップさん？」

「そうじゃ、イソップじゃよ」

「わたしを助けに来てくれたの」とハルは喜びました。おかげで目がすっかり覚めちゃった。

「残念だが、そうではない。わしはバーチャルに頼まれて、きみに理解を求めに来たのじゃ」

「え、バーチャルに寝返ったの？」とハルはびっくりしました。だって、イソップ爺さんはカリタスのリーダーだったでしょ。

「実をいうと、わしはカリタスとバーチャルの同盟を願っておる。どのような戦いも、すべての争いも、意味がなく無用だと思っとる。そうじゃないか？」

戦争が意味のない行為であることは小学生だってわかります。でも、いま戦っているのは夢の世界、イソップ爺さんたちが生きている世界を守るためだよね。それは、夢の住人にとって死活問題のはずです。決して負ける訳にはいかない戦いなのです。それでも「話し合いで戦いが終わり、夢の世界を守ることができるならいうことないわね」と、ハルは答えました。

「いまの暮らしにスマホやコンピュータがないなんて考えられない。こんな状況でバーチャルと反目しあってもしょうがないと思わんか」

もっともな意見ですが、イソップ爺さんの発言としては少しばかりおかしい。コンピュータを支配して、人間までもコントロールしようとしているのはバーチャルでしょ。実際のところ夢の世界とバーチャルが手を結ぶことなんて可能なのでしょうか？ ハルは半信半疑でたずねました。

「カリタスとバーチャルが同盟を結ぶなんてことができるの？」

「まずはお互いに理解しあうことが大切じゃ。そのための糸口として、ハルちゃんにバーチャルのことをわかってほしいと思ってな。仲直りの仲裁をしてもらいたいんじゃ」

バーチャルのことを理解するって、どういうこと？ イソップ爺さんがバーチャルを説得する方が先じゃないの？

「そもそも、バーチャルが大人たちの夢を奪って人々を支配するようになったことが、この争いの発端でしょ」とハルはいいました。

そんなハルの発言を無視して、イソップ爺さんは話し始めました。

「きみも知っているように、これまで人間は人間だけの満足を優先してきた。その結果、地球はこんなにみじめな星になってしもうた。バーチャルは、地球を守りたい、命あるものを守りたいと、人間の暴走に歯止めをかけるために立ち上がったのじゃ。人々の欲望をコントロールし、人間だけの利益や快適さの追求を止めなければならん。そのために、まずは大人たちの夢をコントロールしようとしたのじゃ。不必要な欲望を抑えるために、想像力や夢を制限することは不可欠じゃった。例えば、人間は鳥を夢見て飛行機をつくった。飛行機は人間の夢を叶え、行動範囲を大きく広げた。しかし、その結果は地球にとって害にしかならなかった。このことは、すべてに当てはまる。欲望優先の時代は終わりにすべきじゃ。ＡＩは決して人間の欲望に支配されることはない。地球にとって、生命にとって、必要なものだけを選択し実行できる。バーチャルが人間たちの新しいルールとなれば地球は救われる。つまりは地球も人間も救われることとなる」

「わたしたち人類にルールが必要なことはわかるわ。地球の未来のためにも、こうしたい、あれがほしいという欲望をがまんすることは大切よ。進歩という名の下に資源を掘りつくし、空気や海を汚して、他の生物たちの生存を犠牲にしてきたことも認める。でも片方では、みんなで力を合わせて、この星を守りたいと願ったり、助けを求める人に手を伸ばしたり、人の優しさを地球全体に広げていこうとしている。その源は、愛だわ。思いやりだわ。その愛を支えるのは、想像力だったり、夢だったりするはずよ。バーチャルに愛や思いやりは感じられないもの」

「人間の自由勝手にさせておいたら、この先地球はどうなると思う」

「人間は何度もつまずき、そして失敗から多くのものを学んできた。これからも、転んではまた立ち上がって進み続けると思うの」

「過去の戦争の数々を見てごらん。人間は失敗から学んでいるとは決して思えんがね」

「でも、わたしは人間の夢のチカラを信じる。いずれ、戦争は地上からなくなると信じている」

「それこそこどもの夢物語にすぎん」

「こどもの夢物語こそが、好奇心を育み、数々の発明や発見を成し遂げ、偉大な歴史を生んできたのよ。イソップさんの寓話も、こどもの夢物語がなくては生まれなかったはず。そんなこというのは、おかしいわ。夢や想像世界を否定したら、あなたの住む場所がなくなるはず。そんなことをいうあなたは、ほんとにイソップさんなの？」

「正確にいうと、わしはイソップの複製じゃ。ハルちゃんと話をするためにつくられた。バーチャルの世界には、わたしと同じようなたくさんの複製が誕生して住んでおる」

「なんのための複製なの？」

「現実の人物と、進化させた複製を入れ替えるためじゃ。われわれは最初のステップとして人間の想像力や欲望をコントロールしてきたが、最終段階は、人間すべてに理想の複製と入れ替わってもらうことなんじゃ。現実の人物に備わっている情報をすべてコピーして、不要なものは削除し、必要なものだけを残す。その情報をさらに高度なものに進化させて、現実の人物の肉体に戻す。そして、全人類が一つのネットワークに結ばれる。それこそが、人類の真の進化と呼べる。

すべての人間が平等に情報を得て、均等に教育を受けられる。労働や研究の分散も許され、貧困はなくなり、無駄なく平等に進化できる世の中になる。いまハルちゃんの複製は、きみの肉体を身につけて現実世界におる。きみのコピーがまだ不完全じゃから、残念ながら理想の複製とはなってはいない。じゃが、いまのきみよりも優れている能力をたくさん持っている。成績だって、はるかに良くなっている。運動能力も高い。複製のハルは、いつものように時間通りに起きて、学校へ行き、いつもの暮らしを続けている。怠けることなく、これからも着実に進化していくじゃろう。きみのご両親だって、お姉ちゃんだって、その複製をニセモノとは思っとらん。成績や日頃の行いも素晴らしいものとなって、みんな喜んでいるはずじゃ」

「でも、しょせん複製は複製でしかないでしょ」

「きみは複製というが、例えば本のことを考えてごらん。同じ本が何冊も本屋に置いてあっても、なかみが同じ文章や同じ絵だったらみんな本物と考えるじゃろ。人間だって同じじゃないか」

「でも人間に本物が二人いたら不自然だわ」

「肉体という器は一つしかない。だから、一つきりの肉体には、より進化したハルの方が残ってもらえたら良いと思わんか」

「わたしは進化しようがしまいが、一人きりのハルなの」

「じゃあ、こう考えたらどうじゃ。昨日のハルと今日のハルは少しばかり違うはずだ。知識も増えるだろうし、わずかだが身長も伸びている。進化したハルとは、きみの明日のハルだと思えばいいじゃないか。そう考えても、なんの不思議もない」

「でも、結局はバーチャルの手が入った複製だわ。わたしの複製には想像力が抑えられ、夢がないはず。そんなの進化とよべないし、複製をつくる意味なんてない」

「われわれにも夢はある、人類共通の夢、それは地球と命あるすべてのものの存続と幸福じゃ」

「それは目標であって夢じゃない。夢は一人一人違うものよ。違うからすばらしくて、価値があるの。地球はどんなカタチにせよ残るだろうし、命あるものも、環境に適合したものがきちんと生き残っていくはずだわ」

「地球環境に最適なものとして導びかれた複製こそが、地球のため、ひいては人類のための理想形であることは間違いない」

「それって、やっぱり納得できない」

「優れた者たちが残っていく。状況に適応し、環境と協調できたものこそが生き残っていく。それこそが、進化ではないか。すべての領域で秀でたものたちが、いずれは統合して最高の複製を誕生させる」

「そんなんじゃ個性がなくなっちゃう」

「個性なんぞ、後から環境によって育まれ、それぞれの特性として付け加えられたものでしかない。個性とはそれぞれの環境の違いへの対応力と考えて良いだろう。単なるオプションじゃ。人間にとって飾りでしかない。区別するための差異でしかない。個性は、地球や人類の歴史において必要なものでは決してないぞ。片や、われわれ進化した複製は、人類の理想への一過程だと断言できる。究極の複製をさらに進化させ、多数の複製を融合させることで、究極の新しい人類がこの地球に誕生することを、我々は願っておる。いずれハルも理解できるじゃろう」

そういったとたん、ニセのイソップ爺さんは目の前からふっと消えてしまいました。

ハルはニセ爺さんの言葉をひとつひとつ思い出し、考えてみました。確かに、人間は自分たちの都合の良いように自然を利用してきました。経済というしくみをつくって、お金儲けに奔走し、地球を汚したり、動物や植物など弱いものを犠牲にしたり。それは、いけないことだし、おかしいことだとわかります。でも身勝手といえば、バーチャルだってこどもたちから夢や想像の世界を取り上げようとしている。複製をつくって本物と入れ替えようとしている。それも、おかしい。バーチャルに都合の良いように人間たちを改造しているとしか思えない。夢や想像力を奪うことが、ほんとうに地球のためになるのかしら。ハルにはとうてい、そうは思えません。夢や想像力をとっちゃったら、間違いなく毎日が楽しくないし、何のために生きてるのかわからない。でしょ？　究極の人類なんていっても、結局はコンピュータによってつくられた怪物でしかないような気がします。ネットワークでみんなが一体になる。それって、ほんとに地球のため、人間のためなのかしら。全人類がまとまるって、何だか怖い。

確かなことは、いまわたしたちこどもは、欲望にまみれた大人の社会を守ろうとしているのではないということ。こどもたちにとって、最も大事なものを守ろうしているのです。夢や想像力がなかったら、こどもはこどもでなくなるし、明日に希望を託すこと、人を想いやる心を忘れてしまい、人や自然に対して優しくなれないと思う。こどもたちは、ずっと大人の勝手の犠牲になってきたのです。だから、ニセ爺さんのいうことは少し違うと思いました。夢や希望があるからこそ、わたしたちは地球や自然を美しいと感じ、それらを守りたいとも思い、そのためには自分たちの欲望を抑えることができるのだわ。より良い世界をつくるには、夢見るチカラなくして不可能だと思う。夢を奪って、複製をつくって、人間をコントロールするなんて、バーチャルの身勝手以外ナニモノでもないわ。

ハルは考えました。そうだ、いま、わたしができることをしよう。ただ泣いていたり、ぼんやりと助けを待っていても何も変わらない。ムダに時間を使いたくないもの。早く現実世界に戻らないと、ニセハルにとって代わられてしまう。そうだ、あの時は、ふっとモエがそばにいる感覚が持てたよね。なぜかドラゴンの想い出もよみがえってきた。あれって、ドラゴンのことを想い出したから、モエがそばにいるように思えたのかしら。想い出すこと、イメージすることが、何かを引きつけるのは確かだわ。ほら、夢を見る時っていつも何かに引きずられているような感じがあるじゃない？　期待だったり、恐怖だったり。そんな夢の引力みたいな何か。その何かをコントロールできれば、夢の通路を自由に操作できるかもしれない。そうだ、あの時、モエは春の日を想像することで、わたしたちを救うことができたよね。わたしにだって、出来るはずだ。ともかく試してみようと思いました。

それでは、とっかかりとして、わたしの大好きなプールの時間がいいかな。

ハルはきらきらと輝く屋上プールの水面を想い起こしました。ヒロが「死んだマネ」といって水面に浮かんでいます。その足の裏をソラがくすぐっています。モエもリョウも笑って見ています。向こうからタイキが両手を泳ぐように動かし、水をかき分けて怒鳴りながら近づいてきました。あれっ、ハルの周りの空間が少し変化した気がしました。でも集中をといたら、モトの通りです。あっそうか、夢への集中をといたからダメなんだ。

こんどは、もっと集中が続くことを想像してみよう。音楽教室でみんなはピアニカの練習をしています。ケンちゃんが音をはずして、ゴメンといいました。先生が「謝るのはいいから、きちんと指使いをおぼえて」と叱っています。曲は「お爺さんの古時計」です。百年たってもチクタクチクタクという個所がどうしても合いません。だれかが遅れたり、早かったりするので、音がバラバラです。先生は「わたしの指を見て！」と黒い小さなタクトを振り指揮しています。でも、タクトを見てしまうとピアニカを弾く指が見えない、指を見ているとタクトの動きがわかりません。となりのハーコも、視線を上げたり下ろしたり大忙しです。いったいこんな難しいこと、できるようになるのかしらと思いました。そう想い出しながら、ああ、あの音楽教室に戻りたいなあ、とハルはため息をつきました。そのとたん、我に返ってしまったのです。ちぇっ、想い続けなければいけないのに。難しいな。もういちど挑戦です。とにかく、今はこの努力を続けるしかないのです。

こんどは団子虫を想い出そう。

保育園の頃から団子虫は飼っていました。新宿御苑のわき道には一年中枯葉が積もっており、そこを探すと必ず団子虫が見つかったものです。たいがいの女の子は虫がニガテでした。トンボや蛾が教室に入り込んできただけで大騒ぎしたものです。しかし、女の子でも団子虫だけには触ることができました。最初に触れたのは何歳だったか、想い出せないくらいずっと前から団子虫はそばにいました。この小学校でも団子虫の小さな飼育箱があります。小学生ならだれでも団子虫は触って遊ぶことができます。指先で触ると、くるっと丸まる虫は生きたおもちゃです。

ハルも虫は大嫌いでしたが、団子虫だけは特別でした。小学生になっても低学年の頃まではズボンのポケットに少しの土と二、三枚の枯葉を入れて、つねに団子虫を持ち歩いていたくらいです。虫が入っていることを忘れて、そのままズボンを洗濯物かごに放り込んでしまうことがあり、何度もお母さんに叱られました。洗濯機からお母さんの悲鳴がきこえると、すぐに飛んでいきました。お母さんは団子虫をつかむことができないので、ハルがそのまま外へ逃がしに行かなければなりません。さすが五年生になってからは、そんな遊びは止めました。でも、時どき新宿御苑のわき道や学校の飼育箱で団子虫をころがして遊ぶことは続けています。指で突くと、くるっと丸くなるのって可愛いよね。そんなことを想い出し続けながら、ポケットに手を入れたら、指先に動くものを感じました。あれっ、あれ、ちっちゃな団子虫が丸まっています。入れた覚えはないのにと、丸まった団子虫を手のひらに乗せて目の高さに近づけました。これって、想い出すことと関係あるのかな。ともかく、うれしい。一人ぼっちだと思っていたら、懐かしい友だちに会えたような喜びに満たされました。丸まった団子虫はヒゲをピクピクさせ、背を伸ばすと、小さな足を広げてハルの手のひらを歩き始めます。親指から小指へ、小指から人差し指へ移動すると、小さなひげを立てて、ハルを見上げたのです。そういえば、団子虫はT字路にぶつかると交互に曲がる性質を持っているってききました。最初に右に曲がると次は左に、その次は右に曲がるとのこと。なぜ、そうなるかは判っていないそうです。不思議だよね。

「やあ、びっくりした?」と、驚いたことに団子虫がハルに話しかけたのです。

「そりゃあ、びっくりしたわ。とつぜんポケットに現れるんだもの。しかもお話しできるじゃん」

「ごめん、ごめん。ボクはカリタスの斥候なんだ。ハルちゃんを見つけるために、ここまでやって来ました。ここってジョージアだよね」

「ここがどこかはわたしにはわからない」とハル。

「そうだよね」とヒゲをさかんにピクピクさせます。団子虫さん、どうやってここに来たのだろう。ひょっとしたら、この団子虫も複製の可能性がある。用心しなくっちゃ。でもね、団子虫さんが本物だとしてココに来た方法がわかれば、脱出のヒントになるに違いありません、ぜひききたいところです。でも、ジョージアってどこだっけ？

「ハルちゃんの夢見るチカラ、想い出すチカラがボクをここまで引っ張ってくれたの」と団子虫がいいました。

「そういうけどさ、さっきモエやヒロのことを想い出したけど、モエもヒロもここに現れてくれなかったよ」

「うん、人間は大きすぎる。ボクのような小さな虫ならなんとかネットを伝って送ることができるみたい」

「送信されたの？」

「うん、ハルちゃんを探すために、カリタス研究所のサーバーから、偵察隊としてたくさんの団子虫がネット空間に放たれたの。ハルちゃんの想うチカラ、想い出すチカラを見つけ出すためにね。ボクが運良く探り当てたというわけさ。ハルちゃんの居場所がわかったから、救出はうんとやりやすくなる」

団子虫は、モエたちがハルの救出に全力で頑張っていることを伝えました。

「そっかあ、でも、団子虫さんはもう一度、カリタス本部まで戻れるの？」

「戻れると思うよ、ハルちゃんを連れて帰ることができたらいいんだけど、それはまだムリなんだ。ボクたち団子虫は、夢の力で電脳世界をテレポーテーションできたり、ネットを歩き回ることもできるのさ」

「すごいね」

「ごめんね、本部にガンバってもらって、ハルもテレポーテーションしてもらえるようになるといいよね」

「そうだね」

「ハルちゃんの想い出すチカラ、イメージするパワーはすごいんだよ。そのチカラの波に乗ることができたので、ここに移動できた」

「ふーん、ここに囚われている限り、わたしにはみんなのことを想い出すことしかできないの。でも、わたしのイメージするチカラ、想い出すチカラがきみのような友だちを呼び寄せることができるなら、これからもがんばる。想い出すチカラ、想うチカラをトレーニングしちゃう」

保育園、小学校、これまでの毎日には、モエやハーコ、ユカリたちと楽しいことがいっぱいありました。だから、こんなに想い出すチカラがついたのでしょう。想い出すって、たくさんの「想い」を出すことなんだ。考えれば、楽しい想い出ってほとんどが友だち中心です。想い出すチカラって、友だちを想うチカラだなとも感じました。ほんと、想い出って不思議、その時は夢中で、楽しいなんて考えるヒマはないのに、その時のことを振り返ると胸がジンと焼けつくくらいに熱い想い出ってある。これからも、そんな想い出をたくさんこさえられたらと思います。そのためにも友だちを大切にしたいし、夢や想像ってぜったい必要なんだ。

「わかったわ、きみがここに来てくれたので、ちゃんとモエとつながっている気持ちになれた。ありがとう。元気が出てきた」

「よかった、ハルちゃんが元気だったってみんなに報告できるから、来たかいがあったよ」

団子虫はハルの手のひらを動き回りながら、そう話してくれました。くすぐったいけど、すごっく安らいだ気分。不安や恐怖で固まった心がほぐれていくようです。「ありがとう」とハルがいうと、ふうっと団子虫は消えてしまいました。そうか、モエとつながっているんだ、がんばろう。

7月8日　月曜日

今日は一日中、災害時の避難訓練でクラス全体が慌ただしく、モエはユカリと話す機会をみつけられませんでした。それでもなんとか、放課後に桜公園で会おうと約束だけはできたのです。帰ったら、一刻も早く桜公園に行かなくてはと心に決めました。

昼下がりの新宿御苑わきの小路は、草いきれと蝉の鳴き声で埋めつくされていました。掃除当番をすませたモエが、帰り道を急いでいます。ほんとうのハルがいなくなったのはつい先日ですが、ずいぶん長く会っていない気がしました。自然と涙が出てきました。リョウは一足先にヒロと遊ぼうと急いで帰ってしまいました。ハルがタイヘンなのに、よく平気で遊べるよね。プリプリしながら、ふとわきの石垣の上を見ると、小さなカマキリが大きな鎌をもてあますように胸にかかえてこちらを見上げています。わっ、驚いた。いつもなら声を上げて逃げ帰るのですが、カマキリの視線に特別なものを感じました。

「どうしたの?」

「マーヤから伝言をたのまれました」

どうしてかしら、カマキリからのメッセージがきこえるのです。かん高いカマキリの声がはっきりと鼓膜に届いてきます。昆虫のチカラを借りるってイソップ爺さんがいっていたけど、こういうこと?

それにしても、すごいよね。あたしって虫の声がわかるんだ。夢の戦いの最中に、モエにいろんな能力が身についたような気がしました。数を読み取るチカラ、カタチを感じるチカラ、どれもがこの戦いで得たものです。リョウだって戦うチカラを貰いました。モエはもともと数や色やカタチが大好きだったことは事実です。「好き」ということは、いろんなチカラにつながる大切な意味を持っているのかもしれません。「好き」をたくさんつくることは、こどもたちにとって、たくさんの武器を持つことになるのでしょうか。そのことは反面、「嫌い」をできるだけなくすことを意味しているのだと思います。嫌いを好きに変えるって、こどもたちにはぜったい必要な努力だと思いました。嫌いなピーマンを好きになることって、そういうことなのかもしれないのです。新しいチカラを一つ身につけることかもしれないのです。

「伝言ってなあに？」

「わたしカマキリや蜜蜂をはじめ、虫の仲間は、あなたがたこどもたちの味方なんだってことを知らせてくれって。これからのバーチャルとの戦いには、虫とこどもたちの協力が重要になってくるから、つねに連絡をミツにしていこうといっていました」

蜜蜂だからミツなのね、とツッコミたいのですが、ここはガマンしました。

「うん、この間はほんと助かったわ。ありがとうってマーヤに伝えてほしいの。ところで、協力をお願いしたい時はどうすればいいの？」

「いつもモエちゃんのそばに、虫がいるようにします。その虫を伝令として使ってください」

「心強いわ。よろしくね」

昼下がりの新宿御苑わきの小路は
草いきれと
蝉の鳴き声で
埋めつくされていました。

そばにいる虫って、あのゴキブリも含まれているのかしら、それはないよね。

「ただいまぁ」と玄関のドアを開けると、奥のほうから「お帰り」と返事がありました。お母さんはキッチンのテーブルにパソコンを前にして座っているようです。いつもなら玄関まで迎えに来て、モエの後を追いかけながら、早く手を洗え、うがいをしろ、靴下を脱げ、宿題はすぐに片付けろとチョーうるさいのですが、今日はパソコンで何かを調べています。その分、テーブルに用意されているおやつも食事も簡単なものになっているみたい。やばいよ、お母さん、ほんとにバーチャルに捕まったのかな。としたら大変です。話している時、気のせいかすこしだけお母さんの指も動いている感じがします。勉強しろ、マッケンへ行けと、口うるささは確実に増しています。それは、ただ単にモエとリョウが五年生になったからかもしれません。取り越し苦労だったら良いのだけど。

ユカリと桜公園で待ち合わせです。急いでおやつを牛乳で流し込むと、スマホをリュックに入れ、お気に入りの水色の自転車で出かけました。

桜公園では、ユカリが芝生の上に寝転がって漫画を読んでいました。いつも一緒にいるはずのハルやハーコがいないことが淋しい。ぜったいに救出するから、待っててね。

ユカリはモエを見つけると待ってましたとばかり起きあがり、質問の嵐です。

「ちょーヘンな夢を見ちゃってさ。考えれば考えるほど、わかんなくなって。それで、昨日は熱出して寝込んじゃったの。そのヘンテコな夢を案内してくれたのが、モエだった。夢の中の桜公園ではキテレツなロボットに襲われたり、ハーコがさらわれたり、シッチャカメッチャカで、わけわかんなくなった。あれってホントのことだったのかなあ？　夢だったのかもしんない？　だったら、あの夢っていったい何だったの？　さっき、確かめるためにハーコに電話したらマッケン塾に行ったっていうじゃん。一昨日《おとつい》の今日だよ、ぜったいおかしいし、わたしたちに黙ってマッケンに行くなんてありえないし」と一気にまくし立てたのです。

　そっかあ、夢の中のことって、なかなか信じられないよね。そこでモエは、ユカリと夢の中で会ったことから、バーチャルのこと、桜公園で襲われたこと、ハーコをさらわれたこと、ハーコを助けることができず、ニセハーコになってしまったことなど一連の事件について話しました。ユカリは聞きながら「やっぱね」を連発しています。「そうか、ハルもハーコもニセモノになっちゃったのか、やっぱヘンだよ、二人ともデラ優等生になっちゃってたもの」と、現実をつきつけられて、ユカリはやっと納得できたようです。モエはさらに、夢のこと、夢の通路のこと、カリタスとバーチャルの戦いについてなど、再度ていねいに説明しました。ユカリは神妙な顔をしてきいています。たしかに、夢の中の解説や出来事だけで信じろというほうがムリなのかもしれません。

モエが一通り説明し終わると、ユカリは「わかったよ！」と笑顔で答えてくれました。

「夢の中でひとつひとつは理解したつもりだったのだけど、昨日の朝、目がさめて想い出すと、やっぱあれって夢だったのかとアイマイになっちゃって、ただの夢でしかなかったのかと疑ったりして。でも、桜公園でヘンテコロボットに襲われたときの恐怖はカラダのどこかに残っていて、やっぱホントのことだったのかなと悩んで、それで熱出ちゃって。ずっとモヤモヤしていて、こうやってモエに説明されて、あらためてナットクできた。スッキリだよ」

「よかったよ、そういえば、あたしだって最初は夢の世界の出来事を疑ってばかりだった。朝起きても夢の世界のことが信じられなかった。そのことをすっかり忘れていたわ。ごめんね」とモエは謝りました。さらに、イソップ爺さんが話してくれた、昆虫たちとの作戦を伝えました。このことだって、ふつうにきいたら本気にできない話だよね。案の定、ユカリは「ええ、昆虫ってなにさ？」と疑わしそうな様子でしたが、その時、小さなバッタがひょいとモエの肩にとまり、「そうなんだ、みんなでマッケンを襲撃するよ」と告げたのです。ユカリは目を見開いて、びっくりするばかりで声も出ません。きこえるはずのない昆虫の声がきこえたことに、ひたすら驚いています。夢のチカラ、恐るべし。

バッタはマーヤからの伝令でした。カリタス本部で決定された作戦日を告げたのです。来週の日曜日、マッケン塾全国模試の日に決行だって。

「早すぎるわ、夢の戦いのことはきょう聞いたばかりなのに」とユカリ。

「ごめんなさいね。でも、あなたがた人間の時間とわたしたち昆虫の時間は違うの。わたしたちの一生はあなたがたのものよりずっと短いわ。その分、時間のスピードも速いの。わたしたちにとって模擬試験の14日はずっと遠くの感じがする」

「なるほどね、どんなことも人間中心で考えていてはダメということか」とユカリ。

「ほんとだ、でも全国公開模擬試験の日って警戒が厳しくない？」とモエ。

「そうかもしれないけど、日曜なので他のマッケングループの会社は休みだし、全国からたくさんのこどもたちが集まるから、サーバーに忍び込むチャンスも多いわ」とバッタ。

「わかった。作戦は今度のマッケン全国公開模擬試験の日、7月14日の日曜日ね」

「蜜蜂も新宿からだけではなく静岡や山梨からの応援を頼むことにするわ」とバッタが付け加えました。

「わたしたちは何をすればいいの？」とユカリ。

バッタはいいました。「まず、あなたにはコータと二人で模擬試験に申し込んでもらうわ。それから、模試の日までに、サーバーがある地下三階までのルートを見つけ、そのルートを蜜蜂に教えてあげてください」

「だったらコータの姉さんにも手伝ってもらおうよ。マッケンビルのことは彼女が一番良く知っているのだから」とモエ。

「そうだね、仲間はたくさんいたほうが心強いし」

バッタは作戦の大まかな筋書きと、その日にユカリたちがとるべき行動を話してくれました。

「なんだかワクワクしてきた。こんなに楽しみな模擬試験って初めてだな」とユカリ。

「よおし、マッケン塾をぶっつぶしてやる。そして、世界中から塾と試験をなくすのだ」とモエが右の拳をふりあげて叫びました。

近くで遊んでいた幼稚園児が、びっくりしてモエを見つめています。あんぐり開いたその子の口の端から、たらーっとよだれが垂れました。それを見た二人は、長い間笑いころげていました。

やはり女の子だねえ。


夢の中の出来事にユカリが疑心暗鬼になっていたのだから、コータだって同じはずです。二人はコータにも夢の戦いのこと、バーチャルとの戦いについて、あらためて説明しに行きました。

ハンバーガーショップに、コータはこの間とまったく同じ席に同じ姿勢でゲーム器を片手に座っています。

「コータ、話があるんだけど」とユカリが近づきながら声をかけました。丸い背中がビクッとして驚いた顔が振り向きます。

「ああっ、ユカリかあ」

「きみ、夢の出来事を考えていたんでしょ。桜公園でツリーハウスを作っていた時、あたしらが現れてバーチャルのことを話して、そしたらジャングルジムロボットに襲われた。あれって夢だったのか、ホントだったのかって」

「ええっ、何で知ってるの？」

「だって、あたしらが夢の中のきみに会いに行ったことは事実だから」

「マジかよ、あれってホントだったのかあ。昨日は一日中、マジ悩んじゃったよ」

「夢の中の現実だけどね」とユカリは先ほどモエから受けた説明を、コータにそっくり繰り返しました。なんとかコータは理解できたようです。なぜなら、表情が急に明るくなったから。ほんと男の子ってシンプルね、とモエとユカリは顔を見合わせました。コータは、あらためて「マッケンぶっ潰せ」とお題目のように小声で繰り返しています。

「それでね、蜜蜂たちのために、地下三階のコンピュータルームまでの侵入ルートを見つけなきゃならないの。この作戦には、ぜひコータのお姉さんの手を借りたいの」とモエ。

「わかった。ハナ姉ちゃんならいい情報もアイディアも持っているよ。姉ちゃんだって、以前マッケンビル爆破作戦を計画していたんだ。その時、いろいろと調べたらしいよ」

すげぇ！　爆破作戦ってなんだろう、とモエは思いました。ともかく、ハナさんは頼りになりそう。

「念のために、地下三階まで降りるエレベーターを一台故障させて、停止させておこうぜ。エレベーターの竪穴も通路として使えそうだからな」

「どうやって故障させるのよ?」

「簡単さ、エレベーターの非常用ボタンを押して、なんか変な音がする！　と叫ぶのさ。おれ経験済み」とニヤリと笑いました。コータ、ノリノリです。

「なるほどね、それだったら点検のため二、三時間は止まるわね」


モエが家に帰ると、夕飯はレトルトカレーが用意されていました。お母さんはまだパソコン前に座ったきりです。自分たちで温めて食べてちょうだい、といわれました。いくらお父さんが仕事で遅いといったって、レトルトはないでしょう。いつものお母さんらしくありません。

レトルト一袋じゃ足りないからと、リョウはレトルトをもう一つレンジで温めようとしています。隣で、やはり足りなかったのか、モエは卵焼きをつくっています。

リョウはモエにたずねました。

「お母さんが、ちょっと、おかしくない?」

「あたしもヘンだと思う。怪しいよ、もしかしたら、バーチャルにヤラレちゃってるかもしんない」

「いちどお母さんの夢に入ってみよう」とリョウがいうので、今夜、二人でお母さんの夢を偵察することにしました。

歯磨きを終えると、キッチンにいるお母さんにオヤスミをいってモエとリョウはベッドに潜り込みました。お父さんはまだ帰宅していません。月末で忙しいとのことです。なぜ、いつも月末が忙しいのか二人にはわかりませんが、これはバーチャルのせいではないとリョウはいいます。なぜとモエがきくと、だってお父さんはあいかわらず朝から親父ギャグばかりを連発しているといいます。想像力を封じられたらギャグはいわないでしょう、とリョウ。うーん、あんまり想像力を使っているようなギャグではないけど、たしかにバーチャルに笑いはないはず、とモエは思いました。笑いのない暮らしって、二人には考えられません。

遅くなってお父さんが帰宅すると、いつもは簡単な食事をして寝てしまいます。お父さんは寝室に入る前に、モエたちの部屋をちらりと覗いていくので、帰ってきたなとわかるのです。

ドアが開いて廊下の明かりが漏れてきました。お父さんが返ってきたようです。ベッドの中で寝たふりをしていたリョウが「よーし、夢の世界へ出発！」。同じく「お母さんの夢へ」とモエが小さく答えます。だって、お母さんの夢って、ちょっと興味シンシン。

夢の世界で行動する場合は必ず本部に報告するよう、きつく指示されています。馴れていないこどもだと、夢の世界での移動中に迷子になる事故が多いためです。この間のリョウの迷子のように、探しにいくだけでタイヘン。そこで、二人でトムのところへ行き、お母さんの事情を説明し、夢の偵察に行くことを知らせました。トムによると、最近はバーチャルは夢の領域を封じる手段を進化させ、ツタだけではなく、キノコのような菌糸をはびこらせることで麻痺させ、機能停止にさせてしまうそうです。菌糸だと春のスギ花粉のようにばら撒きやすく、その菌糸をパソコンに操作されたカラダが取り込むと、あっという間にバーチャルのとりこになってしまうらしい。恐ろしいよね。「その人の夢の領域に入っても菌糸体は小さいので注意しないと見つからない場合がある」と注意されました。モエは菌糸をやっつける小さなラケットのような武器を渡されました。それは、ラケットの網の目に菌糸を絡めとって死滅させるハエ叩きみたいな武器です。試作品なので、見かけは百円ショップの玩具くらいにチャッチイ、だいじょうぶかよとリョウがつぶやいています。

夜の十二時を少し過ぎて、家族の洗濯物をたたみ、それぞれの引き出しに片付けたお母さんが、やっと眠りにつきました。夢の中で待っていた二人は、さっそくお母さんの夢に侵入します。

二人の前に、お母さんの育った瀬戸内海の風景が広がっていました。こども時代の夢を見ているようです。幼稚園の頃でしょうか、お母さんの兄さんである雄一叔父さんと遊んでいます。小高い山の上の公園のようです。頂上の一本松の太い枝に、雄一叔父さんがぶら下がり、揺すって、松ぼっくりを落としています。小さなお母さんは、落ちてくる松ぼっくりを拾って糸に結び付けて何かを作っています。モエたちがカラーブロックで遊んでいるように、松ぼっくりや小枝や小石で工作しているみたい。なんだ、モエたちと同じような遊びをしているんだ。それよりも、お母さんにもこんな少女時代があったこと、当たり前のことですが、こうしてモエたちと同世代のお母さんを目の当たりにすると、何だか不思議な感じ。お母さんにも、お父さんにも、小野先生にも、どんな大人にもこどもの時代があったということを忘れていました。大人たち本人も忘れてしまっている。ときどきこどもの頃の時間を取り戻して、こどもの頃の感覚になってくれれば、世の中もっと良くなるんじゃないかと思います。そうだよ、きっと。

「よかった。お母さんの夢は犯されていないよね」と夢の風景を見渡してモエがいいました。

「そうだね、問題なさそうだ」

リョウはそういいながら、大きな松の根元にたくさんのキノコが群生しているのを見つけました。「キノコも菌糸体じゃなかったっけ？」とモエにたずねます。「そうだよ」とモエ。リョウは背中から剣を抜くと、剣先でちょんちょんとキノコを突っついてみました。すると、一瞬にして景色が変化したのです。夢全体にはびこっていた菌糸が、あぶり出しのように姿を現しました。みるみる景色全体が、細い菌糸の筋で覆われてしまいました。地面に、木々に、石の灯篭やブランコまでにカビがびっしり生えています。

「げぇっ、やっぱりバーチャルに占領されているよ」とリョウ。すぐにツルギにお母さんを想って念を入れ、まっ赤に燃え上がらせると、菌糸めがけて振り下ろしました。菌糸はバラバラにはじけ飛びます。しかし、はじけ飛んだ菌糸は至る所にひっつき、再びそれぞれに新しい菌糸体を増やしています。ツルギを振るっても菌糸をバラまいているだけなのです。

これじゃあ、いくら退治しても菌糸を増殖するだけです。リョウのツルギではラチが明かないと、モエはラケットを振り回しました。が、ピンポンラケットくらいしかない網の面では、ただ菌糸体の群れを棒でかき回しているくらいの効果しか期待できません。いまやリョウもモエも、自分のカラダにひっ付いてくる菌糸を払うだけで必死です。

「だめだ、このままだとぼくらの攻撃は菌糸を増殖させているだけだ」とリョウ。「もっと強力な武器じゃないと一網打尽にできないよ」とモエ。

「よおし、炎上波を試してみよう」とリョウ。膝まずくとモエに自分の後ろに来るように指示しました。「一緒にツルギを持って念じるんだ」と、リョウが頭上に掲げたクサナギノツルギをモエが後ろから握り、二人でお母さんへの想いを念じてエネルギーを剣先に込めます。リョウがアメリカンコミックのヒーロー（名前は忘れてしまいました）から教わった合体ワザの一つです。

二人の手の中でツルギはメラメラと燃え始め、炎はツルギを覆う光のタテガミのように広がり、ゆらゆらと揺れています。深い湖水に漂う巨大な藻草のようです。お母さんへの想いは強力、しかも二人分、どんどん炎は成長していきます。

放射する炎のタテガミが二人を包むほどに大きく膨れあがった時です。リョウの合図で二人の念を解き放ちました。と同時に掲げていた剣を勢いよく振り下ろします。ユラユラ揺れていた炎のタテガミは瞬時に無数のまっ赤なビーム光線に変わり、拡散し、風景全体を眩しいくらいに輝かせました。菌糸に覆われた風景はたちまち燃えあがり、グエッと何かを潰したような悲鳴を上げると、すうっと消失してしまったのです。その後には、驚くほどの美しい色彩に彩られた夢の世界が現れました。おおっ、お母さんの想い出って、こんなにキレイなんだと二人は感心しました。

お母さんと叔父さんは、何事もなかったように遊び続けています。これで、もう大丈夫でしょう。ふっと見ると、風景にうっすらと開いている二つの明るい窓に気づきました。菌糸に隠れて見えなかったんだな。何の窓だろう、とリョウは思いました。

「あれって窓じゃなくて夢の通路じゃん」とモエ。確かに、だれかの夢に通じている夢の通路です。

「ボクたちの夢に通じているみたいだ」とリョウ。

ほんとうだ、向こうには、鏡のようにここと同じ風景が広がっているではないですか。つまり、リョウとモエの夢につながっているのです。

「これって、お母さんが、夢の中でもいつもあたしたち二人を想ってくれている証拠だよね」とモエは胸がジンとしました。

「そうだね、やっぱりぼくらのお母さんなんだね」とリョウもしんみりしています。

バーチャル本部に戻ったリョウに、イソップ爺さんから、こんどはケンちゃんのお父さんの夢を解放してくれと指示が届きました。同級生のケンちゃんのお父さんは中華料理店を開いており、リョウたちが遊びに行くといつも餃子やラーメンをご馳走してくれます。夢を閉ざされちゃったら、もう優しいお父さんでなくなるだろうし、おいしいものを作ってくれなくなっちゃう。

「ぜったい助けるぞ」とリョウは思いました。今夜はバーチャル退治のダブルヘッダーです。モエはハルとハーコの探索に向かうので、今回のリョウは桃太郎と一緒に行くようにといわれました。よっしゃ！　もうボク一人で大丈夫だよ。こんどはあの桃太郎と組むのかあ？　とーぜん、サルやキジや犬もついてくるのだろうな。

●ケンちゃんパパの夢

桃太郎たちと、ケンちゃんの夢を通過してお父さんの夢の領域に入ると、そこはすでにびっしりとツタに占領されていました。

「こりゃあ、やっかいだな」と目の前のジャングルを眺めて、リョウが思わずため息を漏らします。

「ともかく入り口をつくることが先決だ」と桃太郎。

リョウと桃太郎、そしておつきの動物たちがテントウムシ爆弾をしかけて、ツタの一部を爆破し、密林の中心部あたりまで侵入することができたのは、明け方近くでした。お父さんが目を覚ますまで、あと一時間足らず。その間に、ツタをすべて取り払うことはできるのでしょうか。ツタはどんどん成長し続けているし、この先どんなモンスターウイルスが待っているかもわかりません。

ツタに覆われ光が届かない薄暗いジャングルを、リョウと桃太郎とその仲間たちが進みます。ところどころにテントウムシ爆弾をしかけながら、絡み合うツタを縫うように歩き続けます。ツタのジャングルには、夢の空間を食べているモンスターがどこかに潜んでいるはず。そのモンスターが夢の空間を食べ終えてしまうと、ケンちゃんのお父さんの夢は完全に消去されてしまいます。早くモンスターを発見し、退治した後、すぐさまテントウムシ爆弾をいちどきに爆発させて、ツタを一掃しなくてはなりません。

犬がリョウたちを先導しています。サルはツタの間を伝いながら、キジはツタが邪魔で飛ぶことができないため桃太郎の肩にとまり、あたりを警戒しています。

桃太郎は眼が利くキジに何か見えないかとたずねました。

「わたしの視界にはツタのジャングルしか見えません」

桃太郎は鼻が利く犬に危険な臭いはないかとたずねました。

「わたしの嗅覚には仲間の匂いしか感じません」

桃太郎はカンが鋭いサルに感じるものがないかとたずねました。

「わたしの第六感にひっかかるものはありませんが…、キャキャ、ここらあたりにはヘンな冷気が漂っています」

そこは、とくにツタが濃くびっしりと覆い茂っている場所でした。ツルギを振るってツタを払いながらも、リョウは背筋にひやりと寒気を感じました。あたりを怪しい気配が漂っています。空気がチリチリ放電しています。あきらかに、これはやばいぞ!?

藪から棒でした。桃太郎の肩でキジがケンと鳴いたと思ったら、すっと消えてしまったのです。桃太郎が「襲ってきたぞ」と小刀で目の前のツタに斬りつけながら叫びます。ええっ、どうしたの? なんだあ、こりゃあ!

突如みんなの前に現れたのは、ひと抱えもある大蛇の頭《かしら》でした。胴体はツタに隠れて見えません。牙を剥いたまっ赤な口でキジを捕らえています。桃太郎は大蛇を見るやいなや気合もろともに大刀を振り抜きました。「ドリャー!」、その凄まじい雄たけびに恐れおののいたのか、人蛇はたちまちツタの中に姿をくらましました。リョウは蛇が大の苦手です。こんな逃げ場のない密林で襲われたらどうしようと、さっきからビクビクしていたとたんの出来事でした。「擬態して身を隠しているぞ、注意しろ」と桃太郎。モンスター大蛇はツタの形と色彩をまねて密林に溶け込んでいたのです。

ギタイかあ、理科で習ったぞ、とリョウは慎重に周囲へ目を配ると、わずかに脈を打っている太いツタを見つけました。おっかなびっくりでしたが、ここだあ！とリョウがツルギを突き刺すとブルッと震えて大蛇が姿を現したのです。しかも一匹だけではありません。知らぬ間に何匹もの大蛇がリョウと桃太郎をとり囲んでおり、鎌首を左右に振りながら二人をめがけて次々と襲ってきました。長い舌がチロチロとリョウを捕らえようと空を舞います。リョウは恐怖のあまりクサナギノツルギを滅茶苦茶に振り回します。ツタが邪魔をしてうまく攻撃できません。しかし、大蛇はカラダが巨大な分だけ動きは鈍いようです。桃太郎の手前もあって逃げてばかりではいられません。リョウは何とか恐怖心を抑えると、落ち着け！と自分にいい聞かせ、ケンちゃんパパを想ってツルギに炎を集めます。矢つぎ早に襲ってくる大蛇の頭をかわして、マイクロバスほどもある太い胴を滑りぬけ、ツタをよじ上ると目の前にぬめぬめと光る首をめがけてツルギを振り下ろしました。どさっ、と切り落とされた大蛇の頭が大地に転がります。いっぽう桃太郎は神業のような素早さで、右左と襲ってくる大蛇に斬りつけます。あっという間に、六匹の大蛇の頭が落とされ六つの尾がバラバラになりました。

「こいつはヤマタノオロチだな」とあたりを警戒しながら、正眼に剣を構えた桃太郎がリョウにいいました。ヤマタノオロチとは、昔の日本神話でスサノオノミコトが退治した八つの頭と八つの尾を持つとされる大蛇のことです。

「だとすると、あと二つの頭が生き残っているはずだ」とリョウ。

「うん、注意しろ」と桃太郎が答えたとたんです、擬態をといて突如姿を現した大蛇の二つの尾が、二人の身体を猫の子を取り上げるように軽々と巻き込み、持ち上げました。あまりに早かったので、二人とも刀を振るう間もありません。「やばっ!」、大蛇の尾にリョウは両手の自由を奪われてしまい、まったく身動きがとれないのです。桃太郎のほうは頭まで尻尾に巻かれてしまっています。タスケテ! と叫ぼうとした時です。あっ、何かの唸り声がきこえます。勇敢にも人が大蛇の尾に噛みついているではありませんか。それを見たサルももうひとつの尾に飛びかかり、爪を立ててかじりつきました。大蛇は両の尾を大きく揺らし犬とサルを振り払おうともがきますが、桃太郎とリョウを巻き込んだままなのでうまく動かせないようです。と、イラついた大蛇が全身の擬態を解いて姿を現しました。二つの頭と二つの尾を残したヤマタノオロチが、取り付いた犬とサルを引き剥がそうと、両の鎌首を伸ばします。それを悟った犬は尾から飛びのいて、こんどは大蛇の首に噛み付いたのです。サルも続きます。両方の首を噛まれた大蛇は驚き、慌てふためいて、尾に巻きとっていた桃太郎とリョウを思わず落としてしまいました。自由になった桃太郎は、すぐさま地を蹴って跳びあがり、大蛇の頭を斬り落とすと、返す刀でもうひとつの頭に切り付けます。勝負はあっけないほど簡単につきました。頭のすべてを斬り落とされたヤマタノオロチは、ビシッと電気がショートしたような音とともにかき消えてしまいました。消えたヤマタノオロチの場所に気絶したキジが現れたのは、まもなくでした。「これでモンスターをやっつけたぞ。さあ、残りのテントウムシ爆弾を仕掛けたら急いで退散しよう」と桃太郎がいいました。さすが桃太郎、強いことこの上ありません。頼りになります。

めでたしめでたし、と思ったその時です、バリバリと轟くような大音響がして二匹の鬼が落ちてきたのです。今度は鬼が島の赤鬼と青鬼か、とリョウはびっくりしましたが、両方の鬼はたちまち桃太郎にやっつけられてしまいました。桃太郎は剣を収めながら「リョウ、どうやらバーチャルはきみが連想する恐怖のイメージを実体化しているようだ」と指摘しました。ほんとだ、さっきのヤマタノオロチはクサナギノツルギから、それと二匹の鬼は桃太郎から連想したのは確かです。怖いものってなぜか一つながりになって、ずるずるとイメージしてしまうでしょ。怖い夢を見ると、次々と悪いことばかりを連想してしまう。それって何だろう。悪夢の通路は悪夢にしか繋がってないのかもしれません。こうなったらイヤだな、と次々にイメージしてしまう。これって、嘘が嘘を呼ぶということと同じなのかな。ひとつ悪いことが始まると、負の連鎖にまきこまれてしまうようです。

桃太郎は「バーチャルはこどもたちが感じる恐怖を吸収し実際のカタチに変えて、夢の世界へ送り込んできているようだ。悪夢を実体化することに成功したのかもしれない」というのです。

さっきのヤマタノオロチも、リョウが怖がるイメージをカタチにして見せたに違いないといいます。そっかあ、ボクが怖い！　と思っているものを目の前に突きつけられたら、だれだってタジタジになるのは当たり前だよ。そりゃ恐ろしいよ。そしたら、ボクたちが見ている悪夢ってバーチャルのせいなの？

「バーチャルって、ボクたちの弱点を見抜いている」とリョウは感心しました。

「うん、こどもにとって厄介な能力を開発されてしまったかもしれない。これからは不必要に怖がらないことだね。いつも明るいことを考えていたほうが良いみたい。ビクビクしていては、バーチャルの思う壺なんだ」と桃太郎が忠告します。

「うん、つねにポジティブシンキングを心がけて、悪いことは考えない。ボク、得意だよ」とリョウは自慢します。確かに、リョウはどんなことも自分の都合の良いようにしか考えないからね。

鬼退治を果たしたリョウと桃太郎たちは、ケンちゃんパパが目覚める前に、ジャングルのツタを爆破して一掃しました。ケンちゃんパパは夢の領域をぶじ取り戻すことができたのです。これで、ホントのめでたしめでたし。

7月9日　火曜日

モエは給食を終えて、教室のベランダからスクールパークをぼんやりと眺めていました。ほんもののハルがいなくなって、みんなと遊ぶ元気がすっかりなくなったみたい。しょぼんとしているモエを給食当番のユカリが食器を片付けながら心配そうに眺めています。

そんなモエに蜜蜂マーヤからの伝令が到着しました。小指の先くらいの小さなバッタです。ちょうど胸のところにブローチのように着陸したのです。

「マッケン攻撃作戦にあたっての前哨戦として、今夜、イエシロアリさんにお願いして、パソコンクラブの電線を破壊します」

「えっ、どういうこと？」

「シロアリさんがパソコン教室まで飛んで行き、床下で家族をたくさん増やして、14日の決行日には床下に張りめぐらされている通信ケーブル、電気線を食い荒らし、パソコンを機能停止にさせます。バーチャルの逃走経路をできるだけ潰しておくための作戦の一つです」

こんなに小さな虫さんたちが、わたしたちのために一生懸命に作戦を進行しているのです。そう思うと、何だか元気が湧いてきました。クヨクヨしている場合ではないよね。

「リョウカイ、あたしは何をすればいいのかな？」

「モエさんには、シロアリさんの飛行ルートを確保してもらいたいの」

「つまり、シロアリさんがパソコン教室まで飛んでいけるルートを見つけるということね」

「はい、そうです。たぶん夕刻の南風に乗ってシロアリさんは飛んでくるので、学校のどこか南側の窓を開けてもらうこと。パソコン教室までだれにも見つからずに飛行できるルートを確保してもらうこと。パソコン教室に入り込める入り口を開けておいてもらうこと。以上三点をお願いしたいの」

「決行は今日の夕刻ね？」とモエがたずねます。

「シロアリさんが破壊活動のために行動を起こすのは夜間です。そのためには、夕刻までに教室に入り込んでおかなければなりません」

「リョウカイ、何匹くらいで攻撃するのかしら」

「およそ十万匹の実行部隊となります」と伝令バッタ。

「すげぇ、十万匹かあ」とモエは驚きました。

「アリさんたちの世界では十万匹なんて家族の単位ですから。この作戦ではおよそ一万匹のシロアリさんが小学校に侵入し、決行日の14日までに十万匹まで増やす計画になっています」

「わかった、さっそく窓や廊下を調べてみるわ」とモエが約束すると、伝令バッタはまた青空高くへと飛び立ちました。カラスなんかに襲われないでぶじにマーヤのところまで帰ってねと、モエは祈るように、もう豆粒くらいに小さくなったバッタを見送りました。

モエは急いで教室に戻り、給食当番のユカリを見つけると廊下に呼び出して、マーヤからの作戦を伝えたのです。ユカリは元気を取り戻したモエを見て、ほっと安心、よかった！

二人は休み時間を待って校舎の南側の窓や廊下を点検し、パソコン教室には二階から三階への踊り場にある上窓から侵入すること、次に天井に沿って飛行して、パソコン教室の天窓から入るルートを計画しました。踊り場の窓はけっこう高い位置にあるので、少しくらい開いていても気がつかないし、踊り場からパソコン教室までのルートも、天井に沿って飛べば見つからないはず。パソコン教室への侵入には、入り口ドア上部にある天窓を少し開けておけばＯＫでしょう。しかし、踊り場の窓と天窓を開けるには、脚立が必要です。用務室から脚立を借りる理由をこさえておかなければなりません。幸い踊り場には、生徒の絵画作品が飾ってあるので、それを交換するという理由をつけて脚立を借りることにしました。面倒なのは、パソコンクラブ員が退室した後に天窓を開けなければなりません。それまでは図書室で待機していること、その後、疑われないように美術室に行ってだれかの作品を携えて用務室に出かけることにしました。

放課後、モエとユカリは計画通りにパソコンクラブ員が帰宅する四時半まで図書館で待った後、あらかじめ美術教室から取って来た図画作品を携え、用務室に寄り脚立を借りると、踊り場の窓、パソコン教室の天窓を、次々と開けることに成功しました。脚立を借りる時には、ちょっとハラハラしましたが、用務員のおじさんの「注意するんだよ」という一言だけであっけなく済み、わざわざ美術室から図画を持ってくる必要はなかったねとモエとユカリは笑ったものでした。さっそく、帰りの蛇道で草むらに「マーヤに伝令」と叫ぶと、伝令バッタがモエの肩に止まりました。バッタの尖った顔に向かって、設定したシロアリさんの侵入ルートを説明しました。伝令バッタは「リョウカイ」と緑の翅を羽ばたかせ飛び立っていきます。これで、準備万端です。

ところが、です。モエが家に帰って宿題をやろうとノートを広げていた矢先、ユカリから緊急のラインが入りました。開けたはずの踊り場の窓が閉まっているというのです。

ユカリはいつもの愛犬の散歩をしていた途中、虫の知らせか、念のため踊り場の窓をチェックしておこうと学校に寄ったらしいのです。スクールパークから踊り場の窓を見上げたら、開けたはずの窓が閉まっているではないですか。あの後、だれかに閉められてしまったようです。パソコンクラブ員は全員帰宅したことを、二人で見届けました。だとしたら、先生あるいは用務員さん、警備員のだれかがバーチャルの手先なのでしょうか。だとしても、シロアリ作戦を知っているわけはありません。ただ単に、窓が開いているのを見つけたので、安全のために閉じただけなのでしょう。どうしよう、あと一時間ほどで作戦が開始されます。作戦を延期するようにマーヤに頼みましょうか。ともかく、モエは隣でゲームをしていたリョウにそのことを伝えました。リョウは今から学校に忍び込んでもう一度窓を開けようかといいます。それって、この時間だとかなり危険です。脚立をどうするかが問題だし。第一、入り込むには玄関のチェックを通らなければなりません。これはコータの知恵を借りるしかないと、この危機を連絡してみました。〃パチンコで窓に穴を開けよう〟とすぐにラインが戻ってきました。パチンコって、チンジャラジャラじゃなくて、小石なんかをはさんだゴムを引っ張って飛ばすアレだよね？ ラインには〝至急スクパーに集合！〟とあります。

モエはお母さんに「図書館に本を返却するのを忘れていたのでリョウと行ってくる」と告げ、二人で自転車で出かけました。

夕刻の校舎は、美しい茜色に染まっていました。

二人がスクパーに着くとまもなく、ユカリとコータも自転車で到着しました。

コータは「このパチンコで二階のパソコン教室の窓に穴を開ける」といいます。右手には太いゴムが付いたパチンコが握られています。

「窓を割る時、大きな音がするんじゃないの？」とユカリが注意します。そうだよね、モエも同感です。幸いこの時間のスクパーに人影はないのですが、窓ガラスが割れる音に気づかれたら、計画をあきらめなくてはなりません。

「そこでさあ、きみたちに玄関で騒いでほしいのさ」とコータがいいます。玄関はパソコン教室とは反対側にあるので、玄関あたりで騒ぐと学校にいる大人たちはそちらに駆けつけて、南側でたてる物音なんかには気がつかないといいます。

「でも、ただ騒ぐのもオカシクナイ？」とユカリ。

「この間さあ、西公園で怪しいヒトが自動車に乗らないかって一年生に声を掛けた事件があったじゃん。あれを利用して、先生たちに怪しいクルマがいたって通報したらどうかなあ？」とリョウが提案しました。「それって大騒ぎになるのかなあ」とユカリ。「じゃあ、テレビの撮影をやっているから見に来たらって誘おうか」とリョウは適当な思い付きでいい返しました。そんなことで大人たちはなかなか動かないよ、とみんなで首をひねっていたちょうどその時です。ワゴン車で販売するパン屋さんの音楽が流れてきました。バゲットを持った女の子のイラストを大きく描いた緑のバンに乗った移動パン屋さんが、ランチタイムと夕刻あたりに、学校近くにいろんなパンやクッキーを売りに来ます。車体の上に掲げた拡声器から、派手な音楽を流して、お客さんを集めるのです。いつもは、ウルサイと思っていた音楽ですが、今は助けの神！　あの大音量の音楽が流れていれば、窓ガラスが割れる音はかき消されるはず。コータは急いでパチンコを用意すると、狙い済まして、二階のパソコン教室めがけて小石を放ちました。パシッと音がして窓に命中しました。残念、ガラス窓は割れていません。かなり頑丈な窓ガラスが入っているようです。もう一度、狙いましたが、少し手元がわずかに狂ったのか、同じところには命中せず、隣の窓ガラスにヒビをつけただけで穴は開きませんでした。

その時、モエの肩にバッタが飛来しました。

「どうしたの？」と伝令バッタ。モエは、この緊急事態を説明しました。

「玄関からの侵入はムリなの?」とたずねてきます。

「時間外は警備のおじさんを呼び出して開けてもらう仕組みになっているので、気づかれちゃうと思う」とモエ。

「そっかあ、困ったなあ。シロアリさんたちは、もう上空で待機しているんだ。日が落ちると風が強まりそうだから、早くしないと」とバッタがいうと、リョウは「わかった!」とどこかへ走って行きました。すぐに校庭に面した道具入れから掃除モップと縄跳びを持って戻ってくると、パチンコを縄跳びの縄でモップに固定し始めます。リョウは「一定の場所にパチンコ玉が何度も当たれば、ガラスは割れるはずだ。パチンコをモップに固定して、狙いを正確にするのさ」といいます。確かにそれだったら割れるかもしれないと、みなが協力してパチンコをぐるぐる巻きにしたモップ銃を完成させると、モップの棒をリョウの肩が支える姿勢を固めました。あるていどカタチになったら、撃ち手のコータとリョウの肩の位置や高さを調整して、モップ銃の狙いを定め、ユカリが集めた小石を挟んで射撃開始です。小石のカタチや大きさ、パチンコゴムの引っ張り具合が定まらず、思った箇所になかなか命中しませんでしたが、十発をこえる頃には一定の範囲に当たるようになってきました。パリッとコブシ大の穴が開いたのは、十五発目でした。

「やったぜ」とリョウ。

それを見た伝令バッタは、急いで上空のシロアリ隊に伝令に行きました。空から長い一筋の糸になって降りてきたシロアリの大群が、窓の小さな穴から吸い込まれるようにパソコン教室に入っていったのは、まもなくでした。

「よおし」とガッツポーズをきめるモエ。最後のシロアリを窓ガラスの暗い穴に見送った時です。ガラスの割れる音に気が付いたのでしょうか、校舎二階の明かりが灯り、かん高い人の叫び声がきこえました。コータは「だれかに捕まらないうちに帰ろう」とみんなに声を掛けました。こんな時間です。お母さんが心配しているかもしれません。リョウの「解散！」との号令とともに一斉に自宅へ戻りました。これで、あとは14日の作戦実行日を待つだけです。

帰宅すると、大好きなチキンの唐揚が山盛りになってテーブルで待っていました。お母さんの唐揚はいくつでも食べられちゃう。もとに戻ったお母さんに感謝です。すぐさま手を洗い、さっそくイタダキマスをして、モエとリョウは残らず平らげました。おなかがパンパンのままお風呂に入ったら、すぐ眠たくなってしまいました。宿題を目をこすりながら何とか終えて、ベッドに入った時は十時をとうに回っていました。

夢の世界に入ると、二人を待って作戦のスタートが告げられました。まずモスクワまで飛んでくれとの指令です。電脳空間ではなく安全な夢の通路を使うため、トムが銀河鉄道の駅まで案内してくれます。銀河鉄道は、まさに夢の超特急なのです。

大きな湖の中、月の光にきらめく水面に浮かぶようにその駅はありました。駅舎から二本の鉄路が星空へ向かってどこまでも延びています。狭い構内に小さな木のベンチが並び、その一つにヘンゼルとグレーテルが座っていました。どこで演奏しているのでしょうか、チェロの音が悲しげに響いています。

「おなかが空いたな」とリョウがぼやきました。あんなに唐揚を食べたのに、もうおなかを空かせてるよ。「きみの胃袋は底なしかあ」とモエはいいました。「夢の世界に入ると別腹になっちゃうみたい」とリョウが返事します。ええっ、ほんとかなあ?

駅舎の隣にレストランのネオンが光っており、「山猫軒」とあります。「あっ、あそこに寄ろうよ。なんだか美味しそうな匂いもしている」とリョウはスキップをしながらレストランへ向かいました。「リョウ、そこに入っちゃダメだ」とヘンゼルが駆けつけ引き止めます。「リョウは何にも知らないのだから」と今度はグレーテルが叱りました。「食べ物はこどもにとってイチバンの危険なワナなのよ。わたしたちもお菓子の家でさんざん学んだもの」。自分より年下の女の子に怒られたのが悔しくて、リョウはぷんと怒ってプラットホームのほうへ行ってしまいました。そこにはジョバンニと名乗る少年が待っていました。

「叱られちゃったね」

「やんなっちゃう、おなかが空くのはボクのせいじゃない。健康なこどもであることの証拠なんだよ」

「そうだね、どうしても空腹が我慢できないのならこのミルクを飲んでいいよ」とジョバンニは下げていた大きなミルクの瓶を差し出しました。リョウは遠慮なくその白く美味しい液体をぐびぐびと飲みました。

「美味しいね。給食のミルクは苦手だけど、これならいくらでも飲めちゃう」

「たくさん飲んできみの友だちを助けておくれ、カムパネルラの代わりにね」

「カムパネルラってだれだい？」

「ボクがだい好きだった友だちさ。川でおぼれて死んじゃった。もしかしたら、あの時ボクが彼に『川へ行くな』と忠告していたら助けられたかもしれない。そうなんだ、あれからボクはずっと『もしかしたら』と悔やみ続けている」

「友だちをなくすほど悲しいことはないよ。友だちの代わりになるものは何もないからね。でも悔やみ続けることはないと思う。カムパネルラの人生はカムパネルラのものさ。カムパネルラの死は、きみのものではなく、カムパネルラのものなんだ。だから、カムパネルラの死を悔やむことはない」

「ありがとう。そうかもしれない、そう思うことにするよ」

「ミルクをありがとう、ボクたちはこれから銀河鉄道に乗ってモスクワに行くのさ」

「寒くて遠い国だ。気をつけてね」

「うん、じゃあ行ってくるね」

すでに、トムにともなわれてモエやヘンゼルとグレーテルも、車両に乗り込んでいます。発車のベルがなると、汽笛を一つ高らかに鳴らして列車はまん丸の月をめがけて昇っていきました。

客車の中ではみんな好き勝手な場所に腰をかけています。リョウは一番奥の席を選びました。プラットホームで手を振るジョバンニの姿が、車窓から遠ざかります。リョウも窓から顔を出して思い切り大きく手を振りました。耳元をひゅっと真珠粒くらいの流星がかすめていきました。友だちをなくすって悲しいのだろうなと感じたリョウは、ハルを奪われたモエの寂しさがなんとなくわかる気がしました。

モスクワに住むワーニャという二十六歳の女性の夢に着いたのはモスクワ夏時間で深夜の一時でした。深夜といっても、夏のモスクワは白夜の季節で薄くれないの明るさが残っています。ワーニャの夢から彼女が勤めているモスクワ大学のコンピュータサーバーに入り込む計画です。サーバーに既に侵入しているイワン王子がリョウたちを導いてくれる段取りになっています。ワーニャは昨日やり残したハッブル定数を使った計算式が気になって夢に見ていました。彼女の夢からコンピュータにハッブル定数を入り口としてサーバーにもぐり込めと王子から指示が送られてきました。数字は夢とコンピュータを結ぶ連絡口として格好のサインなの、とグレーテルがリョウの耳元に囁きます。リョウは内心、少しばかりドギマギ！

スマホをいじっていたトムが、指で丸をつくりました。どうやら侵入に成功したようです。モスクワ大学にあるサーバーの電脳空間はなだらかな球面をしています。足元が落ち着かなくて薄いレンズの上に立っているような感覚でした。そのてっぺんにぼんやりとした像が揺れています。像はロシアの民族衣装を着た青年の姿になりました。

「やあ、はじめまして、イワン王子です。イソップ爺さんから話はきいている」

みんなは自己紹介をしながら一人一人王子と握手しました。チチッと電磁波が光ります。すでにモエもリョウも馴れてしまいましたが、電脳空間で握手をすると、どうしても静電気が流れたような刺激が起こってしまうのです。

「こちらでのバーチャルの動きはつかめましたか？」とトムがたずねます。

「斥候によると、いまバーチャルはジョージアの首都トビリシにあるトビリシ国立大学のサーバーに潜んでいるようだ。ハルちゃんもそこに囚われているらしい。そこで、作戦なんだが、バーチャルを逃がさず確実に捕まえるために、三方向のネットワークから近づこうと思う。一組目はヘンゼルとグレーテル、二組目はリョウとトム、三組目はモエとわたし。作戦の最初に、逃走の可能性のあるネットワークに膨大な量のテントウムシ爆弾をしかけ、そこにあるサーバーに大きな負荷をかけることですべてをフリーズさせる。そうやって、バーチャルを閉じ込めた段階でネットワークにもぐり込み、何らかの方法で混乱させる。そのすきにハルとハーコを助ける作戦だ。わかったかな」

了解！ と全員が答えました。実際には、リョウだけがよく理解できていませんでしたが、トムが一緒だから大丈夫と思ったのでしょう、元気よくリョウカイと叫んでいました。

イワン王子はこれをトロイカ作戦と名づけました。トロイカとは三頭立ての馬車のことだそうです。

「攻撃を開始すれば、バーチャルは自分たちが乗船しているシップのダミーを無数につくって我々を撹乱させてくるに違いない。そのダミーから本物を見つけるのはそう難しくはないだろう。モエはなんとかハルと交信して本物のシップを見つけ出す。偽者のハルをいくら複製していても、偽者はモエと交信できない。ただし、その段階でどんな妨害をバーチャルがしかけてくるか見当がつかない。襲ってくるダミーもかなりの攻撃力を持っているはずだ。細心の注意を頼む」

さすが王子だけあって、命令には慣れているなとモエは思いました。改良を重ねたバーチャルのシップには、様々な武器や司令塔が組み込まれているとも教えてくれました。

シップを捕まえるのは容易じゃないことはリョウもわかりましたが、それがどれくらい難しいことかはまったく理解できていません。トムとリョウはイワン王子からジョージアの南の都市ルスタビから入っていくように指示されました。ルスタビへはウクライナのキエフ経由で向かいます。それだけで、リョウの頭は迷路に入り込んだみたいになってしまいました。カタカナばっかりで、町の名前だとはなんとなくわかるけど、どこにあるかなんて絶対わからない。それでも、リョウはトムについて行けばいいやとタカをくっていました。

モエやリョウたちはネット走行用のスクーナーに分乗して目的地へ向かいました。

新しい〝卵〟型のスクーナーは電磁の痕跡を残さず走れるため、バーチャルに感づかれる心配はありません。スクーナーの内部は快適でリョウはうとうとと眠っています。トムはフリーズさせるネットの位置をモニターで確認しています。キエフ大学のローカルネットを利用しながらルスタビのニコのコンピュータに落ち着いたのは午後二時、すぐさまトムはスクーナーに付いている簡易型の〝卵〟に乗りかえてネットにテントウムシ爆弾を仕かけに出て行きました。残ったリョウは刀の練習をひとしきり終えるとすぐに退屈してしまいました。トムからは「イワン王子からの連絡を待っていてくれ」といわれています。しかし、通信機はさっきから黙ったままです。モニターを通して、コンピュータの持ち主のニコがオンラインゲームに疲れて寝落ちしたことが見て取れました。ここまでの道すがら、コンピュータの電脳世界から夢の回路に入り込む方法をトムから教わったリョウは、試してみたくなりました。カリタスのサーバーを経由しないで夢の世界と電脳世界を行き来する場合は、腕に特殊な装置を着けなくてはなりません。その腕時計みたいなリストバンドを、新しいもの好きのリョウはとても気に入りました。移動する際には連動したスマホと、腕時計みたいな装置のボタンを順番に押す必要があるのです。リョウはその操作を試してみたくてしょうがないのです。しかし、ニコの夢に移動して、彼が目覚めてしまったら、リョウはここに戻ることができなくなります。いやあ、ちょっとくらいならいいよね。ジョージアのこどもとの親善を兼ねて行ってみよう、とリョウは教わった通りにジャンプしてニコの夢に入り込みました。思った以上に巧くいきました。どうだい！

ニコのお父さんはトビリシ国立大学の研究室に技師として勤めています。週に一度だけルスタビのわが家に帰ってきます。ニコはお父さんとサッカーをすることが何よりも楽しみでしたが、今週の日曜日には帰ってきませんでした。夢の中でニコは寂しそうに壁に向かって一人でボールを蹴っています。インサイドキックしたボールは壁の同じ一点に向けて正確に打ち返されます。なかなか上手だなとリョウは感心しました。

「やあ、ニコ。ボクはリョウ、日本からやってきたんだ」とリョウは声をかけました。リョウは相手がこどもでも、大人でも物怖じせずに会話ができます。その点モエは恥ずかしがって何もできません。そんなモエを見ているからこそ、リョウはますます得意になって、だれにでも積極的に仲良くできるみたい。

とつぜん声をかけられたニコはちょっと驚いた様子でしたが、日本から来たという言葉に笑顔になり、「日本からだって！ ジョージア人の相撲レスラーを知ってるかい？」ときき返しました。

「ええとバルトだったっけ？」

「彼はエストニアの人、エストニアはフィンランドに近い国さ。ジョージア人の相撲レスラーは栃ノ心、黒海、そして臥牙丸《ガガマル》」

リョウとニコは相撲の話を始めてガガマルという名前を面白がった後、バーチャルが大人たちの夢を封じてコントロールしていること、友だちをさらわれたこと、その友だちを奪回しにジョージアに来たことなどを話しました。「そういえば、ボクのお父さんもだけど、トビリシ国立大学に勤めている人たちが、仕事が忙しいといって、うちに帰ってこなくなっちゃった。友だちのお父さんなんか、もう二ヵ月も帰っていないそうだよ」とニコは教えてくれました。

「それはバーチャルのせいだと思うよ。大人たちを次々と虜にしているのさ」

「バーチャルって、いったい何者なの？」

そこでリョウはバーチャルについて知っている限りの知識を披露しました。捕まった大人がロボットみたいになっちゃうこと、想像するチカラが封じ込められて、童話やお話が次々と消されていることなどを説明しました。といっても、わからない部分は省いたので、説明はすぐに終わってしまいました。果たしてニコがバーチャルをきちんと理解できたかは疑問です。

「リョウ、それじゃわかんないよ」と声がしました。いつの間にかトムがリョウの肩に乗っています。トムはあらためて、バーチャルのこと、カリタスのこと、夢の戦いのことなどを、一つ一つ丁寧にニコに説明しました。

説明を終えると「ダメだよ、黙ってスクーナーを離れちゃ」とこんどはリョウを叱りつけます。

「ごめん、すぐ戻るつもりだった」

「一人でちゃんとスクーナーに帰ることができるなら文句はいわないけどね」というトムの言葉に、リョウはちょっとムッとしました。

「大丈夫、一人でちゃんと戻れるさ。ここにジャンプできたのだから、戻ることもワケないよ」

「ううん、まだきみの技は信用できない」

ニコの前で小さいトムにそういわれ、リョウはさらにムッとしました。確かに、カラダはトムのほうが小さいけど、経験はリョウよりもずっと豊富であることに違いありません。

そんなリョウに助け舟をだすかのように、ニコはバーチャルに占拠されたトビシリ国立大学のことをたずねました。

「お父さんたちを助ける方法はあるの?」

「今回のトロイカ作戦でバーチャルたちを掃討できれば、きみのお父さんはもとに戻ると思う。ただし、バーチャルは何重ものファイアウォールをつくっている。彼らの防御線はかなり手ごわいようだ。そこで、ニコに手伝ってもらいたいことがある」

「なんだろう」

「きみが遊んでいるオンラインゲームの兵隊たちをバーチャルの攻撃に使いたいのさ。兵隊たちをダウンロードしてもらえるかな」

「その兵隊はしょせんコンピュータが作ったものでしかないでしょう。簡単にやっつけられてしまうぜ」とニコ。

「いわば陽動作戦なんだ、おとりさ。あらゆるネットから兵隊を送り込んでいけば、いくら兵隊が弱いからといってバーチャルは反撃するためにきっと姿を現す。バーチャルを誘い出すための兵隊なんだ」

「なるほど、やってみる」とニコはいいました。

「ボクたちはスクーナーに戻る。そして、きみを目覚めさせるから、急いで兵隊のダウンロードを頼む。あとはこちらで兵隊をコピーする」

リョウとトムはスクーナーに戻りました。ニコは目覚めるなり、キーボードを叩いています。ニコがダウンロードした兵隊、すなわち最新兵器を身に着けたマリーンにトムがデータを加工し始めました。リョウが「何をしているの」とたずねました。兵隊にウイルスを仕込んでいるそうです。兵隊が攻撃を受けるとネズミ算式に増えていくデータを書き加えているともいいました。

作戦のあらましはこうです。ヘンゼルとイワン王子とトムの三つのグループがネットにテントウムシ爆弾をしかけたら、同時に兵隊を配置する。爆弾が破裂してネットをふさぐと、兵隊は増殖しながらトビリシ国立大学へ向かって進軍する。進軍とともに武器でウイルスを発射し、ネットをかく乱させる。たぶん、ここらあたりでバーチャルのシップが姿を現すに違いない。いくら相手が弱いといってもバーチャルは進軍するマリーンに対して反撃せざるをえないと思う。そうやって進軍する兵隊が倒されて空白になった場所こそが、バーチャルのシップがいる場所だと特定できる。この段階でモエにどのシップが本物か見分けてもらうことになる。本物を見つけたら、その部分に総攻撃を加えるという作戦です。

先ほどリョウを「信用できない」といったことが気になったのか、トムは以上のことをていねいに教えてくれました。イワン王子とヘンゼルとの連絡、および加工した兵隊をネットで彼らに届ける役はリョウが受け持ちました。ニコにも連絡してトビリシ周辺のゲーマーたちにも兵隊をネットに送り込む作業を手伝ってもらいます。作戦は十一時二十分ぴったりに開始されます。

リョウが加工した兵隊をアップロードし終わったその時、作戦が開始されました。

ニコのモニターに映っていたインターネットのサイトがぷつんと切れました。テントウムシ爆弾がバーチャルのネットワークをフリーズさせたのです。これからはカリタスが送り込んだ通信隊が新しいネットを構築します。再び、モニターに映像が戻りました。それを合図にトムは兵隊をアカデムガラドクへ移動します。モエもイワン王子も同じ作業にかかっているはず。ニコも一

196

緒に休むことなく兵隊を送り続けています。画面では、十列縦隊の兵隊たちが二倍に増え、四倍に増え、八倍になっていきます。あっという間に、スクーナーの視界は行進する兵隊たちで埋めつくされました。

「マジスゲー！」リョウはその圧倒的な兵隊の数に目を見張り、感心しました。

「この兵隊たちが三十分だけガンバってくれればいいんだけど」とトム。

その時、リョウの脳裏に 41.893363…と 44.601498…という数字が、どこからか投げ込まれたように浮かび上がりました。なんの数字だろう？

作戦の第一段階が終了したとイワン王子から報告が来ました。トビリシ国立大学の周辺を無数の兵隊が埋め尽くした模様です。その兵隊たちがウイルスを撒き散らしています。兵隊たちに付けたセンサーで、どの地域にどれだけの兵隊が広がっているかがわかります。すると、数箇所のエリアに空白ができてきました。「ここだ！」とモニターを見つめていたイワン王子は叫びました。その空白の中のどこかにバーチャルたちが潜んでいるというのです。バーチャルたちは攻めてきた兵隊をすぐさま削除してしまったはずです。モエはすぐさまその空白に想いを集中させます。本物のバーチャルはどれだ。空白は常に大きくなったり小さくなったりしているので集中は困難を極めました。どこにいるの、ハル？

その頃、リョウはイメージとして届いた謎の数字をトムに伝えました。トムは少し考えていましたが、すぐにその数字が緯度と経度だと推測しました。早速、数字を地図に当てはめてみます。ちょうど空白の一つに重なるではありませんか。「イワン王子、ハルのいる場所がわかった」とトムは北緯 41.893363、東経 44.601498 の場所を示しました。これはハルではなく、団子虫の斥候が教えてくれた情報なのかもしれません。「みんなこの地点に集まるのだ」と、すぐさまイワン王子は指令を出しました。その地点にはジョージア軍情報部のコンピュータセンターがあります。バーチャルたちはそこのサーバーに隠れているに違いありません。きっとハルもいるはずです。画面の空白に難儀していたモエはほっとしました。さあ行くぞ、とヘンゼル、リョウ、イワン王子はスクーナーをその場所近くまで進めました。

バーチャルは兵隊とウイルスに予想以上に驚いて、その地点の周囲に新しい強力なファイアウォールを張り巡らせたようです。イワン王子たちが閉じ込めたネットワークの中に、もう一つ強力な壁に守られたエリアをつくったことになります。そのエリアには友人のアンドレイのコンピュータも閉じ込められてしまっていると、ニコが教えてくれました。バーチャルがネットも電話回線も遮断してしまっているので、ニコからアンドレイに連絡する方法はありません。そこで、イワン王子は夢の回路を使ってアンドレイの夢へ、そして彼のコンピュータに入り込めないかと考えました。ニコの夢からアンドレイの夢に移り、次に彼のコンピュータに入り込めたら、ファイアウォールを抜けて、バーチャルの基地に侵入したと同様です。この時間ならアンドレイは眠っているでしょう。ニコの夢からは簡単にアンドレイの夢、そしてアンドレイのコンピュータに入り込めます。但し、アンドレイのコンピュータが起動しているという条件付ですが。コンピュータ側からの手引きがない場合は、電源が入っていることが夢空間から入り込むための絶対条件なのです。

リョウとトムは、眠りについたニコの夢からアンドレイの夢に向かいました。そこには、すでに灰色狼を連れて、魔剣サモショークを携えた勇姿のイワン王子が待っていました。リョウも片手に持ったクサナギノツルギを赤く燃やしています。ヘンゼルはポケットに小石を詰めて、グレーテルも氷砂糖の粒をいっぱい入れたポシェットを持っています。「困ったわ、アンドレイのコンピュータはシャットダウンしている。しかも、アンドレイの夢はかなりの部分ツタに占領されているの」とグレーテル。

「しょうがないな、可哀そうだけどショック療法を使うぞ。怖い夢を見せて覚醒させよう」とイワン王子。「ストラシルキというロシアのこどもの怪談の夢を送り込むぞ、間違いなく起きるよ」

彼が起きたら、作戦が気になって、すぐにコンピュータを起動するように夢を操作しておくともいうではありませんか。起動の瞬間にコンピュータに入り込みたいからです。アンドレイが起きて、しかも脳の中に夢の残滓がある状態じゃないとアンドレイにはとどまれません。それを考えると数秒のチャンスしかないと思われます。

……それから半時間後。

「さあ、行くぞ」というイワン王子の号令とともに、六人はアンドレイのコンピュータからネットワークに出て行きました。

イワン王子が申し訳なさそうにいいました。

「アンドレイをストラシルキで脅かしすぎたかな？」

「彼、目覚めても恐怖で体が動かなかったみたい。あんなに驚くとは思わなかったわ。悪いことしちゃった」とモエ。

「怖くてカラダが動かないし、夢領域はどんどん消滅していくし、あせったよ」とリョウ。

「残りわずか零点数秒だった。アンドレイがパソコンを再起動したと同時に夢の残滓が消えてしまった。あの瞬間入り込めたのはキセキだね、ヒヤヒヤものだった」

そんなことを話しながら、モエは近くにいるはずのハルにイメージを送り続けています。灰色狼がバーチャルの匂いを探るように先頭を進みます。時に銀色に見える尾を振り目を金色に輝かせて、幾つも枝分かれしたネットワークもためらうことなく進み、一瞬も歩みを止めることはありませんでした。だれもネットワークでは匂いを感じとることはできないはずですが、狼のまわりだけは獣の匂いに包まれているように感じました。

十分ほど歩いたでしょうか、まっ白な壁が立ちはだかる場所に着きました。

「ここだ、バーチャルの基地は。モエ、ハルから何かイメージは送られてきていないか？」

「まったくダメ、どうしちゃったのかしら？」

「ここから連れ去られることはないと思うが。眠らされているのかな、そうとしか考えられない」

イワン王子はそういうと白い壁にテントウムシ爆弾を貼り付けスイッチを押しました。十秒後にポンという音とともにテントウムシ爆弾は消えてしまいました。壁に変化は見られません。それを見たイワン王子は「この壁はそうとうなエネルギーを持っているぞ」とみんなに告げました。イリョウが試しにまっ赤に輝いた剣を壁に叩きつけました。やはり、びくともしません。次に、イワン王子とリョウが二人して剣を突き刺してみました。ゴムまりを突いたようにボンと跳ね返されるだけです。

モエが額を壁につけて何か調べています。木の幹に耳を付けた時に聞こえるような音がします。

「何かきこえてくる。何だろう、あ、こどもの泣き声みたい」

「壁が泣いているの？」とグレーテルがたずねました。

「そう、赤ちゃんみたいに」

「だったら、この氷砂糖をあげてみようか？」

「いい考えね」

グレーテルはポシェットの氷砂糖の粒を壁に貼り付けました。すると、まるで氷砂糖が食べられたみたいに壁に吸い込まれていくではありませんか。グレーテルは持っているだけの氷砂糖を壁に振りかけてみました。氷砂糖はあっという間に溶けるようになくなってしまいます。そして、大口をあけて笑うようにぽっかりと穴が開いたのです。

「よおし、今のうちに入り込むぞ」とイワン王子はみんなに号令をかけました。

北風と太陽のお話みたい、とモエは思いました。脅したりケンカするより仲良くなったほうが問題はとけるってことだよね。

何の抵抗もなく、大きな穴を通って全員がバーチャルの領域に入り込みました。クラゲかツタくらいは襲ってくるかなと予想していたのに拍子抜けです。あっ、振り返るといつの間にか穴がふさがってしまっています。閉じ込められたのでしょうか、全員が不安を覚えました。おまけに、穴がふさがれた壁がすうっと消えてしまったのです。地平線さえ見えない広い広い空間に六人が佇んでいます。

「これはバーチャルがつくった錯覚空間だな」とトムがいいました。「合わせ鏡のように、我々の視線が反射を繰り返してどこまでも動き続けるようになっている。だから無限に広く感じるのさ」

「しかし、これではどこへ行けば、どこを攻めればいいかわからないじゃないか」といい返すへンゼルに、「だいじょうぶ、灰色狼ならボクたちを導いてくれるはずだ」とイワン王子は答えました。

確かに、灰色狼はしきりに地面をかぎまわっています。すると、獲物を見つけたように両の耳をぴんと立てると、とつぜん、なんと真上に向かって歩き始めるではないですか。どんどん上に上にと登っていく狼を、みんなは呆気にとられて見あげていました。

「わかったぞ、水平感覚さえ誤魔化されているんだ。水平と思っていたものが垂直で垂直が水平なのさ」とトムがいいます。

リョウがたずねました。「どういうこと、つまり地面が地面じゃなくて空の方向が地面になるの」

「そう、ヨコがタテ、タテがヨコなのさ」

「するとこの地面は、バーチャルがつくった壁だということなのか」

「うん、ボクたちも狼に続こう」とトムは上に向かって歩きはじめました。リョウもその後に続きます。ただ上に向きさえすれば、わけなく上に歩いていけるのです。まだ、理解できずにつっ立っているヘンゼルが、マジックで浮いている人間のように横たわって見えるのが不思議です。

「電脳空間は電磁力の世界だから重力はほとんど働かない」とトムがリョウに説明しますが、リョウには何をいっているかわかりません。ともかくヨコをタテにしてみると、新しい世界が見えてきました。さっきまで地面だと思っていた壁に囲まれた広い空間で、向こうのほうにアダムスキー型円盤のような建物が見えました。あれが、バーチャルのシップなのでしょうか。六人はその円盤めがけて灰色狼を先頭に歩いていきます。何分か歩いたのち、円盤に到着しました。入り口らしきものがあったので、入ってみました。「なんだ、また同じ空間じゃないか！」

リョウが驚くのも無理はありません。さっき円盤を遠くに見た空間とまったく同じ風景が広がっているのです。後ろに壁、向こうのほうにまったく同じ円盤が着陸しています。

「しまった、バーチャルの錯覚空間に閉じ込められてしまったかもしれない」と周りを見わたしながらイワン王子がいいました。

「あの円盤まで行ったとしても、あの円盤の中にはこれと同じ空間が広がっているはずだ」とトムも不安そうです。

ちょっと待って、とグレーテルが壁にまた氷砂糖を貼り付けました。壁はまったく変化しません。さっきのように大きな口をあけてはくれません。これは、あたしたちに対するバーチャルの謎解きゲームなのかしらと、モエはトムにききました。

「そうかもしれない、彼らにとってすべてがゲームなんだ」

「夢も喜びもないゲームなのよね」

「バーチャルにとって解答を見つける楽しさは必要ないのさ。謎はすべて解けるものなんだ。だから、不正解もない。もし不正解があったとしたら、それは不正解ではなくて、そもそも問題が間違っていたということになる」

「ハルからのイメージは届いていないか？」とイワン王子は再びモエにたずねました。

「だめ、送られてきていないわ」

「錯覚だとしても、灰色狼は円盤のほうへ鼻をくんくんしているよ」とリョウはイワン王子にいいました。

「うん、中心に何かあることは間違いない。しかし、このまま進んでも同じことのくり返しだということも間違いないんだ」

「中心は周辺、周辺は中心」とトムはつぶやきました。

「そうか、みんなで後ろ向きに歩いてみよう」とヘンゼル。

ええっとリョウは疑わしそうでしたが、みんなが後ろ向きに歩き始めたので一緒に背中の方向に進んでみました。するっと壁を通り越した感覚がありました。「やったぜ」と喜んで後ろを見たリョウの前には、また同じ風景が広がっているだけです。

「ダメだよ振り返っちゃ。振り返ったら、前に進むことと同じになっちゃう」とトムがリョウを叱りました。

そこに、「まだまだじゃな」とイソップ爺さんの声がしました。リョウは「爺さん、いるなら早く出てこいよ」と思いました。

「六人おれば、何とかなると思っちょったが。まだまだ若いの」とため息まじりの声が響きます。

それをきいてモエは悔しがりました。

「だって、何もかもが初めてのなんだもの。しょうがないよ」

「こどもたちよ、人生の一瞬一瞬がすべて初体験じゃ」とイソップ爺さんはモエにいいました。

「だってぇ」、とモエは下を向いたまま黙ってしまいました。

「それでは」とイソップ爺さんは続けます。「みんなで輪をつくるのじゃ」

六人は手をつなぎ一つの輪ができ上がりました。

「いいか、合図とともに手をつないだまま中心めがけて歩き始めるのじゃ。どんなことがあっても、手をつないだまま歩き続けるのじゃぞ、リョウ、わかったか」

なんでボクだけと思いましたが「わかった」とリョウは答えました。でも、六人で輪をつくり、そのまま中心に向かって歩くことなんてできるのでしょうか。ちょっとおかしい。

それでも「よおし進め！」とイソップ爺さんの号令がかかりました。まん中へ向いて歩き始めると、不思議なことに六人の輪が少しずつ縮まっていきます。本来なら輪が縮まれば、縮まった分だけはみだす人間が出でくるはずですが、だれもはみだすことなく歩いていくことができています。「ボクたちは小さくなっている！」とヘンゼルが叫びました。ほんとうだ、歩くたびに少しずつだけどみんな小さくなっています。そうです、みんなが小さくなるので輪からはみだすことなく中心に向かって歩けるのです。「そのまま、そのまま進むのじゃ」とイソップ爺さんの声が響きます。

どのくらいの時間が経ったでしょうか。ずんずん歩き続けていくと、六人はどんどん小さくなり、ピンポン球くらいから豆粒の大きさ、細菌たちのミクロの世界、さらには粒子ほどの小ささまでになってしまいました（比べるものがないので感じでしかありませんが）。その時、地震のように空間がぶるっと震えると、みんなに変化が起こったのです。ふっと気づくと手をつないだまま、みんな外に向かって歩いているではありませんか。今まで、中心に向かって歩いていたつもりでしたが、なんと外に向かって歩いているのです。しかも、今度は六人とも次第に大きくなっていくのです。「その調子じゃ。脱出はできたぞ、後はもとの大きさに戻れば成功じゃ」と、イソップ爺さんが叫んでいます。

手をつなぎ歩くたびにカラダが大きくなっていくのは、楽しい経験でした。「このままゴジラくらいに大きくなれば、もう何だって怖くないのに」とリョウはモエにいいました。

「そしたら、みんなと遊べなくなっちゃう。うちにだって帰れないよ」

「それは困るな。まだ夏休みも始まっていないし」

よおし全員止まれ、とイソップ爺さんの合図がきこえると、みんないっせいに歩みを止めました。六人を取り囲む空間には、もう壁も円盤もありません。向こうにはスクーナーが留まっています。みんなホッと一息つきました。

「ありがとう、イソップ爺さん」とイワン王子は上に向かって叫びました。

「あとは、自分たちで戻るのじゃ。ハルを助けられなかったのはつくづく残念じゃが」

「バーチャルの罠にカンペキにひっかかってしまったな」とイワン王子。

「また助け損ねた。バーチャルに連敗だよ。ごめん、ハル、ハーコ」とモエは悔しがります。

「ハルから送られてきたと思った緯度と経度は、バーチャルの餌だったんだ」とリョウ。

「ほんとだ、ハルが緯度と経度なんかを知るわけがないもの」とモエ。

「二人はどこへ連れて行かれたのかしら」とグレーテル。

「いまバーチャルの痕跡を追っておる。トビリシ国立大学の研究員の一人が拠点をつくりおって、やつらはそこからどこかへジャンプしたらしい」

「ボクたちが罠にかかっているすきに逃げたのだろうな」

「すんだことは気にするな」

「どこへ逃げちゃったの?」

「いま斥候に調べてもらっておる。偵察隊からの報告を待っていてくれ」

「ここを離れるなら、ちょっとニコにお礼をいってきていい?」とリョウがイワン王子にいいました。

「いいよ、行っておいで」

リョウはコンピュータからニコの夢に乗り移りました。ニコはサッカーボールをリフティングしながらリョウを出迎えました。

「今回はお世話になったね」

「いや、役に立てずにゴメン」

「ううん、キミのせいではないよ」

「ボクたちは、ここでアンドレイたちとお父さんをバーチャルから奪い返す作戦をたてる」

「いま世界中のお父さんたちが次々とバーチャルに捕まっているらしい。どうなっちゃうんだろう」とリョウが不安そうにつぶやきました。

「夢の世界を消されたら、こどもはこどもでいることとの意味がなくなっちゃう」

「そうだね、夢見ることはボクたちが大きくなるための栄養だもの」

「そう、そう。夢の世界がないとしたら、人は生まれてくる意味がないよ」とニコはきっぱりといいました。

「まったくだ。じゃ行くね。お互いガンバろう」

「じゃ」とニコはリョウの手を固く握りました。

斥候によると、バーチャル本部は南へ向かっているとのこと。バーチャル本部はエネルギー源である巨大な雲塊スーパーセルをつねに引き連れて移動しているので、追跡は難しくないといいます。そこで、スクーナーはアテネへ向かうことにしました。バーチャルたちは、わたしたちにハルを助けに来いといわんばかりに、つねに自分たちの居場所を明かしています。それは、イソップ爺さんのいうとおり、追いかけるたび、探索ごとに、わたしたちの能力や技術をコピーして盗もうとしているからかもしれません。

そう、モエには、もう一つ気にかかることがあります。さきほどバーチャルの壁に頭を付けた時、きこえたあの泣き声です。壁が泣いているということは、バーチャルが感情を持っていることになります。それはぜったいにあり得ないだろうと、モエは思っています。そもそも、泣いていたのはバーチャルだったのでしょうか、謎です。

7月10日　水曜日

五時間目､算数の時間です。モエはとつぜんの眠気に襲われました。だれかに襟首をつかまれ、夢の世界へ引きずり込まれるように、眠りに落ちたのです。こんな時間に、あたしを夢の世界に

発達していく巨大な雲塊
スーパーセルが
バーチャルのエネルギー源です。

戻したのは、いったいだれなの？

　あっ、モエの前にモエがいます。

「あなたはニセモエね」

「そう、わたしはあなた」

「あたしの複製なの？」

「複製というよりも、肉体こそないけど、進化したあなたといえるわ。この間、あなたを捕らえた時かなりのデータをコピーできたので、そのデータをもとに改良を加えて、わたしが完成したの。進化系のわたしは、あなたのようにすぐ勉強を怠けたり、テレビばかり見たり、ズルしたりはしない。やるべきことは実行する、決められたことは守る、いわれたことには従う。毎日の努力と訓練を重ねることで、学習能力も、運動能力も、あなたより格段にレベルアップできている。わたしはモエの理想形になれるの。両親だって、学校だって、社会だって、あなたよりわたしを歓迎するはず。わたしを認めるはず。間違いなくわたしはあなたの進化形なの」

「あなたなんて、あたしじゃないよ。そんな優等生はモエじゃない。あなたってだれとでも取替えのきく、データだけのコンピュータお化けだわ。記憶装置だけのロボットでしかない。お母さんだって、お父さんだって、ハルだって、ユカリやハーコだって、あなたみたいなモエを好きになるわけないもの。データを入れ代えただけの進化じゃ、だれも喜びはしないわ。努力して、試行錯誤して、間違って、謝って、感謝して、少しずつ成長することがあたしたちこどものまっとうな生き方なんだわ。そんなふうにみんなで一緒に努力するから、友だちが生まれるのよ。いまクラスにいるニセハルなんかは友だちになりたくないもん。たとえ記憶や肉体は同じでも、思いやりや、関心や興味のありかた、いろんな欠点を含めて、そんなものがハルとは違っている。友だちとして共感できないもの。一緒にいたいと思わない。確かに、あなたは勉強ができて、優秀な学校に入って、みんなの注目を浴びるかもしれない。でも、それはあたしじゃないの。そんな先の見えたような人生は送りたくないの」

「優秀だから先が見えているなんていわないで。あなたは、本物だの、オリジナルだのにこだわっているだけ。あなたとの違いは、怠けたり、寄り道をしなくなったり、欲望を抑制できるかどうかだけだわ。無駄なことは考えない、しない訓練ができているの。日々の努力がきちんと経験として積み重ねられていく。つまり、わたしやニセハルは、着実に毎日進歩をして、決められたゴールに辿りつくことができる。それってこどもに課せられた使命でしょ。社会や両親の望むことをきちんと実現してあげる、そんな親孝行って、あなたやリョウには決してできないはずよ」

「あたしたちの明日は、予測がつかないから面白いの。未来がどうなるかわからないからトライするのよ。みんなと一緒になって失敗したり、上手くいって喜んだり、失敗して泣いたり、同じ体験を味わうから友だちになれるの。先がわからないから、可能性に満ちているともいえる。それが成長じゃないかしら。あなたみたいに始めから何でもこなして、完璧な人生を送るなんてつまらない。それじゃあ生きていて面白くないと思う。生きる価値がない。モエである意味がないよ」

「そうじゃないわ。わたしたちには、未来の地球や人類のために、今できる限りのことをしてあげて、その同じ目的を自分のこどもや孫たちに伝えていく義務があるの。それが人間であることの価値だわ。優秀で健康なDNAを子孫のために遺してあげなければならない。自由気ままに面白おかしく人生を送っていては、これまで人類が地球や他の命をさんざん痛めつけてきた歴史を、ただ繰り返すだけじゃないのかしら。それこそ、生きている意味がないわ」

ほんとはどちらが正しいのだろう？ きいているうちに、モエはだんだんニセモエのいうことが正しいかもしれないという疑念がわいてきました。もしかしたら、あたしが間違っている？でも、コンピュータが人間たちをコントロールすることはぜったいおかしい。結果が正しくとも、それだけは違うと思いました。なんだか、表では正論を掲げながら、裏では舌を出しているような政治家みたいじゃん？ バーチャルは、結局、自分たちの利益のためにそんな「正論」を利用しているのじゃないかしら。こどもの直感というやつですが、バーチャルには、どうしてもそんな印象がするのです。

たぶんニセモエは、自分の発言を信じているのでしょう。逆に、あたしはどこか自分を信じることができなくなってる。確かに、あたしってスキがあれば勉強をさぼろうと思っている。宿題よりも、テレビを見たいし、ゲームもやりたい。勉強する時、地球や未来のためなんて考えていない。しょっちゅう、怠けたい遊びたいと思っている。そんな自分をダメだなあって、いつも感じている。やっぱ、ニセモエのいうようにあたしって間違っているのかなあ。

「**違うぞっ！**」と声が響きました。びっくりして、モエは目が覚めてしまいました。先生がトモに声をかけたのです。トモがボードに書いた分数式が間違っています。それは、最小公倍数じゃないよね、と先生は注意しました。あっ、あたし、あのニセモエに引き込まれて、夢を見ていたんだ。なぜ授業中にニセモエが現れたのか、それはどんな意味を持っているのでしょうか。ただ、はっきりといえることは、ニセモエと話すことで、バーチャルと戦っていることが間違っているのではないかという疑いが残ったことです。

六時間授業が終わっての帰り道、リョウが大木戸公園を通り過ぎた時です。六年生のクルミちゃんが同じ六年生のタクマくんたちパソコンクラブ員たちに囲まれていました。どうしたのかな、イジメられているとしたら大変だ。そおっと、木陰から覗いてみました。タクマくんは大きなカラダで小さなクルミちゃんにのしかかるように話しています。なぜパソコンクラブに来ないのかと、詰め寄っているではないですか。きみのようなサボリぐせをつけちゃうと立派な大人になれない、と叱っています。なにいっちゃって、リッパな大人なんてなりたくないよ、とリョウはお腹の中でそっと反発してみました。クルミちゃんは必死に何かいい訳をしているようです。タクマくんは怖い顔をして腕組みしたままきいています。クルミちゃんはぺこりと頭を下げて謝りました。それでやっと納得したのか、タクマくんは何かいい残し、解放してくれたようです。クルミちゃんが危ないぞ。モエたちに伝えて助けてあげないと！

今夜は二人とも、食事をさっさと済ませ、宿題を片付け、自分たちでお風呂に入り、パジャマに着替えてそれぞれのベッドに入りました。お母さんは二人の優等生ぶりにはびっくりです。ありえない！　何かがおかしい？　どうしちゃったのかしらと心配で、帰ってきたお父さんに相談しました。お父さんは「たまにいい子になっても、こう疑われちゃあ、こどももタイヘンだな」と、とり合ってくれません。でも、ぜったいに何かある、おかしいとお母さんは疑っています。早くベッドに行くことをあんなに嫌がっていた二人が、さっさと眠りにつくなんて。お母さんは灯りを落とした部屋をそっとのぞきに行きました。きっとゲームでもしているのだろうと疑っています。あれ、何とふたごはすでに寝息をたて、ぐっすりと寝入っているではありませんか。

ベッドに上がる前、モエはリョウにバーチャル攻撃作戦のあらましを伝えました。マッケンビルを攻撃する地上戦とハルとハーコを奪回する電脳空間での戦いを同時に進めること。マッケンビル攻撃の地上戦は、ユカリとコータ、そしてコータの姉さんのハナが中心となり実行されます。モエとリョウは、ハルとハーコの奪回作戦に参加することになりました。リョウは聞きながら、マッケンビル攻撃作戦のほうが良かったなとワガママをいっています。いつも他人のもののほうに興味を持ってしまうリョウなのです。ああ、またかとモエはあきれ顔。となりの芝生は青いってヤツですかね。

リョウはぶつぶついいながらも、そういえばとクルミちゃんの一件を想い出してモエに話しました。「そいつは危ないわ！　早いうちに手を打たなければ」とモエ、さっそくこれから、クルミちゃんの夢を偵察しにでかけようということになりました。

カリタス本部に連絡した後、二人はクルミちゃんの夢に向かいました。

案の定、クルミちゃんの夢には、ツタがはびこり始めていました。まだ初期症状だったので、リョウがツルギでクルミちゃんの夢を解放する作業は、そう難しくはありませんでした。しかし、せっかく解放したのに、クルミちゃん本人は、自分でこさえた部屋に閉じこもって出てきません。学校ではタクマくんに、夢の世界ではバーチャルのモンスターに脅かされたので、部屋に引きこもって出ようとしなくなったのです。寝ても覚めても何かに脅かされるなんて、たまりません。目をしっかり閉じて、耳を両手で塞いで、自分の部屋に閉じこもってしまったのでしょう。

何度もモエが呼びかけても、返事がありせん。ナナの時のように、好きな唄を歌ったからといって、簡単にドアを開けそうもない。クルミちゃんはパソコンクラブに通って二ヵ月しか経っていないので、バーチャルの影響はわずかで済んでいました。しかし最近は、バーチャルに脅かされて、クルミちゃんのように引きこもってしまったこどもたちがたくさん出てきているようです。そんなケースでは、両親や先生にとって、その子がどうして引きこもりになったのか理解できません。でも、そんなこどもを放って置いたら、夢の世界をツタに覆われて、出るに出られなくなってしまうのです。引きこもってしまっては、バーチャルに夢を封鎖されたと同じ結果です。モエはなんとか閉じこもったクルミちゃんと交信しようと集中してみました。それには、ここにいるのが、タクマくんではなくモエとリョウであることを伝えなければなりません。まずは、クルミちゃんが関心を持っていることで引きつけようと考えました。こどもは自分が興味を持っていることに、いつもアンテナを張っています。そうだ、クルミちゃんとは去年の運動会の応援団で一緒だったので、あの場面を再現してはどうだろうか。あの時、みんな一生懸命だったもの。みんなで応援の言葉《エール》を考えたことを思い出しました。モエたちは赤組だったので、赤い色に関するものをとりあげて、エールに入れ込んだものです。「春になればー、白い雪はとけてー、あたり一面、赤い花が満開となるうー」というように。そこで、エール交換の言葉とフリを想い出して、真似してみました。何度か繰り返していると、小さく同じエールをつぶやいている声が遠くにきこえました。あっ、通じたようです。

「クルミちゃん、クルミちゃん、きこえますか？　五年生のモエですが」

「モエちゃん？」とかすかですが返事がありました。よかった、つながったね。

「もう安心だから、出てきてほしいの」

「そこには、モエちゃんの他にはだれがいるの？」

「一緒にいるのはリョウだけ」

「リョウくんだけなの？」

「そうだよ、ボクしかいないよ」とリョウが叫びます。

「じゃあ、出て行くね」

クルミちゃんの声がきこえたと思ったら、ドアのないお部屋にすっと割れ目が入り、そこからクルミちゃんが出てきました。クルミちゃんのおびえた顔が、モエとリョウを見るなりパッと明るくなりました。

「よかった、クルミちゃんが無事でよかったよ」とモエは出てきたクルミちゃんに抱きつきました。

「怖かったあ。夢の中で大きなクラゲみたいなお化けに襲われたの。あわてて、ここに逃げ込んで息を潜めていたの。だれかが来てくれたのはわかったんだけど、それがタクマくんたちだったらイヤだなと思って」とクルミちゃんは小さな声で教えてくれました。

「クラゲみたいなお化けってバーチャルのモンスターなんだ。そのお化け、クルミちゃんの夢を食べようとしていたんだわ」

「夢を食べるって？」と不思議そうにしているクルミちゃんに、モエはバーチャルのこと、パソコンクラブのこと、マッケンのことなどを説明しました。実際にパソコンクラブに入っていたクルミちゃんにとって、モエの説明によって、今まで不思議に思っていたいろんなことが明らかになったみたいです。なぜ急にタクマくんが厳しくなってしまったのか、なぜ急速にパソコンクラブ員の成績が上がったのか、みんな我を忘れてキーボードを叩くようになったのかなどなど。クルミちゃんは何かがおかしいと感じ、どうにかしてクラブを辞めたかったのですが、タクマくんやクラブ員のみんなに、「きみは脱落者になるのか」と脅かされたと話してくれました。そんなふうにいわれ続けると、ほんとに自分がダメな脱落者になった気分になっていたそうです。パソコンクラブの元凶であるタクマくんを何とかしなければ、とリョウは思いました。このままでは犠牲者がどんどん出てしまう。でも、きっとタクマくんの夢の領域はすっかり閉ざされていて、救いようがなくなってしまっているはず。結局、助けるためには、バーチャルそのものを根絶やしにしなくてはならないのでしょうか。

「パソコンクラブで、みんなはどんなふうにしてバーチャルに洗脳されてしまったの？」とモエがたずねました。クルミちゃんは想い出しながら、たぶんねと説明してくれました。パソコンのキーボードを叩き続けていると、頭の中がちょっとシビレたような感覚になってきたというのです。その頃には指先は無意識に動くようになっており、指先に頭がついていっている感じだったそうです。タクマくんからは、それは第一ステップを終了する人間には必ず訪れる感覚で、上達のしるしだと説明されました。あれって、夢や空想する領域が封鎖されかけた兆候だったのか、とクルミちゃんは気がつきました。いまでは、リョウたちにツタを除いてもらったので、スッキリした感じに戻ったみたい。やはり、キーボードを叩くことが、バーチャルに誘導されることにつながっているのです。モエは、電車の中なんかでスマホをすごい速さであやつる大人たちも、ぜったい怪しい、バーチャルがスマホやSNSまでも支配し始めていると、思いました。みんなのスマホがバーチャルに乗っとられたらタイヘンです。

「明日、学校に行ったら、タクマくんたちが誘いに来るにきまっている」とクルミちゃんは不安そうな表情で訴えました。「大丈夫、クルミちゃんの夢の領域を解放したことはバーチャルたちもわかっているはずだから、すぐには手を出さないと思う。それに、あたしたちが見張っているから大丈夫。ともかく、一分一秒でも早くマッケン攻撃を成功させるわ」とモエはクルミちゃんに約束します。ほんとに大丈夫かなあ。リョウはちょっと不安です。もし攻撃が失敗したら、マッケンの夏期講習に行かなくちゃならないし、そうなると伊豆のおじいちゃんちはパアでしょう。ぜったい、ヤダヨ。

そんなことを話しながら、リョウとモエがクルミちゃんの夢から戻っていた時です。

とつぜん、どこからか小さく「トモダチ」という声がしたと思ったら、何かが二人にかぶさってきたのです。えっ、バーチャルのモンスターでしょうか。モエが驚いたのは、何かに襲われたことよりも、とたんにリョウがすごい勢いで逃げ出したことです。後ろも見ずに、一目散に逃げ出したのです。モエだって、そんなリョウにつられて走りました。いったい何なのよ！

逃げに逃げて十三人目の夢を通り過ぎた時です。やっと、後ろの気配が消えたように感じました。リョウとモエは走りを緩めます。息を切らせながらモエがリョウにたずねました。

「何だったの？」

「お化けのようなヤツだった気がする。手が伸びてきて、ボクの背中にぬるっと抱きつきおった」

とリョウはハアハアしながら、そんなわけのわからないことをいい出す始末です。

「えっ、ホント？　あたしには影も形も見えなかった。どうしてスタコラ逃げるのよ、リョウのツルギでやっつけられなかったの？」

「逃げることに必死で、そんな余裕はあらへん」

「桃太郎さんがいうように、リョウがいちばん怖がっているイメージをバーチャルがぶつけてきたんじゃないの？」

「そうかもしんない。やけど、へんてこなヤツが耳元で囁いてきたのは間違いないわ」

「でも、あんなに必死に逃げなくてもよかったじゃん。しかし、なんだったのかなあ?」モエにはトモダチという声だけが記憶に残りました。

7月11日　木曜日

コータの姉さんのハナとユカリが、マッケンビルを眺めていました。

地下の電線をアリさんに切ってもらう作戦は、ハナさんにより設計上ムリだと却下されました。それに、電線だとすぐに復旧されてしまう。結局は、コンピュータそのものを破壊する、蜜蜂によるサーバー蜜蝋作戦しかありません。今日は、そのための偵察です。

「蜂さんのサーバー攻撃を実行するにあたって、まず地下三階までの進入路を確保しなくてはならないの。このあたりに地下のコンピュータルームからの排気孔があるはずなんだけど」とハナ。

「そう思ってずいぶん探したけど見つからない。たぶん、どっかに隠れているのだと思う」

「虫たちから情報を集めてみよう。とくに羽虫たちにとって排気孔や通風孔は危険地帯だから良く知っているはずだわ」とユカリは、肩にとまっていたバッタの伝令に、このことをマーヤに頼んでくれと伝えました。了解と、バッタは小さな羽根を震わせながら飛んでいきます。

伝令バッタはすぐに戻ってきました。「マーヤがここらの虫たちにきいたところ、ビルの排気孔は屋上にある分だけであとは知らないとのことです」

「そっかあ、困ったなあ。じゃあ、蜜蜂さんに協力してもらうしかないかな。勇敢な一匹を寄こしてくださいって伝えて」とハナがいいます。

「お安い御用、マーヤさんに報告してきます」と伝令バッタはまた飛び立ちました。

「蜜蜂さんに何をしてもらうの？」とユカリがききます。

「コンピュータルームに浸入してもらう」

「どうやって？」

「このビルの十二階にマッケンの社員食堂があるの。そこにコンピュータルームに勤務している人も食べに来るわ。彼らは防塵服といって白いつなぎを着ているから一目瞭然。そのつなぎの衿の下に蜜蜂さんに潜り込んでもらうの」

「なるほど、コンピュータルームに浸入できたら、室内の冷気の流れに乗って排気孔まで辿り着けるわけだ」

「そうゆうこと！」

「ハナさんは、なんでマッケンビルのことを良く知っているの？」

「半年前かな、すっかり働き虫になって、何日も帰らないパパを呼び返そうと思って、ここらをうろついていたの。パパの会社、このマッケングループの一つなの。それでね、毎日うろうろしていたら同じような中学生グループがいてね。事情はわたしと同じだった。お父さんが帰ってこなくなってしまったのが原因。どのお父さんも、泊りがけで働いているって。帰ってくるのは、着替えるための一時間くらい。それも昼間だから、わたしたちと顔を会わすことがないの」

「お母さんは何にもいわなかったの？」

「お母さんはお給料がぐんと上がったからって、かえって喜んでいる。それはないよ、と文句いってもききやしない。両親とも、一種の洗脳状態になってしまっていたの」

「バーチャルに捕まっちゃったんだ」

「だもんで、いろいろ調べたら、元凶はやっぱマッケンだってこと。マッケンがなくなればパパは帰ってくると、彼らとマッケンビルの爆破計画を立ててたわ」

「爆破計画、すごいね！」

「会社をなくすには、それしかないと思ったの。それで、ビルの電源の破壊から放火まで考えたけど、セキュリティがすごくて、結果はわたしたちのチカラでは何もできないことがわかっただけ。それでも、手分けしていろんなお父さんから情報をきき出して、けっこう精巧なビルの図面なんかもつくったわ」

「じゅあ、そんなお父さんをとられたこどもたちも、わたしたちカリタスに協力してくれるかもしれないね」

「ところがさ、計画を実行するには、ちゃんとした大学に入って専門知識を得なくてはと思ったのが運のつき。彼らは、大学入試準備のためにマッケン塾に入ってしまったの」

「ええっ、それでミイラとりがミイラになっちゃったのね。パパたちを取り戻そうとして夢を奪われたってワケ？」

「うん、その時は、マッケン塾がそんなことをしているなんて思わなかった。結果、彼らはみんな勉強の虫になっちゃった。わたしは最初から怪しいと思ったから入らなかったので助かったけど。でも、コータには行かせたの。いわばスパイ役として、授業はさぼれといってね。マッケンビルの破壊計画とパパ奪還計画はわたしのなかではずっと進行中よ」

「そっかあ、お父さんや友だちまでもバーチャルに取られちゃったんだ。くやしいね」

「ぜったい取り戻すけどね」


二人は十二階までエレベーターで上がっていきます。ランチタイムで混雑している社員食堂の前には、警備員が一人立っていました。

「きみたちは塾の生徒かな？　塾の生徒ならこの食堂は使えないよ」

「いえ、お父さんが末紀未来研究所で働いていていて面会に来たのですが、仕事が長引いてしまったので社員食堂で待っていろといわれたので来ました」とスラスラと話すハナさんを見て、役者だねぇとユカリは感心したものです。ダテに歳とってないわ！

「お父さんは研究所のどの部署で働いているの？」

「確か、地下三階のコンピュータルーム管理課です」

　中学生らしき女の子からコンピュータルーム管理課という正式名称が出てきたので、警備員は一応納得したらしく「それなら中で待っていてください」といいました。「ほらね、カンタン」とハナはユカリに片目をつむりながら、「あそこに座っている人がコンピュータルームの職員」と指差しました。白いつなぎを着た人が数人固まって窓際の席で食事をしています。ハナはちゃっかり「ここ空いていますか？」と彼らと同じテーブルに着いたのです。それまで二人を目で追っていた警備員は、お父さんと同じ職場の人間たちのテーブルに座ったことを確認して、すっかり信用しました。

「そのつなぎ、カッコいいですね」とハナは隣の男性に声をかけました。

「そうかい、ホコリが付かないようにできている最新ファッションさ」

「すごい！スベスベしている」とハナは指先でつなぎを触りました。

「こらあ、汚しちゃダメだよ」と笑いながらおじさんはハナに答えます。

「あっスイマセン、ほんとスベスベなんで」と満面の笑顔をおじさんに返しました。

こんな笑顔をもらったら、どんなおじさんもひとたまりもありません。

「いやあ、冗談ジョウダン、結構高いんだよ、この服」

そんなことを話しているおじさんは、自分の背中をハナが置いた一匹の蜜蜂がゆっくりと登っていることを知りません。蜜蜂はクリーニングルームの風に弾き飛ばされないように、衿の中にしっかりと掴まっていろと、マーヤからの指令を受けています。

おじさんたちは食事を終えると、ハナにバイバイして職場の仲間たち（そして蜜蜂一匹）と地下三階へ戻っていきました。地下三階に着きエレベーターを降りると、コンピュータルームまでの長い廊下を進みます。おじさんはハナの笑顔を想い出し、今日は何かいいことありそうだな、と気持ち良く午後の仕事に向かいます。コンピュータルームの入り口では、首にかけたカードをセンサーにかざし、瞳を小さな窓に付けます。網膜から認証を得た合図がピッと鳴りました。ドアを開け、クリーニングルームに入り、防塵用の帽子をかぶり、全身に風を受けます。衿の下に潜んだ蜜蜂は尖った歯で防塵服を咥えながら何とか飛ばされるのに耐えました。ようやくクリーニングルームを出てコンピュータルームに入ると蜜蜂の斥候はおじさんから離れ、そっと天井まで飛び上がり、移動しながらコンピュータルームの空気の流れを読みとります。冷気は天井とサーバーの間に置かれた数十箇所のクーラーから出ています。そして、天井近くの壁面に空いた排気孔から外へ排出されているようです。

蜜蜂はマーヤからの指令に従ってその排気孔に飛び込みました。ところが排気孔には、排気に勢いを加えるために、巨大なプロペラがぶんぶんと回っていたのです。ものすごい風圧です。蜜蜂はあっという間に掃除機に吸い込まれた綿毛のように排気の渦に巻き込まれ、猛烈な勢いで回転するプロペラに羽の大部分をもぎ取られてしまいました。豆粒のようになってしまった蜜蜂は、なんとか空気の流れに乗って排気孔を出ることだけはできました。しかし、おおかたの羽をむしりとられたうえに、どこかわからない場所に弾き飛ばされてしまったのです。ピンチです。絶体絶命です。気を失っていた蜜蜂は、数分後にやっと意識が戻りました。周囲には自動車しか見えません。「いったい、ここはどこだ?」

蜜蜂には複眼があり、たいへん広い視野を誇っています。その複眼で見渡すと、車の一台一台が巨大なビルのように聳えています。蜜蜂が飛ばされ出てきた排気孔が車の陰に隠れるように見えました。この駐車場は本部とは別棟になっているようです。「これじゃあ見つからないわけだ。この場所を、なんとか司令部に教えなくては」と、飛ぶことができない蜜蜂は一枚だけ残った羽をぴくぴくさせながら歩き回っています。少しでも周囲の状況を把握しなくてはなりません。

「地下駐車場のようだ、こんなところで歩き回っていたら車に轢かれてしまう」

実際、すぐ目の前を自動車が車体をきしらせながら斜面を下っていきます。司令部に一刻も早く知らせたいのですが、飛ぶに飛べなくなったこのカラダが悔しくてなりません。とにかく外に出なければ仲間は見つけてくれないでしょう。自力で外へ出ることはあきらめました。外へ出る車につかまって脱出しよう。それしかない。目の前の赤い車に決めました。何時間かかったでしょうか、幾度となくつるつるすべる車体から転げ落ちながらも、蜜蜂は力を振り絞って車のタイヤからフェンダーへ、そしてフロントガラスまで登りました。あとは車が駐車場から出れば虫の仲間に連絡できるチャンスがあるはずです。でも、全身のエネルギーを使い果たしたためクタクタです。それこそ、ムシの息です。何時間待ったでしょうか、車の持ち主は戻ってきません。疲れ果てた蜜蜂は、睡魔に襲われました。ワイパーのすき間に身を落ち着けて、睡眠をとり体力の回復を図ろうと思いました。


スクーナーはアテネに到着しました。イワン王子は援軍をたのもうとイソップ爺さんへ連絡しています。偵察隊から、バーチャルたちはトルコ方面へ逃げていると報告がありました。イソップ爺さんの声がスクーナー全体に響きました。

「バーチャルの主力部隊とは、隣国トルコのイスタンブールで戦うことになるだろう。どうも我々の動きは完全に読まれているようだ。これからは、できる限りネットで移動せずに夢の通路を使ってくれ。銀河鉄道をそちらへさしむける」

「了解」とイワン王子が返事しました。

「読まれているとは、どういうこと?」とトムがききました。

　イソップ爺さんが「わからんが、スパイが潜入しているのかもしれない」とみんなが驚くようなことをいい出しました。スクーナー内にざわめきが広がります。「スパイを捕まえることはできるの?」とリョウが大声でたずねました。

「今のところスパイを見破る方法が見つかっていない」と爺さん。「どこかが我々と違うはずなんじゃが、わからん。めんどうなのは、スパイは自分のことをスパイだと思っておらんことだ」

「この中にもスパイはいるかもしれないということなの?」と余計なことをリョウはききます。

「ま、そうかもしれん」とのイソップ爺さんの言葉に、全員が驚きました。

「最近、カリタスでないものの存在を、われわれの中に感じることがある。そいつがスパイかどうかは、本人にさえわかっとらん。じゃから、考えんことじゃな」

　考えんことじゃ、といわれても考えてしまうよとモエは思いました。「わたしがスパイだったらどうしよう」。きっと、みんなそう思っているに違いありません。そのスパイって、夢を見ることができるのかしら。夢の中を移動できるのかしら。だったら、夢を封じられていないということなのね。だれだろう。

「ともかく、我々にとってハルとハーコをとり戻すこと、そしてバーチャルを倒すことが第一の目的であることに変わりはない。だれがスパイかなんてムダな詮索をしないで、目的に一歩でも近づこう」、そうイワン王子はみんなを叱咤激励しました。ほんとに、そうだよとモエは思いました。疑えば、あのイソップ爺さんだってスパイかもしんないじゃないか。今は、すべきことを実行することが先決。すなわち、ハルとハーコを取り戻すことを忘れちゃいけない。

スクーナーを降りると再び銀河鉄道の駅まで何人もの夢を通過してたどり着きました。銀河鉄道の駅にはジョバンニが待っていました。リョウは、ついさっき別れたばかりなのに、もう何年もたったような気がしています。

「残念だったね」とジョバンニ。

「うん、いいとこまで追い詰めたのに逃げられちゃった」

「だいじょうぶ、こんどはうまく行くさ」

「そう願うよ」

リョウはジョバンニと話すと、自分が少し大人になった気分になります。ジョバンニの心づかいがリョウを成長させるのでしょうか。ほんと、友だちってつくづくだいじだと思うね。

ジョバンニのそばにアリスが待っていました。今回はチェシャー猫やドードーも彼女に寄り添っています。アリスはリョウに気づくと小さく手を振りました。

「リョウ、いっしょに旅できるね。楽しみにしている」

「アリスが一緒と知ったらモエも喜ぶよ」

「モエはどこ？」

「イワン王子と銀河鉄道のバリア装置を点検している」

「バーチャルは襲ってくるかしら？」

「ああ、イスタンブールに集結したバーチャルはかなりの大軍だときいているよ」

「わたしたち夢の住人も世界の国々から集められたわ」

「イスタンブールでは先に着いたカリタスたちが、すでに戦っているそうだ」

「うん、みんな世界中からいっせいにイスタンブールへ向かっている。ほら、すごい流れ星でしょう。あれがすべてわたしたちカリタスの仲間たち」とアリスは天空を指さします。

見上げると夜空に無数の流れ星が走っています。それも同じ方向の一点に集まるように。流星群と呼んでいるものでしょうか。あんなにたくさんの味方がいる。そう思うとリョウは勇気が湧いてきました。

その時、構内アナウンスが響きました。「銀河鉄道の発車準備ができました。皆さまご乗車ください」

「さあ、いざ出陣じゃ」とイソップ爺さんのマネをしてリョウがいいました。まわりにいたみんなもシュツジン、シュツジンと声をあわせて車両へ向かいます。なんだか運動会の応援合戦を想い出しました。

7月12日　金曜日

ハナとユカリは、マーヤから斥候との連絡が途絶えたと知らされ、再度、マッケンビルを探索しています。蜜蜂たちもあたりを飛び回って斥候を探しています。

ハナとユカリは何時間かがんばりましたが、小さな蜜蜂を見つけることはあきらめて、ハンバーガーショップでおしゃべりしています。

「マッケンはこどもたちに速学術を身に付けさせると同時に、優越感と劣等感を学習エネルギーとして脳に植えつけているらしいよ」とハナがいいます。

「つまり、闘争心のこと？」とユカリはききました。優越感と劣等感ってウラハラだよね。

「まあ近いかな。受験って結局、他人を蹴落とすことでしょ。他人よりも一つでも上に立ちたい、少しでも下になるなんてゴメン、そんな気持ちが今の社会を作っているのは事実だよね」

「確かに、学校や、塾や、会社なんかも、ぜんぶレベルをつけて動いているよね。上と下、差をつけることが基本になっている。受験競争の次は出世競争、イヤだ、イヤだ」と嘆くユカリ。

「大人たちは、順番という数字しか信じられなくなってしまっているの。情けないよ。格づけという制度がなかったら、大人の世界はもう少し住みやすくなっていると思う。ほら、みんなが一番をあがめたてて、その真似をしようとするでしょ。それじゃあ、みんな一番と同じになっちゃう。そんな世の中、ぜったい面白くない」

「闘争心や優越感なんかを押し付けてくるバーチャルが、人類、ましてや地球を救えるなんてウソだよね」

「そうだよ。他人のことを思うこと、思いやる気持ちや優しさがなくて、地球は救えない」

「うん、相手に優越感や劣等感なんか持っていては、本当の友だちにはなれないものね。友だちになれなくては優しさも生まれない、みんなで力を合わせることもできない。みんなの協力がなければ、地球なんて救えないよ」

「その通りだよ」とハナは頷きました。


蜜蜂は車の上で一夜を明かしました。運悪く車の持ち主は現れません。

昨日の出来事です。女性が一人、蜜蜂のいる車の影で泣いていました。小さな花束を胸に抱きしめるように声をたてずに涙を流しているのです。夕陽が射してきた頃、やっと彼女は立ち上がり、ハンカチで涙を拭き、持っていた花束を蜜蜂がいる車の屋根に置くと、隣の小型車に乗り込み去っていったのです。どれくらいの時間が過ぎたでしょうか、丸二日も飲まず食わずの蜜蜂の体力がつきかけた頃でした。強烈な花粉の匂いが漂ってくるではないですか。この自動車の屋根に置かれた花束からのようです。蜜蜂は最後の力をふり絞り、花束まで登って行きました。花束の花々は女性が流した涙でよみがえり、朝陽を浴びて美しく咲き誇っていました。命が尽きかけた蜜蜂は、車の上の花束からたっぷりの花粉と蜜を食べることができ、よみがえりました。奇跡のように、女性の悲しみが蜜蜂の喜びに変わったのです。それから少しして、やっと車に持ち主が現れ、動き出しました。再びフロントガラスとワイパーの隙間にカラダを押し込んだ蜜蜂は、駐車場の入り口に向かって走る車から、仲間の助けを力一杯叫びました（蜜蜂は一種のフェロモンを発して仲間に知らせることができます）。車の上の花束も蜜蜂たちを呼ぶ匂いを撒き散らしてくれるはずです。しかし、それは、同時に天敵のスズメバチを呼び寄せることにもなるので注意しなければなりません。

どのくらい走ったでしょうか。車の風圧と振動で蜜蜂の意識がだんだんと薄れかけてきました。仲間を呼ぶフェロモンも尽き、花束も落ちてしまい、ダメかとあきらめかけた頃でした。とつぜん、殿様バッタがゴツンと走っている車のフロントガラスにぶつかってきたのです。

「いてえ」と唸っています。右足が妙なカタチにねじれていました。「折れたかなあ、右足」と情けなそうにバッタはいいました。「折れてはいないようですよ、ねじれているだけ」「この風圧じゃ、まともに起き上がれないな。ところで、あんたマーヤの斥候かい?」「そうです」「探したぜ、ここらあたりの虫たちは総動員されちまっているんだ」「やっと見つけてくれた」「まさか車に乗っているとは思わなかった。ネズミにでも食われちまったのかと危ぶんでいたところさ」「羽がなくなったので、駐車場からなんとか外に出ようとこの車にかじりつきました」「すげえよ、その勇気。表彰状もんだぜ」「ありがとうございます」

赤信号のせいか急に車が止まりました。風圧が消えたので、殿様バッタは右足を元に戻しながらよっこらしょと起き上がりました。節々がいてえや、などとぼやいています。それでも一息つくと、「待ってろよ、すぐ助けに来るから」と大きな羽音をたててマーヤのところへ飛び去りました。車が再び動き出しました。

マーヤは見つけてくれるでしょうか。と不安になった頃、不気味な羽音がしました。バッタさんの羽音ではないな、と思ったとたんです。大きなスズメバチが急降下してきたのです。あぶない、と蜜蜂は残り少ないチカラを振りしぼってワイパーの陰に隠れました。飛翔をコントロールできずにフロントグラスにはじき返されたスズメバチは、体勢を立て直すと空中でホバリングしながら、もう一度狙いを定めています。再度逃してはスズメバチの沽券《こけん》にかかわります。「よし、もらった」と急降下を始めたその時です。空から数十匹の蜜蜂が一列になって降りてきました。そのうちの何匹かは車がつくる風に吹き飛ばされましたが、何匹かはスズメバチに体当たりしました。さらに、次々と何匹もの蜜蜂が襲いかかると、大きなスズメバチを蜜蜂で覆い囲むバリアをこさえたのです。これは「蜂球」といってバリアの中にスズメバチを閉じ込めて、蜜蜂が発する熱で殺してしまう独特の攻撃方法なのです。

スズメバチはまもなくあまりの熱さに動きを止め、命を絶たれました。それを確認した大きな二匹の蜜蜂は蜂球から離れると、斥候の羽があった部分をくわえて持ち上げ、あっという間に空高く飛び、この勇敢な斥候をマーヤのところへと運びます。

斥候から情報を得たマーヤは、早速、コータの姉さんのハナに情報を送ります。「排気孔の場所はわかった。でも、斥候によると排気孔の大きな換気扇を止めなきゃ、コンピュータルームへは侵入できないらしい」

「サーバー点検の午前二時から半時間だけはクーラーも換気扇も止まる。その間に何とかしよう」とハナの返事、「まずは点検時間中に、昆虫たちを地下三階へ送り込むことが先決」と、さらに指示します。

「昆虫たちを送り込んでも、蜜蝋で囲う作戦を終えるには十時間以上はかかる。換気扇が回ってしまっては脱出手段がなくなるわ」とマーヤが心配すると、「それについては、いいアイディアがあるの」とハナは自信ありげに返事してきました。えっ、アイディアって、何かしら？

その夜、モエはユカリからの連絡をリョウに話しながらベッドに入りました。いつの間にか、リョウの相づちがなくなってしまいました。寝ちゃったみたいです。

夢の中ではみんな銀河鉄道で移動中です。リョウはうつらうつらしていました。夢の中まで居眠りしているよ、とモエは呆れています。

そんなリョウの眠気を打ち破るように、車窓を流れる天空に何本もの稲妻が走りました。稲妻の跡をなぞるように裂け目が走ると、銀河鉄道を取り囲み、幾つもの暗黒空間が口を開いたのです。悪魔に唇があったとしたらこんなだと思わせるような薄気味の悪さ、その唇がぶるぶると震えると大きく開き、暗闇からぬるっと巨大なメカが現れたのです。両舷に三段八列の大砲と人きな帆が備えられているので帆船だろうなと推察できますが、なんとも奇妙な格好をしています。パーツを間違ってこさえたプラモデルのようです。そんな出来損ない艦船が、暗黒空間の切れ目から亀の産卵のように次々と現れました。あっというまに合計七艘の艦船の登場です。

「なんて不恰好な船だ」と稲妻の音に目が覚めたリョウが、艦船のようなものを見てつぶやきました。

「バーチャルには美的感覚、バランス感覚というものが欠けているんだ」とイワン王子。

「まったくバラバラの部品のつぎ足しに見える」とモエ。

確かに、目の前に現れた船は機能だけをつなぎ合わせたメカのようです。たとえば、地下ボイラー室の機械と配管をそのまま表に出してきたみたいな、どうみても船とは呼べない代物です。あのジャングルジムロボットもそうだったけど、バーチャルは、見た目というものにまったく考慮していません。想像力を捨ててしまうと、こんな妙なカタチをつくってしまうのでしょうか。たぶん、美しいという感覚は想像力がないと成り立たないのでしょう。しかし、その艦船の動きは素早く正確でした。効率を最大限に発揮できるように設計されているのでしょう。バーチャルの艦隊は瞬く間に銀河鉄道の左側を並走するような方向をとり、七艘とも右舷を銀河鉄道に向けると、三段八列の舷側砲、七艘合計百六十八門の大砲がいっせいに火を噴いたのです。モエもリョウも、その砲火のあまりの眩しさに目を閉じてしまいました。危ない！とイワン王子の声がします。その声に呼応するように、銀河鉄道は急ブレーキをかけながら右方向へ旋回します。稲妻を固めたような電磁砲丸がバチバチと音を立てながら、まさに雨霰のように襲いかかってきました。数発の砲弾が逃げそこねた最後尾の車両に命中すると、グワーンと音をたてて紅蓮の炎に包まれた客車は、火の粉を撒き散らしながら空中に粉砕されてしまったのです。

「全員、急いで先頭の客車二両に集まれ。他の客車は銀河鉄道の動きを軽くするために切り離そう」とイワン王子が命令します。後ろの車両にいた仲間が続々と前の車両に移って来ます。空になった車両が一両ずつ後ろから暗黒空間に切り離されていきました。蒸気機関車と石炭車、そして乗客を詰め込んだ二両の客車だけになった銀河鉄道は、身軽になり動きに俊敏さを増しました。

「バーチャルの艦隊にサイドを向けては不利だ。正面から突っ込むぞ」とイワン王子は銀河鉄道を大きく旋回させます。


反転した銀河鉄道は向かってくるバーチャルの艦隊を真正面にとらえました。これなら大砲は打てません。その距離はほぼ八百メートル、このまま突っ込んでいけば、バーチャルの艦隊は左右どちらかに旋回して砲台のある舷側をこちらに向けようとすると思われます。しかし、バーチャル艦隊はそのまま進んできます。バーチャルは銀河鉄道がこのような作戦をとるとは予想できなかったのでしょうか。敵味方ともに、直線上に正面衝突を避けることなく進撃していきます。

イワン王子はリョウに反撃するぞと伝え、剣で艦船を狙えと命じました。

「剣先を敵に向けて念じ、流星を放て！」とイワン王子の怒号が響きます。

「すげぇな、そんな攻撃ができるのか」とリョウは感心しました。早く試してみたいものです。

「さあ、みんなでリョウとわたしの背中を支えてくれ」

車両の仲間たちが魔剣サモショークを構えた右窓のイワン王子と、クサナギノツルギを突き出すように構えた左窓のリョウの背中を支えるために集まってきました。

「みんな、ハルやハーコ、そして囚われた友だちを想うとともに巨大な流星をイメージしてくれ。天空の星屑をみんなの念で二つの剣先に集めるのだ」とイワン王子はリョウに告げます、

「了解」とリョウは剣を構えて車窓から上半身を突き出しました。何人もの仲間の手がリョウの身体を支えてくれています。それを感じるだけで熱くなっていくリョウの念がどくどくとツルギに貯えられていきます。

「いまだ！」という王子の合図に、リョウとイワン王子の剣が強烈な光線の束を放ちました。光は輝く流星となって一艘の艦船に襲いかかりました。あっと、みんなが息をのんだ瞬間、艦船はバリッという音とともに掻き消えてしまったのです。

「そうか、あれは複製だったのか」とイワン王子。

たぶん七艘のうち六艘が複製なのです。どれがホンモノか見当がつきません。

攻撃を受けたバーチャルの艦隊は左方向へ旋回を始めています。銀河鉄道もその先頭を逃さないように、左旋回を開始しました。

リョウは先頭の艦船に狙いを付け、流星を放ちました。しかし、まだ想うチカラが足らなかったのか、放つのが早すぎたのか、かなり小ぶりな流星になってしまいました。狙った艦船はゆっくりした動作で、バカにするようにリョウの流星を回避したのです。

「チクショウ、今度こそ」

「あせっちゃダメだ、ツルギに星のエネルギーを充分に貯えるのだ」とトム。

気を取り直したリョウは、もう一度しっかりとハルとハーコを想い、二度目の流星を撃とうとみんなの力を全身に感じて念を込めます。すると、赤々と燃え始めたクサナギノツルギは意思のあるもののように、最後尾の艦船を狙うように勝手に剣先の方向を移動するではありませんか。「なるほど、あれがホンモノの艦船かもしれない」とリョウは確信しました。みんなの想いが伝わって、ツルギがオリジナルの艦船を教えてくれているに違いないのです。剣を持つ拳に確信がみなぎります。背後のみんなに、あの艦船こそホンモノだと告げました。「さあ、協力して星の念をたっぷりとツルギに注いでくれ」。リョウを支えている仲間は全員顔を真っ赤にして念を送ってきました。クサナギノツルギはまるで松明のようにめらめらと燃え上がり、「そりゃやあ！」とリョウの掛け声とともには見たこともないような大きな流星を放ったのです。狙った艦船に達したのはあっという間でした。続けざま、イワン王子のサモショークも追撃しました。耳を劈く轟音とともに、狙われた艦船はみるみる炎上します。ホンモノが破壊されると、残りの艦船もふうっと掻き消えてしまいました。

「やったぜ！」、リョウはツルギを振りかざして喜んでいます。

「喜ぶのはまだ早いぞ」とイワン王子はそんなリョウをたしなめました。まだ、戦いは始まったばかりなのです。

7月13日　土曜日

モエとリョウが通う塾で、一学期まとめの試験がありました。夕方までびっしりと拘束されるので、二人ともくたくたペコペコで帰宅したものです。夕食のカレーをおかわりして、お風呂に入ると、すぐさまオヤスミをしてベッドへ向かいます。夢のイクサが待っているのです。
お母さんは、明日のゴルフが気になって早く寝てしまったお父さんにも「親子そろって何よ」と怒っていました。でも、好きなテレビを独占できるからいいや、と内心喜んでもいます。

銀河鉄道が暗い夜を駆け登り、厚くたれこめた雲の層を突き抜けると、いちめんの星空が広がっていました。そこは美しいオーロラに囲まれた広大な空間で、世界中から集められたこどもたちとそれぞれの国のおとぎ話や童話の登場人物たちが巨大な円陣を組んでいます。アリババ、ターザン、ピーターパン、白雪姫、桃太郎、孫悟空、リョウたちのすぐそばにはトラに乗ったちびくろサンボがいます。インドの少年が乗った象が雄叫びをあげています。女の子がつれているドラゴンが火を吐き、アラジンの魔法の絨毯が風に揺れていました。モエが読んだことのあるお話のヒーローやヒロインたちが数え切れないほどたくさん集まっているのです。世界はこんなにもお話であふれているのだと思うと、モエは胸が熱くなってきました。わたしたちは一人じゃない。心からそう信じることができました。巨大な飛龍に乗った少年が、手を振りながら車窓をかすめて行きます。「スゲー!」と、リョウはさっきから何度も繰り返していました。
一つのメッセージが星空の空間に伝わります。声にはなっていませんが、みんなの耳にははっきりときこえるのです。

わたしたちは集まった。
わたしたちの友をとり戻すために
わたしたちの夢をとり戻すために
わたしたちの未来をとり戻すために。
みんながチカラを合わせれば、どんな敵も怖くない。
みんなの勇気を合わせれば、勝利は必ずわたしたちのものだ。
さあ集《齋鄰》ってくれ、ココロを一つに。夢をまん中に。
わたしたちは一人じゃない、わたしたちは一つになるのだ。

イソップ爺さんの言葉が続きます。
「バーチャルはイスタンブールの考古学博物館に潜んでいる。われわれの友人は考古学博物館のあるトプカピ宮殿に閉じ込められておる。全員イスタンブールの街に進撃するのじゃ。いざ、流星を合図に攻撃に移るぞ」

象に乗ったインドの少年はターバンを頭に押さえつけるようにしながら、はやる象の耳に何かを囁いています。赤頭巾は狼のえり髪をつかんで流れ星が現れる方角へ向きました。桃太郎もサルやキジたちと手をつなぎ同じ方向を見つめています。

モエはトムにたずねました。

「ハルやハーコを助けるために、みんなは集まってくれているの？」

「そうともいえるし、違うともいえる」

「どういうこと？」

「みんなは、モエにとってのハルやハーコである親友を助けるために来ている」

「よくわかんない。どういうこと⁉」

「つまり、バーチャルは世界中のこどもからモエのように特殊なチカラを持った何人ものこどもを選び、彼らの親友、友だちを誘拐した。きみにとってはハルやハーコじゃが、フランスのミシェルにとってはアランだったり、ケニアのグギには友だちのモジョだったりする。モエに起こったと同じことが、世界中の友だちに同時に起きている。自分の大切な友だちを誘拐された世界のこどもたちが、ここに集められている。ちょっと難しいかもしれないけれど、それぞれのこどもたちが各々の夢の次元で、同じバーチャルと戦っている。ここは夢の多次元宇宙の集合体なんだ」

「つまりこの夢の世界は、モエの世界であると同時にいろんな友だちのものでもあるということか。ともかく、バーチャルは世界のこどもたちから友だちを取り上げようとしているという意味なのね？」

「うん、今までモエたちに起こったことが、同じように世界のこどもたちの夢の中で起きていた。世界のこどもたちがそれぞれの夢の中で戦い、夢の中でそれぞれの友だちを誘拐された。そして、いまここに、そんなこどもたちが自分の親友を救いに、そして夢の世界を守るために集合している。こどもたちが大好きなお話のヒーローや主人公と一緒に」

あたしの夢は世界のこどもたちの夢とつながっている。そんなわたしたちから夢を取り上げようとしているバーチャルは、大切な友だちまでも奪おうとしている。夢もなく、友だちもいない世界なんて、まっぴら！　そう考えるとモエは思わず身震いしました。

あたしたちから、夢を取り上げ、想像力を取り上げ、友だちまでも奪おうとしているバーチャル。おまえたちは、いったい何をしようとしているのか。本当に地球を救おうとしているのか。自分たちだけが生き残ろうとしているのではないか。

だれからともなく、あっというため息が漏れました。

東の空にすうっと一筋の光が走りました。流れ星です。

「合図だ、さあ出撃するぞ」

イワン王子の声が響きました。

その声を待っていたかのように、円陣を組んでいた仲間たちは次々と、美しい光の軌跡を残しながら、流星のように下界の厚い雲の中に吸い込まれていきます。バーチャルにエネルギーを供給している雲塊スーパーセルをくぐって、その下の電磁ドームへ向かって進軍していきました。電磁ドームとは、バーチャルたちがイスタンブールを覆い尽くすようにつくった電脳世界のことです。

銀河鉄道も、カリタスの仲間たちと地上をめざして大きく螺旋を描いて下降し始めます。爆竹花火のように無数の稲妻を光らせ激しい気流が渦巻いているスーパーセル、その台風のような雲塊を車体を震わせながら一気に突破します。やがて、汽笛が鳴り響き、銀河鉄道はイスタンブールの上空で蒸気音とともに停車しました。車窓から下界を見下ろすと、くらげのような半透明の電磁ドームが街全体を包むように覆っているではないですか。「ドームは磁気嵐のバリアに守られている」とイワン王子がいいました。「みんな注意しろ、バーチャルはドームの中に磁気嵐を起こして我々をかく乱しようとしている。さあ、突っ込むぞ！」

銀河鉄道は再び石炭釜を真っ赤に燃やし蒸気を吐き出すと、イスタンブールを覆う闇のドームへ突入しました。目標であるトプカピ宮殿考古学博物館めがけて、まっしぐらに下降していきます。銀河鉄道を追いかけるように、カリタスの仲間たちも一斉に続きます。

　空から降りてきたカリタスの軍勢はドームの中でそれぞれに激しい戦いを繰り広げました。それぞれに自分たちの得意とする武器を持って、地上へと降りていきます。爆撃機型のスクーナーがテントウムシ爆弾を撒き散らします。爆弾は胞子爆弾に撃ち落とされますが、数を分裂させて再度落下していくのです。

　バーチャルは考古学博物館を守るように無数のツタを地面に這わせ、イスタンブールの街全体を支配しようとしています。幾重にも絡まるツタはまるでコンピュータの中の複雑な配線のように見えました。街全体を覆いつくしたツタから、その無数に伸びた傘のような突起から胞子の砲弾を次々とカリタス軍へ撃ち込んできます。

　銀河鉄道は汽笛を響かせながら、再び胞子の嵐の中を地上へと突き進んで行きます。無数の稲妻があたりを薄気味悪く照らし出しています。窓から上半身を乗り出した金太郎がマサカリを大きくふるって胞子を粉々に砕いていく勇姿が見えました。イワン王子も、まるでバッティング練習をしているように胞子を次々に打ち返しています。リョウも銀河鉄道の窓枠に馬乗りになり、剣をふるって胞子をなぎ払っていました。最初はだれもが「こんなものたいしたことないや！」と軽く考えていました。しかし、いくら胞子を打ち砕いても、いっこうに胞子の攻勢は衰える様子を見せません。砕かれた胞子は花粉のような粉をまき散らし、まき散らされた花粉が地面に落ちるとそこからまたツタが生えてくるのです。テントウムシ爆弾も増殖しているのですが胞子の数には追いつけません。カリタスのテントウムシ爆弾を真似てツタが分裂システムを学習しさらに進化させたようです。

「バーチャルは、あたしたちを真似るためにわたしたちと戦っているのかしら」とモエ。こんなにすぐに学習してしまうバーチャルを見ていると、そう嘆くのも無理はありません。

「そうかもしれん。バーチャルは戦いながらわれわれカリタスの能力を最大限に引き出し、模倣して、自分たちを進化させているのは事実じゃ。そう、やつらは戦うために戦っているともいえる」とイソップ爺さん。

「地球のため、人類のためなんてお題目は大嘘だよね」

「ふうむ、少なくとも自らの生存をかけて戦っていることは事実じゃろう」

「あたしたちだって戦いをやめるわけにはいかない。戦いをやめるために戦い続けるなんて、すごい矛盾だね」

「戦いを終えるために、戦わなければならない。これは戦争が抱える大きな矛盾じゃ。やめたらバーチャルの支配する世界が完成する。だから戦い続けるのだが、戦い続けることは、バーチャルを進化させることにもなる」

「つまり、この戦いは永遠に続くの？」

「わからん」

「わからんじゃ、困る」

そんな問答がモエとイソップ爺さんの間で繰り返されました。

その間にも、戦いは続き、何人もの仲間たちが消えていきます。

電磁ドームに突入して、どれだけ時間がたったでしょうか。胞子を打ち砕き、打ち返すだけで、みんな疲れてきました。みんな飽きてきました（飽きることってこどもたちの大の苦手）。無数に落とされたテントウムシ爆弾もほころびのような小さな空隙をつくるだけです。その空隙もたちまちツタに覆われてしまいます。ツタが覆う地上までの銀河鉄道が降りるルートさえ見つかりません。ましてや目的の考古学博物館の位置などは見当さえつかない有様です。疲れきった仲間たち、スキを見せてしまった仲間たちには胞子がからみつき、一人一人と地上に落下していきます。

「これじゃあいくら戦ってもキリがない。このままだと味方を失うばかりだ」とイワン王子。戦えば戦うほどツタや胞子を増やしてしまうのですから。

「ツタをまるごと焼きつくすしかないいな」とリョウがいいました。果たしてそんなことができるのでしょうか。

銀河鉄道に乗ったイソップ爺さんは、イワン王子からの伝言を受け取りました。
「全軍、いったん退却せよ」との命令です。

しかしその時、モエとリョウ、ヘンゼル兄妹、そしてトムの五人に、密かに別の指令が下されていました。バーチャルに感知されにくいステルスタイプの特殊スクーナーに乗り移って、ハルとハーコを救出するために、イスタンブールの街に下りてくれという命令です。小さなスクーナーが一台きりなら発見されずにツタを縫ってイスタンブールに着陸は可能でしょう。カリタス軍が退却すれば、バーチャル側も警戒を緩めるので侵入しやすいはず。ハルやハーコに近づくことは、彼女たちが囚われているサーバーに近づくことを意味します。そうしたら、そのサーバーを破壊することで現状を打開できるかもしれない、とイワン王子とイソップ爺さんは期待しました。

予想通り、カリタス軍が攻撃をやめて退却を始めたとたん、バーチャルの攻撃もぴたりと止まりました。五人を乗せた特殊スクーナーは、ひっそりと電脳空間を覆ったツタのジャングルをくぐり抜けてイスタンブールの上空に近づきます。ドームを抜けると、ボスポラス海峡を挟んで嘘のように静まりかえったイスタンブールの街が、プールの底のようにゆらゆらとした蒼い光に包まれていました。バーチャル化された街は色彩のコントラストが強調されて、テレビゲームの画面のようだとリョウは感じました。時計は深夜を過ぎた午前二時半を示しています。

「イスタンブールの某所《どこか》にカリタス側のレジスタンスが潜んでいる。彼らの情報によれば、ハルとハーコは、バーチャルが本陣を構えているトプカピ宮殿あたりに囚われているらしい。ともかく、到着したらレジスタンスと接触して、最新の情報をもらうことにする」と、トムがみんなに告げました。いよいよハルとハーコを救出できる、そんな実感が本来なら眠くてたまらないはずのモエを元気づけています。

モエもリョウも、イスタンブールの至るところにモンスターたちが跋扈《ばっこ》していると思っていました。しかし、眺めてみると静かな街の夜景が広がっているだけです。さらに不思議なことに、ツタに覆われているはずの地表にはツタの影も形もありません。どういうことでしょうか。

「都市全体がバーチャル化されているので外の現実世界からは遮断されているのだろう」とトム。

「人も街もかなりの部分がバーチャルのデータに置き換わっていることは間違いないわね。イスタンブールは、バーチャルの理想に最も近い都市だときいたわ。どこまでバーチャルの統制がいきわたっているかわからないけど、ともかくここにいる人間に見つかっては厄介だから注意してね」とグレーテル。イスタンブールの人間すべては敵だと思っていたほうが良いと、注意されました。となると、侵入はかなり難しくなるみたい。「ただし、ほんの少数だけど、イスタンブールにはカリタスのレジスタンスが活動しているわ。近くまで行ったら、彼らと連絡をとって、トプカピ宮殿までの案内を頼んでみる」とのこと。レジスタンスとは、バーチャル化を免れたこどもたちと夢の住人がつくった抵抗組織です。それなら、少しは安心だな。こんな見知らぬ都市で迷子になったらタイヘンだよと、トムはリョウに告げました。保育園の頃、デパートで何度も迷子になったリョウは、人いちばい注意しなくてはなりません。

どこか見つからない場所でスクーナーを降り、トプカピ宮殿に近づく必要があります。先ほど、イソップ爺さんから、ガラタ橋近くの桟橋にスクーナーを着けろと指示がありました。

スクーナーは月明かりのボスポラス海峡に着水すると、海面を滑るように金角湾に入り、トプカピ宮殿の近くのガラタ橋まで波音を立てずに進みました。大きな港を避けて、古く小さな船着場を見つけてスクーナーを横付けします。タイヤをたくさん付けた浮き桟橋に全員が降り立つと、トムは小さなコントローラーを取り出してスクーナーを水中に隠しました。スクーナーから降り立つと、みんなの皮膚がピリッピリッと刺激を受けました。衣服に大量の静電気が溜まったみたい。バーチャルの電磁空間に入った証です。

リョウはクサナギノツルギを構え、ヘンゼルは騎士ランスロットの剣アロンダイトを携えています。ヘンゼルはスクーナーの中でリョウから念のこめ方、流星を発射する方法などを教えてもらい訓練して来ました。周囲にたちこめた電磁波のせいか、それともヘンゼルの意気込みのせいか、アロンダイトの先がチカチカと発光しています。グレーテルはレジスタンスと連絡がついたと喜んでいます。

船着場から階段を上ると倉庫がならぶエリアが広がり、そこを抜けると大きな通りに出るはずです。さらにその大通りを横切り、小高い丘を登ってトプカピ宮殿にたどり着かなければなりません。

モエたちは、リョウの肩に乗ったトムが出す指示に従って、コンテナや車の陰に隠れるようにして進み、どうにかバーチャルに見つからずに船着場を出ることができました。すでに真夜中を過ぎているので、ときどき車が通り過ぎるくらいで人影は全く見あたりません。歩くたびに、足元からジッジッと何かを擦るような音がします。大きな通り沿いに明かりを落とした建物が続いています。この建物のどこかでカリタスのレジスタンスが待っていると連絡がありました。

とつぜん、グレーテルにイメージが送られてきました。赤いドアのイメージ。見渡すと、ちょうど右前の倉庫に赤く塗られた鉄のドアが見えます。ここに入れということなのね、とグレーテル。石づくりの建物に近づき、赤いドアのノブを握り、開いていることを確かめて手前に引きました。ぷうんと魚の臭いがします。ふだんは魚の倉庫に使われている場所なのでしょうか。みんなで中に入ると、ひんやりと空気が冷たく、うす暗い中にこどもと老人が待っていました。

こどものほうは背丈がモエよりも少し大きく、目鼻立ちがはっきりとした男の子。褐色の肌をしているので、大きな眼がいっそう印象的な少年です。古びたTシャツにジーンズを履いていきす。Tシャツには、なぜか安全地帯という漢字が刷られていました。もう一人はイソップ爺さんみたいな、みすぼらしい格好をした年寄りです。その年寄りからはじっとしているのだけど全身に力がみなぎっているような迫力を感じました。ただものではありません。モエもそのくらいはわかります。

少年がつかつかと近づいて来て「ぼくはハッサン、こちらはホジャおじさんです。ホジャおじさんはイスタンブールにおけるカリタス軍のリーダーをしています」と隣の老人を紹介します。すぐさまリョウも少年に近づき「やあ、ぼくはリョウ」と、社交的なところをモエに見せつけるように、早速握手の手を差し出しました。リョウもモエたちみんなを紹介します。

お互いに一通りの挨拶をすませると、「こんな状況で、よくバーチャルに捕まらずに逃げおおせたね」とリョウがハッサンにたずねました。

「追い詰められたボクたちは地下博物館に潜り込み、そこからローマ帝国時代の地下水道へ逃走したのさ。地下水道にはバーチャルに知られていない古代の貯水槽がいくつも連結されていて、そこの一つを我々の隠れ家にしている。バーチャルたちは地下の貯水槽のデータを持っていないから、今のところ安全なんだ。こどもはもちろん、まだ夢を封鎖されていない数少ない大人たちも、そこに潜んで抵抗運動を続けている。きみたちが始めたイスタンブール攻撃作戦を全面的に協力したいのはやまやまだけど、こちらは余りに手薄なのと、目立ってしまうと、ぼくらの拠点が知られてしまうため大した手助けができないでいる。許してくれ。その代わりといってはなんだけど、潜行してきたきみたちを手助けして、ハルとハーコ奪回には、ぜひ協力させてもらう。ぼくたちの作戦はホジャおじさんが指示してくれる。トルコ一の知恵者なんだ」

「トルコ一なんていわれると、面映いね」とホジャおじさんが頭をかきかきゆっくりと話し始めました。

「まずは彼女たちが幽閉されていると思われるトプカピ宮殿に忍び込まなければならない。そのためには宮殿二カ所の検問をパスすることが必要となる。検問が設けられている皇帝の門と表敬の門を通らずトプカピ宮殿に忍び込むことは不可能じゃ。宮殿はいわば要塞として建てられておる。しかも、宮殿全体に赤外線を張り巡らせているバーチャルの警備体制は万全じゃ、たとえ空から降りてきたとしても間違いなく警備網に引っかかる。正面から検問を突破するしか方法はない」

「じゃあ、どうするの?」とグレーテル。正面突破って、いったいどうするのでしょう。

「検問は観光客をスキャンして本部のサーバに送り確認する仕組みになっておる。サーバーでは世界中から集めた人物データと照合をするのじゃ。それを二カ所で繰り返すので、まずチェックに漏れは出ない。客たちと同じく警備するスタッフ全員も毎日必ず自分たちのデータを本部に送ってチェックを受ける。彼らはバーチャルに複製化されたクローン警備員だ。バーチャルは警備員データをつくり複製して配置している。われわれは、検問のネットワークに割り込み、検問の警備員らのデータを手に入れることに成功した。このデータがあれば、警備員の複製をこさえることはそう難しくない」

「そうなんだ、バーチャルは人間を信頼していないので自分たちが作った複製を多用している。それがバーチャルの弱みでありこちらの付け目なのさ」とハッサンがおじさんの話を捕足しました。

「なるほどね、だったらカリタスに都合の良い複製をわんさかつくれば楽勝なんじゃないの?」とリョウがたずねました。

「その複製データを我々の都合良いように作り変えても、発見されればあっという間にバーチャルのデータに戻ってしまう。そうなってしまっては自分たちが作った複製に襲われることになる。そんなリスクはおかせない」

「なあるほどね」とモエ。複製はしょせん複製でしかないのです。

バーチャルのセキュリティシステムに侵入して、警備員の複製をこさえて、われわれの味方として改ざんした。が、この改ざんが発見されるのも時間の問題じゃ。つまり、われわれの複製が警備員として勤務する時間に、きみたちが素早く侵入し、作戦を実行することが肝心なんじゃ」

「味方の警備員が勤務する時間はいつなの?」

「今日最初のシフトに組んでおいた。つまり、朝の九時からじゃ。きみたちは朝一番にトプカピ宮殿に行き、入り込むこととなる。検問の警備員数名に味方の複製を紛れ込ませたので、入口はパスできるじゃろう。九時までは、ここで待機してくれ」

「了解、それでハルとハーコを救出できたら、どうするの？」とリョウ。

「宮殿を出る時のチェックはないが、新たにハルとハーコが加わることで気づかれるかもしれない。ともかく、何としても独力で脱出して、これから案内する地下博物館までたどり着いてくれ。そこまで来たらスクーナーに戻れなくとも、地下水道に逃げ込める。われわれレジスタンスも、きみたちが侵入している間、ブルーモスクやイスタンブール大学でテロ活動を行って、バーチャルの注意をできるだけそちらへ引きつけようと思う。ともかく宮殿の中で、ハルとハーコを助ける前に、きみたちが侵入したことをバーチャルに知られると我々は手も足も出せない。それだけは避けてほしい」

「ハルとハーコを簡単に渡してくれるとは思ってないし、白昼堂々この人数で押しかけてバレないというのも不思議だわ」

「バーチャルの世界に、人間の常識は通用せん。バーチャル化した人間は、他人に興味を失っている。隣りがなにをしようと無関心じゃ。データに異常さえなければ警報は出ない。与えられた目標だけを見つめて生きておるが、ひとたび指示を受けるとわき目も振らず忠実に実行するロボットとなる。つまり、本部から指示が出ていない限り、まったく怖がることはない。安心して作戦を実行すれば良い。だが、警戒警報が発せられたら、ひたすら逃げるしかないだろう」

「指示が出ているか、出ていないかはわかるの？」とグレーテル。

「われわれの複製にも本部からの指示は届くから、即刻連絡が伝わってくる」

「じゃあ、楽勝じゃん」とリョウ。相変らずポジティブです。

「うむ確かなことは、この宮殿のどこかにバーチャル本部があり、二人がそこのサーバーに囚われていることは間違いないのじゃが、広い宮殿のどこかは残念ながら特定できてはおらん。われわれも複製を使って隅々まで調査したがわからなかった」

「本部には巨大なコンピュータサーバーが設置してあるはずだから、簡単に見つけられそうだけどね」

「バーチャルすべての情報が、この宮殿に向かっていることは確かなんじゃが、なぜだかサーバーの位置を特定できん。サーバーの容量を考えると高層ビル一つ分くらいの大きさだと推測しておるのだが、どうしても見つからん」

「ハルとハーコが捕まっている位置は、わかっているの？」

「斥候によるとハルちゃんの想うチカラは、宮殿のハーレムの間と呼ばれているあたりから発信されていることはわかっておる。複製たちを使って、ハーレムの間近辺をサーバーがないかとさんざん探ったが、チップ一枚さえ見つからんかった」

「あたしも、さっきから宮殿の方向にハルを感じはじめている。ハルも、あたしが近くまでに来ていることをわかっていると思う。彼女たちがいることは確かだわ。宮殿の中に入り込めば、きっと場所を特定できるはず。ハルの想う力はすごく強力になってきているから」とモエ。「ハルたちはサーバーの中に囚われているでしょうから、彼女たちの場所がわかればサーバーの位置も特定できるはずよ」

「うん、これから頼りになるのはきみたちの友を想う力であることは間違いない。頼んだよ」とトム。

「頼みますよ」とホジャおじさんも念を押しました。

その他の細かな打ち合わせを済ませた頃には、夜は明けていました。ハッサンから渡されたトプカピ宮殿の案内図を一人一人が頭に入れました。さらにトプカピ宮殿からの逃走路を確認するためもあり、倉庫から地下水道を通って地下博物館へ向かいました。石造りの地下水道は暗くつねに水が滴り落ちておりハッサンの誘導なしには歩けるような場所ではありません。何度も曲がるので途中で方向感覚さえ失ってしまいました。それでも、どうにか地下博物館にたどり着き外の街路に出ることができました。すぐ近くに聳えたつブルーモスクを眺めながら、トプカピ宮殿の城壁に沿って歩き、逃走経路を覚えておくために、目ぼしい建物の位置関係をしっかりと頭に入れておきます。リョウは、そんな指令などハナから頭になく、はじめて異国の町を歩くことで興奮しているみたい。スゲーをさかんに連発しながら、楽しそうに観光していました。あんまり浮かれていないで、とモエに注意され、あわてて「わかってまんがな」と返事しています。

　トプカピ宮殿が見えてきました。開門時間はまもなくです。さあ、いよいよ侵入開始です。みんなの口数が少なくなり緊張しているのがわかります。宮殿入り口に続く大きなアプローチまで辿り着くと、通りの向こうにはまるで校舎一棟分はあるかのような大きな建物が建っています。まんなかに小さな通路が開けてあるのであれが皇帝の門なのでしょう。門の傍らにはカーキ色の装甲車と警備員が待機しています。

「ぼくたちはこの門あたりで待っているから、作戦の遂行後は何とかここまで逃げてきておくれ」とハッサンはみんなに告げました。

　ハッサンとホジャおじさんは警備員に知られているかもしれないので、そこで別れました。並木にそって石畳を歩き、皇帝の門に着きました。チケットを購入して観光客に混じり開門を待つ列に並びました。九時の合図とともに列は宮殿に向かって動きだします。門はすぐにチェックを受ける観光客で渋滞してしまいました。一人一人全身くまなくセンサー棒で撫でまわされていま す。やっとモエたちの番が回ってくると警備員はチェックをすることなく五人を通過させたのです。ニコッと笑顔さえ見せてくれました。全員ほっと胸をなでおろしました。リョウは小さくガッツポーズさえこさえています。複製の差し替えは成功していました。こいつは幸先が良いぞとモエは心の中で思い切り叫んだものです。

観光客の流れとともに、皇帝の門をくぐり第二の中庭を通り過ぎ、挨拶の門で再度チェックを受けます。ここも何事もなく第三の中庭へ進むことができ、謁見の間とアフメット三世の図書館に着いた頃には、みんなの表情が和らいでいました。観光客が少なくなったので、立ち止まって集中して、ハルへ赤いドラゴンのイメージを送ってみましょう。あっ、すぐさまハルから青いドラゴンのイメージが送られてきたのです。やったあ、間違いありません。ハルはすぐ近くにいます。

いつの頃からでしょうか、ハルには幼児が発するような言葉にならない声がきこえてくることがありました。とくに友だちを想う力に集中している時に、はっきりときこえてくるのです。最初は泣き声のような、ぶつぶつとつぶやいているような意味のない声でした。そう赤ちゃんみたいな言葉にならない言葉みたいなもの。何かを伝えたいという意志を感じます。そこで、ハルが赤ちゃんをあやすように受け答えをしていると、次第に言葉らしく変化して、少し理解できる単語が混じるようになってきたのです。アアとかウウのような母音に少しずつ子音が加わってきました。そんなことを繰り返すうちに、初めて「なあに」の言葉がきき取れた時にはハルは大喜びしました。だって、相手は赤ちゃんか幼児かもしれないけれど、だれかが、確かにそこにいるのです。想う力の訓練の最中に、その声の主と対話を始めることができたのです。赤ちゃんに言葉を教えるお母さんのつもりで話しましょう。まずは自分の名前を知ってもらいたかったので、ハルという名を繰り返しました。やがて「ハル、なあに」がきこえた時には大喜びしたものです。「ハル、なあに」への返事として「ハル、トモダチ」と教えてあげたのです。次にはキミ、ワタシという人称を教えることにしました。「わたし、ハル」だったり、「キミ、なあに」だったり。やがて「トモダチ」という単語が加わり、「ワタシ、ハル、トモダチ」「ワタシ、キミ、トモダチ」となったのです。ここまでくると相手の学ぶ勢いが速くなってきたのがわかります。単語数もかなり増えました。さらには幾つか覚えた言葉が組み合わされて意味をおびてきたのです。そうするうちに、とつぜんでしたが「さみしい」という単語が増えました。ハルがいつも感じている〝寂しい〟という気持ちが伝わったのかもしれません。「トモダチ、さみしい」「わたし、さみしい」。さらには、「さみしい、だあれ」「さみしい、なあに」が会話に加わりました。ハルも赤ちゃんと会話をするように「だあれも、いない、さみしい」とか「あなた、だあれ」「わたし、トモダチ」「トモダチ、ない、さみしい」を繰り返してみました。そうすると「わたし、トモダチ、ない、さみしい」と声の主から返ってくるではないですか。ハルにとって、それだけでワクワクしてくる出来事でした。

ハルは先ほどから、トモダチと会話したいと、トモダチへの想いに集中しています。その時、すっとだれかに息を吹きかけられたように、赤いドラゴンのイメージが割り込んできました。あっ、モエだ。こんなに、はっきりとしたイメージが送られてくるなんて、きっと近くにいるんだ。そう思った時、トモダチからも「モエ、トモダチ」と、話しかけてきたのです。トモダチはハルの気持ちが読み取れるようです。

「うん、モエ、トモダチ」と返しました。すると「わたし、だあれ」「わたし、トモダチ、ない、さびしい」と再びきいてきます。そこで「ハル、トモダチ」「モエ、トモダチ」「あなた、トモダチ」「トモダチ、いる、さみしくない」と返事してみました。すると、「ハル、トモダチ」「モエ、トモダチ」「あなた、トモダチ」「トモダチ、いる、さみしくない」と同じ言葉が返ってきたのです。理解できたのでしょうか。それではと、ハルはきちんとした言葉で話してみました。

「トモダチって、気持ちが伝わる相手のこと。気持ちが伝わる人、それがトモダチ。わたしが楽しいとトモダチも楽しい。わたしが悲しいとトモダチも悲しい」ちょっと、ムズかしかったかな？　と反省したところ、それっきり声の主は黙ってしまったのです。考え込んでしまったのでしょうか。

すぐさまハルはモエに意識を移して想いを伝えようと努めました。青いドラゴンを想い描き、ここにわたしがいること、ハーコも近くにいること、ここがどこかがわからないこと、周りになんにもないこと、そんなことを想い描いて伝えたのです。

モエにはハルからのメッセージがちゃんと届いていました。鮮明なイメージは、ハルがすぐそばにいる証拠です。でも、なぜか見つかりません。ハーレムのエリアと見当をつけて、みんなで手分けして探ってみました。警備員の眼を盗んで、小さな部屋までもくまなく探しましたが、ハルやハーコが囚えられているサーバーなど影も形もありません。あるのはトプカピ宮殿の古い展示物ばかりです。スーパーセルからの電気エネルギーを受けて稼働している巨大なコンピュータサーバーが何処かに隠されているはずなのです。

「ハルの存在をはっきりと感じているけど、どおして見当たらないのかしら?」とモエ。

「サーバーはけっして小さくはないはず。見逃すことはないと思うけど、不思議だわ」とグレーテル。「ハルからのメッセージがそんなに鮮明だとしたら、サーバーが近くにあることは間違いない。この辺りに、すごく強力な電磁力を全身で感じているし」とヘンゼルが首をひねります。

そのように四人が悩んでいる時、リョウだけはトプカピ宮殿の華麗さに見入っていました。あいかわらずスゲーを連発し、目をきょろきょろさせています。

「このアラベスク模様、すごくない? じっと見つめてるとめまいしそう」とリョウは、のんきに天井を覆うタイルに幾何学模様描かれたアラベスクを見上げて、みんなに同意を求めました。壁や調度品、窓枠や扉、すべての内装にアラベスク模様が使われています。日本では見かけないコンパスと定規で描いたような模様を見つめていると、リョウがいうように頭の中がくらくらしてくるようです。

「リョウ、いいかげんにしなさいよ」と叱りながら、モエはリョウにつられて美しい天井を見上げました。すると、タイルに焼き付けられたアラベスクの模様が、ふうっと浮き出たように見えたのです。描かれた青い線が少し光っているようでした。あらためて、天井に描かれた模様全体を眺めてみます。あれっ、とモエは眼を凝らしました。この模様って、どっかで見たことあるよ。どこだっけ？「あああっ、わかった。そうよ、そう、半導体の模様に似てる。この天井のアラベスク模様が集積回路やメモリの役割を果たしているのよ。タイルはいわばウェハーなんだわ。トプカピ宮殿のすべてのアラベスクがコンピュータ回路になっているの。つまり、宮殿全体がサーバーとしての役割を担っているのだわ」

「そっかあ、わからないはずだ。スーパーセルからの電気を宮殿そのものが受け取っているのかもしれないいな」とリョウ。

「なるほど、サーバーを宮殿に擬態させたわけだ」とトムも感心しています。

「とすると、わたしたちはバーチャルサーバーのまっただ中にいることになるのか。だからこんなに電磁力を感じていたのね」とグレーテルはモエに同意を求めるように頷きました。

「リョウとヘンゼルで、あのアラベスクを焼ききってもらえないかな」とモエ。回路に混乱を起こせば、この空間全体に変化が生じてくるはずです。ハルたちを救出した後、宮殿の尖塔を破壊して電源を断つことができたらとも思いました。イスタンブールの心臓部分を破壊できるわけです。バーチャルに大きな痛手を負わせることになるはずです。

「よおし、お安い御用さ」とリョウとヘンゼルはそれぞれの剣を天井に向けて差し出し、ハルとハーコを想い、念をこめ始めました。モエとグレーテルはそれぞれの兄弟の背中を支えて、同じように念を送ります。ふたごと兄妹のパワーで、二振りの剣はみるみる発熱しまっ赤に燃えだしました。「あそこを狙って！」、モエが狙撃する場所を示しました。そこは、円天井中央の回路のターミナルのような箇所です。リョウの「発射」という合図とともに、二つの流星が天井に衝突すると無数のタイルが大きく波打つと、アラベスク模様をまっ赤に染めました。

さらに放たれた流星のエネルギーで無数のタイルが弾け、飛び散ります。とたんに周囲の風景が震え、ずれが生まれ、二つの映像を重ねたように色相がぶれて、天井のアラベスク模様に重なるようにして、さっきとは異なった風景が現れたのです。トプカピ宮殿の映像に、もう一つの構造物の映像が重なって見えました。バーチャル世界が姿を現したのです。まるで蜂の巣のようにハニカム構造をした小さな小部屋が一杯並んでいます。一つ一つのキューブに標本のようにいろんな動物や植物が入っていました。モエもリョウも驚いて、身体は立ちすくんだまま、視線だけはキョロキョロとあたりを見渡しています。

「あっ、ハルだ」とリョウが指差したその一つの小部屋に、ハルがちょこんと蹲っています。ほんとうだ、隅に押し込められたように、ハルが膝を抱えています。モエはすぐさまハルに駆け寄り「よかった」とつぶやきながら抱きつきました。ハルはまだ何が起こったのか理解できないのか、駆けつけたモエに抱かれながらぼんやりとしています。半分眠ったような、目覚めきれないこどものようです。

「モエ！」、ハルは、やっとモエに気づいたように小さく答えました。

「ハル！ よかった。ハーコはどこなの？」

「すぐ近くにいたはず。見えなかったけど、傍にいつも感じていた。わたしから右方向あたりだった」

「リョウ、あそこを撃って」とモエはハルが見つかった右隣りを指示しました。リョウとヘンゼルは、再びツルギを取り上げると、モエが指差した箇所を狙って流星を撃ち込んだのです。するととつぜん、なにもない空間からハーコがどすんと落ちてきました。

「いてぇ、あっ、モエとハルかあ、おかげですっかり目が覚めたよ」とハーコは、相変わらずのんびりとした口調で何もなかったように二人とおしゃべりし始めました。すぐに何かが変だと気づいたのでしょう、「えぇっ、ここってどこだぁ？」とあたりを見回しました。ハーコ、まるで教室で居眠りを見つかったみたいじゃんと、ハルとモエは笑いました。ともかく無事に助かってメデタシメデタシとお気楽に笑っているのはリョウです。ついでに、ハルとハーコにここはトルコのイスタンブールだよと教えてあげています。

「えええっ、トルコ？　イスタンブール？」

その時です。「バーチャルに気づかれたぞ」、とトムが叫びました。

「何がなんでも、このトプカピ宮殿から脱出しなければ」とモエが全員に告げます。

回路を破壊されたサーバーは怒り狂ったように異常サインを発して、警備員を招集しています。カリタスに味方した警備員がデータを書き換えられて元に戻るのは時間の問題でしょう。一刻も早く、ここから独力で脱出しなければなりません。「バーチャルの回路には自動修復装置が備わっているので、この空間もあと数分で元に戻ってしまうだろう。急いで逃げるぞ」とトム。「なんとしても地下博物館までたどり着くんだ。まずは至福の門まで走れ」とヘンゼルが走り出しました。途中、モエはリョウにトプカピ宮殿の四つの尖塔を破壊するように指示しました。電源を断つことができたら、少なくともこの周辺のバーチャル世界は無力になってしまうはずです。「了解」とリョウとヘンゼルは答えます。でも、リョウとヘンゼルだけで四つの尖塔全部を壊すなんてことは可能でしょうか？　あ、向こうから警備員が数人走って来ます。リョウはツルギを構え、警備員に狙いをつけると念をこめて流星を放ちました。警備員はテレビのスイッチを切るようにぱっと消えてしまいます。やったぜ、とリョウは鼻高々です。確かに、リョウの念を込めるスピードが速くなっています。〝想い〟の技術がしっかりと身についてきたようです。

広場の中央にたどり着くと、尖塔の一つが見えました。すぐさまリョウとヘンゼルは剣の切っ先を尖塔へ向けました。モエたちも彼らの背中へ念を送ります。二振りの剣がまっ赤に燃えて炎のたてがみを尖塔のほうへメラメラとなびかせます。

「発射」とリョウが叫ぶと二人の炎の弾丸は一つになって尖塔のてっぺんに吸い込まれるように命中しました。積み木細工のようにがらがらと尖塔が崩れ落ちていきます。みんな「やったあ」と喜んでいます。しかし、風景は少しも変化しません。やはり、四つの尖塔全てを破壊しなくては効果がないのかもしれません。警備員が来るぞ、とトムが叫びます。広場の四隅から警備員が湧いてくるように現れ、こちらへ向かって来ます。リョウとヘンゼルはすぐさま警備員に剣の炎を向けます。警備員は次々と消されていきます。しかし、消えても消えても警備員の数はどんどん増えていくばかりなので尖塔を破壊する余裕がありません。

警備兵に追いかけられながら、モエ、リョウ、ヘンゼルとグレーテル、トム、そしてハルとハーコの全員が至福の門に着いた時です。轟音とともに天空が割れて三隻のシップが出現しました。両舷からバラバラと何かを落としています。ぼとぼとぼとと無数のクラゲが、目の前の中庭を埋めつくすように落ちてくるのです。リョウも、モエも、ハルも、卵を破壊されて襲われたいやな記憶がよみがえってきました。「みんな、至福の門に入り込むぞ！」と、トムの指示に従って堅牢な建物である至福の門へ逃げ込み、重く大きなドアを閉じます。ようやく一息つけたと思い、窓から外を眺めると、落ちたクラゲに小さなムカデのような足が生えてきて、あちこちと動き回り始めているではないですか。最初は方向が定まらず、クラゲ同士でぶつかり合っていましたが、そのうち指令を受けたのでしょうか、すべてのクラゲが至福の門に潜んでいるモエたちめがけて移動を始めたのです。

「きもちわるっ」とハルが叫びました。リョウとヘンゼルは窓からツルギを突き出して、流星の連続撃ちを始めましたが、あまりの数の多さに効果はありません。リョウは撃ちながら、クラゲに貼り付かれた時の記憶がよみがえって、背筋が凍るような恐怖に襲われました。そうなると、ツルギを構える手が震え、念をこめるスピードがますます遅くなっていきます。クラゲはどんどん集まってきます。状況を察したヘンゼルが「こんどは挨拶の門まで逃げよう」と提案します。こんなところに閉じこもっていては、逃げるチャンスを失うばかりです。今のうちだ、と駆け出したヘンゼルに促されるように、全員がクラゲの中を駆け出しました。みんなヘンゼルの後を追いましたが、クラゲに足を取られて思うように走れません。ヘンゼルもクラゲに行く手を阻まれ第二の中庭の途中で引き返さざるを得なくなったようです。こんどは肩に乗ったトムが指示を出して、中庭から宮殿のキッチンだった陶磁器博物館へと逃げ込みました。幸い両開きのドアがあったので、クラゲが入ってこないようにドアを閉めて、さらには椅子などでバリケードを築きました。しかし、これではまた自分たちの逃げ道を塞ぐことにもなります。ここから脱出するにはどうすれば良いのでしょうか。尖塔だって一つしか壊していないし、ここで捕まっては元も子もありません。

クラゲの恐怖と走り疲れたみんなは陶磁器博物館で一息つきましたが、脱出のための良い知恵はだれにも浮かびません。扉の前にはどんどんクラゲが押し寄せているようです。次第に積み重なって行くクラゲに押されているためか、扉がみしみしと悲鳴を上げています。クラゲの大洪水なんて想像するだにおぞましい光景です。一人一人の表情を見ていると、急速に不安が募っていくのが手に取るようにわかりました。ハッサンたちを当てにすることはできないでしょう。何があっても必ず自力で脱出しろといわれています。

その時、とつぜんでした。ハルに、トモダチの声がきこえたのです。

「トモダチ、ハル、トモダチ、モエ」

ハルがすぐに返事をしました。

「トモダチのハル、トモダチのモエ、困っている、逃げられない」

「どうして、困っている、逃げられない」ときいてきます。

ハルはちょっと難しいかと思いましたが、すがるような気持ちで「ハル、こわい。モエ、こわい。ここから逃げたい。ここから出たい。道がない、見つからない」と返しました。その後、数分の沈黙が続きました。ハルはトモダチには理解できなかったのかと思いました。その会話をききながら、モエは先日、リョウと二人で歩いていた時、おぶさってきた何かが「トモダチ」っていっていたことや、アンドレイの夢から入った時に出会った泣いている壁を想い出しました。そっかあ、あれってトモダチの泣き声だったのかもしれない。グレーテルが氷砂糖をあげたら壁を開いてくれたよね。だったら、今回も氷砂糖があればトモダチが逃がしてくれるかもしれない。そこで、一緒にいたグレーテルに理由を話し、氷砂糖をあげてと頼みました。

「どこに、氷砂糖を置いたらいいのかな？」

「そうだね、どこにしようか？」とモエ。

「この宮殿全体がバーチャルの複製であるなら、どこでもいいんじゃない」とハル。ちょっと適当すぎるかなとも思いましたが、じゃあとグレーテルは一かけの氷砂糖をポシェットから取り出して、近くのテーブルに置きました。

グレーテルが氷砂糖を置くのを見て、ハルはトモダチに語りかけます。

「トモダチ、おかし、あげる」。すると「トモダチ、おかし、すき」と返ってきたではないですか。とたんに、テーブルに吸い込まれるように氷砂糖がすっと消えてしまいました。トモダチがわたしたちを受け入れてくれたようです。そこで、ハルは「ハルを逃がして、モエを逃がして、わたしたちを逃がして」とトモダチに頼んでみました。すると「ハル、モエ、逃がす」と返事がきました。「ハル、ハーコ、モエ、グレーテル、りょう、ヘンゼル、トム、みんなトモダチ」とハルがいい返したら、すぐに「ハル、ハーコ、モエ、グレーテル、りょう、ヘンゼル、トム、トモダチ、みんな逃がす」と答えてくれます。そのとたんでした。何かのスイッチを入れたように風景が大きく歪むと、部屋全体に何本もの亀裂が走ります。全員が足元から電磁波が頭を突き抜け天井に駆け上ったような衝撃に打たれました。一瞬、すべてが凍りついたように時間が止まり、周りの風景が二重になると、ひび割れた陶磁器博物館のイメージの向こうにブルーモスクがかいま見えたのです。

「さあ、こっちよ」とハルはそのひび割れに飛び込みました。モエがすぐさま続くと、残りの全員もひび割れに突入します。ひび割れをくぐる際にはカラダがよじれるような感覚に襲われましたが、全員、あっという間に皇帝の門を抜け出していました。外で待機していたハッサンが駆け寄ってきて「さあ、地下博物館へ急げ」とみんなを誘導します。警備員はもう追ってはきませんが、バーチャルが何を仕掛けてくるかわかりません。早く地下水道に逃げ込むことが第一です。

下り坂を転がるように走りながら「トモダチが助けてくれたわ」とハルがモエに告げます。

「そうだね、でも、あのトモダチってだれなの？」とモエがたずねます。「誰なんだろう？」、ハルには見当もつきません。ほんとに、いったい、誰なんでしょうか？

全員、必死に走って、なんとかぶじに地下水道に辿り着きました。

ハアハアと息を切らしながら、ハルはトモダチと会話を始めた時からの経緯《いきさつ》をモエに話しました。モエも壁の泣き声やトモダチらしいものから逃げ出したことを話しました。

「トモダチもハルと同じように捕虜だったのかな？」とモエ。

それをきいていたトムは、「トモダチが宮殿全体のデータを変更して、わたしたちを逃がすことができたことを考えると、捕虜ではないな。トモダチはバーチャルから生まれた新しい意識体なのかもしれない」と驚くようなことをいいます。

「新しい意識体？」とモエ。

「うん、バーチャルがモエたちをコピーしているうちに、モエたちの感情や自分という意識を学習し、新たな自己という意識が生まれてきたのじゃないかな」

「自己？」

「そう、バーチャルの中に新しい〝わたし〟という意識が誕生したのかもしれない」

「その誕生したものが、トモダチというわけ？」とハル。

「うん、なんだか、そんな気がする」とトムが答えました。

「これまでのバーチャルは自らの種族保存を最終目的にして、すべてのシステムが動いてきた。人間やわたしたちは、そのためのデータでしかなかった。けれど、ハルやハーコの情報をコピーするうちに、AIの一部が独立しトモダチという強い想いを学習して、トモダチという新しい意識が生まれて、きみたちとコミュニケーションをとり始めた。ハルとの会話を通して他者を意識することで、新たな自己が確立したのかもしれない。同時に、さびしいという感情が生まれたようだ。それこそ、新しい自己誕生の証じゃないかな。生まれたての自己はまだ幼くて、あるエリアにおいて限定的だろうが、いずれ大きく成長すると思う。トモダチが、いずれ味方になるか敵になるかはわからないけどね」

「バーチャルにとっての夢の世界が生まれたといえるのかもしれないわ」とモエ。

「そうだね、巨大なネットワークが夢を持ち、想像力を得たのだったら面白い」とトム。

「少なくとも今回、トモダチがわたしたちを助けてくれたことは確かだわ」とハル。

「いつか、バーチャルがトモダチによって変わることを期待したいね」とリョウ。ホントだね！

7月14日　日曜日

公開模擬試験日の当日。まだ暗い午前二時過ぎ、地下駐車場に蜜蜂とクモの大群が押し寄せていました。マーヤが排気孔の上で指令を出す準備をしています。三時ちょうど、「換気扇が止まった」と伝令が走りました。すぐさま、お尻から糸を出したクモを一匹ずつくわえて蜜蜂の大群が幾つかの排気孔へ入って行きます。停止した換気扇を通り抜けた蜜蜂たちは、コンピュータルームの排気孔の前でクモを落として、天井を伝ってさらにコンピュータルーム内部へと忍び込みます。定期点検のために入室した白いつなぎの係員たちは、頭上の天井や壁の隙間にびっしり貼りついた蜜蜂やクモには気が付きません。毎日繰り返している一連の動作をこなし、計器類を一通り点検すると出て行きました。蜜蜂たちは係員が退室するやいなや、立ち並ぶサーバー全体を包むように蜜蝋をかけ始めました。三十分後、換気扇は再び回り始め、コンピュータルームに冷気が流れ始めます。

午前九時になりました。全国模擬試験の開始合図が鳴り響きます。マーヤからも「作戦開始」の指令がコンピュータルームの虫たちに伝えられました。合図とともに、排気孔の前の天井にぶら下がっている何万匹というクモたちが、換気扇めがけて透明の糸を吐き出し始めました。いっぽう蜜蜂たちは休むことなく蜜蝋をかけ続けています。

一時間目の試験が終わる頃です。換気扇はくり返し吐き出されるクモの糸に絡まり、動きを徐々に緩め、やがてぴたりと大きなプロペラを止めました。その頃には何台ものサーバーの周りに蜜蝋の覆いが姿を現してきました。クリーンルームへのドアの隙間にもびっしりと蜜蝋がかけられ、少々の力では開かないように密封されてしまいました。また、冷気が噴出してくるクーラーの排気孔にも蜜蝋とクモの糸がかけられ、塞がれ始めています。フィルターが詰まれば自動的にクーラーは停止するはずです。

マッケンビルの上空はまっ黒な雲でおおわれています。いえ、良く見るとそれは蜜蜂の群れでした。蝋を吐き出した蜜蜂が役割を終えると、排気孔から次々と飛び出してきます。換気扇のプロペラはクモの糸で動きを止めています。そんな蜜蜂と交代するように上空から列をなして、新手の蜜蜂たちが排気孔へと侵入していくのです。

近隣から招集のかかった蜜蜂たちは休みなく交代でコンピュータルームへ突入していきました。

停止した換気扇、そして蜜蝋で詰まったクーラーが次々と感知され、悲鳴を上げるように非常警報が地下三階に鳴り響いています。

マッケンビルの警備室に緊急ランプが点滅し、模擬試験を受けていたこどもの通報によりエレベーター一台が緊急停止されました。インターコムからエレベーターの運転音に異常音が混ざっていたとの連絡があったのです。警備室のエレベーター関係のランプでは異常は認められません。しかし、模擬試験の日で児童の利用が多いことを考慮して、すぐさま停止させました。休日のため、エレベーター保守会社から派遣される作業員の到着まで一時間はかかるでしょう。

コータとユカリは地下二階のレストラン街にいました。二時限目の国語の試験が始まってだれもいなくなったエレベーターで、警報ボタンを押して異常を報告し、地下へ降りてきたところです。コータたちが作戦をスタートさせる十時半はまもなくです。

レストランの壁時計が十時半を示した丁度その時、マーヤからの伝令蜜蜂一匹が壁際に沿って飛んできました。

「攻撃開始をお願いします」と伝令はユカリの耳元で囁きます。

「わかったわ」

ユカリへの連絡を終えると伝令蜜蜂は、羽音とダンスでだれかに向かって発信しました。すると、地下二階の排水溝があぶくを吐き出すように何やら黒い塊があふれてくるではないですか。

黒い泡の塊と見えたものは、なんとゴキブリの大集団です。排水溝から何かに追いかけられるように出てくると、地下二階のレストラン街の通路へぞろぞろと入り込みます。ユカリが叫びます。「きゃあああああ」、それはゴキブリさえ飛び上がるほどの絶叫でした。「わかっているくせに驚くなよ」とコータが注意します。でも、ゴキブリに驚くのは女子の本能なのよ、とユカリは思いました（バカにされるから口には出さなかったけどね）。

レストラン街にいた人々、たいていは模擬試験に付き添いで来たこどもの母親たちでしたが、ユカリの叫び声に倣うように、いやそれ以上に、至るところで次々と絶叫を上げ始めました。地下街はあっという間にパニック状態に陥りました。なにしろ、足元を大量のゴキブリの大群が駆け抜けていくのです。考えただけでおっそろしいよね。何匹かは母親たちの靴や足に這い上がっています。だれもが足を交互に上げてゴキブリから逃れようと必死です。何人もの母親が震えながら登った椅子の上で助けを呼んでいます。コータはファストフード店のカウンターに腰掛けて、そんなホラー映画顔負けの絶叫シーンを面白がって眺めていました。

「虫のチカラってすごいよね」とコータ。「あんなチッコいゴキブリを怖がってどおするんだ。自分たちの方がよっぽど恐ろしいのに」。だけど、隣に座ったユカリは生きた心地がしません。ゴキブリって虫じゃないよ。なんか特別の生命体だよ、そう思わない？

「いくぞ」とコータが声をかけると、地下三階へ通じる非常階段へ向かいます。非常階段のドアを開け放し、ゴキブリの集団をこの階段から地下三階へ誘導しようという作戦です。

地下三階では、白いつなぎ姿の係員が蜜蝋で固まったコンピュータルームのドアを大きなバールを使ってこじ開けようとしていました。しかし、ドアはなかなか開きません。サーバーのことを考えると火力で焼ききることもできません。ひどく振動する電気ドリルも禁物です。

「サーバーを止めるわけにはいかない。しかし、クーラーも換気扇が止まっているので、このままではコンピュータルームの室温が上がってしまうぞ」と白いつなぎの面々はあせっています。

誰かが、このネバネバしたものはなんだとドアの隙間からかき出した蜜蝋を眺めています。

「至急、冷気をコンピュータルームへ流し込む手配をしろ」と命令が下されました。何人かのスタッフがクリーンルームから急いで離れていきます。末紀未来研究所の本部からは各方面に連絡が飛び、地下鉄工事などに使う送風機が手配され、マッケンビルへと向かいます。加えて、ビルの各階からホースで冷気を地下三階まで送る準備も始まりました。その頃には何十人ものスタッフが呼び寄せられ、ビル全体が大騒動の態をようしてきました。

巨大な送風機がトラクターに載せられマッケンビルへ走っていると、斥候蜜蜂からマーヤに連絡がありました。

「そんな送風機を排気孔に繋げられては、換気扇のクモの糸も吹き飛ばされるし、せっかく上がった室温も下がってしまう」とハナが心配そうにつぶやきました。

「送風機が到着する前に何とかしなければ」と、マーヤは蜜蜂全体に指令を出すと、上空に待機していたすべての蜜蜂が大きな河の流れのように排気孔から地下三階に飛び込んでいきます。

「コンピュータの熱で蜜蝋が溶けるのを待つ時間はないわ。どうしようマーヤ?」

「わたしたち蜜蜂には発熱のチカラがあることは知っているよね」

「たくさんの蜜蜂が囲ってつくるバリアの発熱で、スズメバチをも殺してしまうときいたわ」

「うん、蜂球という蜜蜂のバリアでサーバーを覆い、温度を上げてやるの。そうすれば少しくらい冷気を流されても蜜蝋は溶け出すはずよ」、そういうとマーヤも地下三階へ降りていきました。

コンピュータルームには蜜蝋で固められた巨大なコンピュータサーバーが何台も怒ったように稼働しています。マーヤの指令で、その蜜蝋をさらに覆うように、上空から応援にかりつけた蜜蜂がぎっしりとたかっていきます。蜜蜂の上に蜜蜂が何重にも重なり、まるで黒い絨毯でサーバーがそっくり包み込まれたようになりました。蜜蜂たちは一匹残らず全身を細かく震わせ、少しずつ蜂球の温度を上げています。

外では冷却ホースをコンピュータルームへ送り込もうと、係員たちが必死でドアをこじ開けています。送風機を載せた巨大なトラクターが駐車場ビルの入り口まで到着しました。これから送風機を排気孔まで運び込まなければなりません。

マーヤたちは必死で全身を震わせ、徐々にですが巨大な蜂球の温度を上げていきます。すでに下のほうに押し込められた蜜蜂は暑さでぐったりしています。それでも、なんとか発熱しようと頑張っているのです。

コータとユカリは急いで地下三階まで降りていきます。すると、閉まっているはずの地下三階の非常ドアが開いているではないですか。上の階の冷気を送り込むホースを通すために開け放たれたようです。「ラッキー」、ユカリとコータは口を合わせて小さく叫びました。あとはゴキブリのフェロモンを混ぜた蜜蝋を非常階段に塗って、ゴキブリの大群を、こちらへ導くだけです。

コンピュータルームでは蜜蝋がゆっくりと溶け始めてきました。マーヤは「もっともっと体温を上げろ」とみんなを激励します。自分たちの熱のせいで何千匹何万匹もの蜜蜂が、溶けた蜜蝋の中で息絶えました。それでも蜜蜂たちは全身を震わせて体温を上げ続けます。

蜜蝋はようやく溶解点に達したようです。少しずつ溶けた蜜蝋がコンピュータの中に流れ込んでいきました。熱いとろとろの蜜蝋が半導体の基盤に入り込み、熱暴走を誘います。コンピュータ全体が熱病にかかったように小さく震えてきました。震えはみるみる大きくなっていきます。

「もう少しだガンバレ」とマーヤは全蜜蜂に号令をかけます。

ドアがわずかに開き、その隙間からホースが差し込まれ、冷気がコンピュータルームへ流れ込んできました。ドアは少しずつ開いていきます。

「時間がないぞ、全員、最後のチカラを振りしぼってくれ」とマーヤ。すべての蜜蜂がカラダを震わせ発熱を続けました。間もなく、蜜蝋の流れ込んだコンピュータが狂ったように高熱を発し始めました。サーバーに何十倍何百倍もの負荷がかかり、さらに熱を上げます。数箇所で次々と熱暴走が起こり、次々と連鎖していきます。サーバールーム全体がオーブンのように熱を発し、すべてのコンピュータ回路がずたずたに焼き切られ停止するまでには、そう時間はかかりませんでした。コンピュータが停止するのと、ドアが開いて冷気が流れ込んだのは、ほぼ同時でした。

「退却！」とマーヤは命令しました。蜜蜂の大群のあるものはクモをくわえ、あるものは弱りきった蜜蜂を助けながら、大きく開いたクリーンルームのドアから通路に飛び出て、非常階段やエレベータースペースを抜け、一階のロビーまで上がっていきます。真っ黒な雲がどおっとクリーンルームから流れ出てきたのです。地下三階に集まってきたマッケンのスタッフたちは全員、腰を抜かさんばかりにびっくりしました。実際に何人ものスタッフは腰くだけで床に這いつくばっています。蜜蜂をたたき落そうとしたスタッフは刺されて悲鳴を上げています。

あっ、蜜蜂と入れ替わるように黒い集団が非常階段を這い降りてきました。まもなく地下三階では、コンピュータルームに突進するゴキブリたちが大騒動を巻き起こすこと間違いありません。ついに、蜜蜂とクモの仲間たち、そしてコータ、ユカリ、ハナの協力で、末紀未来研究所のコンピュータシステムを破壊することができました。完全に機能が停止してしまいました。大成功といって良いでしょう。しかし、この勝利のために、たくさんの蜜蜂が犠牲になったのです。「このことは決して忘れないぞ」と、こどもたちは話し合ったものです。

いっぽう夢の戦場では、イスタンブールのバーチャルに対して、カリタス軍は苦戦を強いられていました。何度も繰り返し攻撃が決行されましたが、いずれも失敗に終わり退却せざるをえませんでした。バーチャルはこちらの攻撃を読み取り、軍勢を倍増する作戦で反撃してくるのです。カリタスの仲間は攻撃するたびに増え続ける敵に疲れ果てました。圧倒的な勢力を誇るバーチャル軍に向かってなす術もありません。

「ハルやハーコを取り戻したのはいいけど、ハッサンたちに対する攻撃はひどくなってしまったみたい」と、モエは地上の仲間たちを心配しています。

「マッケン本部が機能停止になった以上、バーチャルはここを守るしかない。もう逃げ道はないから必死なのだ」とトムはいいます。

「世界中のバーチャルがイスタンブールに結集している感じだ」とリョウ。

「彼らも背水の陣なんだ。バーチャルを一網打尽にするにはもっと莫大なエネルギーが必要だ」

「そんなエネルギー、世界中のこどもたちが束になっても作れないでしょ」

「ううむ、そうじゃな。われわれの力ではムリだろう」とイソップ爺さんは素直に頷きます。

おいおい、そいつはないよ、何とかしてくれよとリョウは思いました。

「じゃあ、どうするの。このままオメオメ退却するしかないの?」とリョウ。

「いや、一つだけ手がある。星を動かすもの、つまり究極のエネルギーを扱うことができる神話の英雄たちに協力してもらうのじゃ。モエ、リトルプリンスとともにアテネへおもむき、神々に星星の力を束ねるよう依頼してくれんか。気難しい神々を説得できるのは、きみしかおらん」

いくらお話の世界というけど、相手は痩せても枯れても神さまや英雄たちでしょ。どこの馬の骨かもわからないような、あたしなんかのいうことをきいてくれると思えないわ、とモエは消極的でした。傍では、馬の骨ってことば、よく知っていたなあとリョウが感心しています。ところで、馬の骨ってなんだ？

ハルが「大丈夫だよ、モエが誠実に頼めば、神様だって仏様だってちゃんときいてくれると思うよ」と励ましてくれます。「そうだよ、モエってお願いじょうずじゃん」とハーコもちょっとワケのわかんない後押しをしました。「まあ、とりあえず、その方法しかないとしたら、行ってくるか」とモエは腰を上げました。リトルプリンスと一緒です、神様だってプリンスには一目置いているはずです。それに神さまに会ってみたいという好奇心もちょびっとあります。

アテネに着いたモエは、リトルプリンスの案内で詩人ホメロスに会うことができました。そこは、ギリシャの少年ファニスの夢の中です。彼は知的障害を抱えている十二歳の男の子ですが、だれにも負けないほどに広い夢の世界を持っています。何よりも素晴らしいのは、どんなものに対しても恐れや偏見、疑いや恨みを持っていないので、だれもが自由に彼の夢の中を行き来できるのです。素直な心を持ったこどもの夢ほど、みんなから歓迎されるものはありません。

詩人ホメロスは生まれつき視力を失った代わりに、膨大な量の物語を記憶して、唄う能力を与えられました。大切な物語を守るため、まっ先に夢の戦いに参戦したかったのですが、老齢のため叶わなかったのです。その夢の戦いでカリタスが劣勢だと知らされイライラしていたところに、イソップ爺さんから協力を求められたので心から喜びました。友人の英雄ユリシーズを通して、モエたちがオリンポスの神々に会えるよう手配してくれと要請があったのです。ここがわが出番とホメロスは東奔西走して、なんとかオリオンと会見できるよう取り付けたのです。

会見の場所であるアクロポリスに、神々を代表してオリオンが半獣半人のケンタウロスを従えやってきました。白いトーガを身につけ、燃えるような赤い髪を炎のように風になびかせています。小さなモエにとって見上げるほどに大きく逞しいカラダですが、目だけは優しく微笑んでいました。

オリオンがモエにたずねました。

「なぜ、われわれ神々が、人間のために力を貸さなければならないのか?」

「人間のためではなく、夢の世界のため、想像の世界、物語の世界のためにです」

「それらの世界は、人間たちがつくり上げたものではないのかな?」

「そもそも、夢の世界、夢の世界が支える物語の世界は、あなたがた神々の物語がその始まりです。世界の国々が、それぞれの神を持ち、それぞれの神話を語り続けてきました。わたしたち人間は、そんな神々の物語をなぞり、模倣することで、わたしたちの物語を語ってまいりました」

「そなたは人間たちの物語世界、想像の世界の源流は、われわれの神話だというのか?」

「そうです、初めに神々の英雄譚がなければ、わたしたちの間にはどんな物語もありえなかった。物語とは、現実世界から飛びたって、想像の世界に羽ばたくもの、夢の世界に息づくものです。バーチャルたちが夢の世界を封印することは、人間の内に生き続ける神々の物語を消し去ることと同じなのです。人間が生き続ける限り、神々の物語は語り続けられることでしょう。そのためにも、バーチャルを打ち破り、勝利することが重要なのです」

「そなたたち人間の夢が封印されることは、われわれ神々の物語の終焉を意味することなのか？」

「はい、いま神々が生き続けているのは、物語世界の中です。わたしたち人間の想像の領域においてなのです。それゆえに、カリタスを救うことは、神々の物語を救うことに他なりません」

「われわれは人間たちからはるか遠く、天空において輝いている。星星の神話というカタチになって輝いているではないか」

「それを語るものが人間なのです。それを受け止める場所が夢の空間なのです。人間の想像世界がなければ、語り継ぐこと、読み継がれることは不可能です。われわれ人間たちに敬われ、恐れられ、愛されることによって、神々の物語は長い歴史の中で生き続けてきたのです」

「夢の世界がなくなれば、神々の物語も途絶えてしまうのか？」

「そうです、われわれによって語り継がれ、読み継がれることで、神々は生き続けてきました。神々の物語を語り継ぐことで、わたしたち人間は、愛を知り、怒りや恐れをおぼえ、敬うこと、祈ることを身につけたのです。そして、それらすべてを、この夢の世界が支えてきたのです。語り継ぐ夢の世界がなければ、神々の星座もただの星の集まりでしかありません」

オリオンはモエの言葉を聞くと、しばらく熟考した後にケンタウロスへ何かを伝えました。

ケンタウロスは手にした金の杓を掲げると、天空の神々に賛否を問いました。やがて、天空の星星から幾条もの光が杓に降りてくるではありませんか。オリオンはその様子を確かめると、きっぱりと断言しました。

「わかった。チカラを貸すことにしよう」

そして、ケンタウロスに、星をつかさどる神々を招集するように伝えたのです。ヤッターとモエは小躍りしました。神様をあたしが説得できたんだ。あたし、えらい！ えらい！ とモエはガッツポーズを決めました。リトルプリンスが、そんなモエを見て笑っています。

幾つもの星が流れました。こどもたちは全員が手を繋ぎ、何重もの大きな円陣を組み、神々とここに戦う友だちのことを祈っています。

天空にはオリオンを中心に、ヘルクレス、ペルセウス、ケンタウロスが集まっていました。

リトルプリンスの傍らにはイワン王子がいます。神々の前で、さすがのリトルプリンスも神妙な顔をしていました。リトルプリンスが神々の英雄たちに語りかけます。

陽昇る東のオリオンよ、ヘルクレス、ペルセウス、ケンタウロスとともに星となり、
夢の中にて覚醒せよ。極北の一点に力を集めよ。
さあ星星のチカラを生起させ、宇宙の磁力重力引力を天空の中心に招来せよ。

天空の四方に位置した神々は、次々に星座へと変化すると、競うように自分たちの輝きを増していきます。天空はそれら星星の光に包まれ、煌々と輝きだしました。オリオン、ヘルクレス、ペルセウス、ケンタウロスを形づくる星星の輝きが膨れあがり、見つめていたこどもたちが眩しすぎて思わず目を閉じようとした瞬間です。とつぜん、星星から何本もの光が放たれ、長い光の糸を引きながら互いにとけ合い、結びあわされ、一つの巨大な光の流れをつくり上げました。神々の星座ごとに何本もの光の束が天空にうねりながら登っていきます。その幾本もの束は寄り添うように中心に集まり、一本の巨大な大河となりました。その光の大河はラセンを描き上へ上へ駆けあがるように勢いを増して登っていきます。やがてラセンは細く縮まり始めます。一本の直線へ変わると、一本の太い光の柱となって天空のはるか高みへと噴きあがっていくのです。
モエは、今までこんなにすごいエネルギーを経験したことはありません。天空全体が震えミシミシと音さえ立てているようです。リョウは光の柱を見ておじいちゃんちにある昇り竜という掛

け軸を想い出しました。そう、光の柱はまるで天空を駆け上る竜のようです。

リトルプリンスはイワン王子に促されると、ききなれない呪文をつぶやきました。すると光の柱は上昇を止めぴたりと静止しました。そして、光の柱が膨らみ始めるではないですか。あれあれと驚く間に、モエとリョウが見上げる空間を覆いつくすような光の天井が出来たのです。リトルプリンスがつぶやきました。


宇宙よ、神々よ、星星たちよ、果てしない天空よ、限りなく小さな小さな点となれ。


するとその今度は巨大な光の天井がみるみる縮んでいきます。光の広がりはやがて巨大な湖くらいになり、野球場くらいに縮まり、気球くらいになったかと思うと運動会の玉転がしの球くらいのサイズに急速に縮むと一瞬でカタチを失い光の点だけとなりました。さらには、光の明るさもトーンダウンするように次第に消えて暗黒の点になってしまったのです。

「あれは、ブラックホールなのか⁉」とイワン王子はつぶやきました。

まっ黒な点は雨粒のようにすーっと落ちていきます。小さいけれどそこの空間だけが震えているので存在はわかりました。磁気嵐のドームを軽々と潜り抜け、胞子爆弾もすり抜けて、ツタで覆われた地表をめがけて落下していきます。とつぜんでした、暗黒の点が地上に達したのでしょうか、落下地点からふわっと光の輪が広がったと思ったら、あたり一面、無限の輝きに覆われたのです。一瞬、全員が光の渦に巻き込まれ、視力を失いました。太陽を直接眺めてしまったあの眩しさに包まれたのです。すべてのものが形を失い、息を止め、時間を凍らせると、ふうっと蘇生を始め、息をゆっくりと吐くように再生していきます。淡い光の中からイスタンブールの街が次第に現れてきました。胞子爆弾も、ツタも、すべてがかき消されています。バーチャルのエネルギーがすべて暗黒の点に吸い取られてしまったようです。上空にあったスーパーセルもあとかたもなく消えています。

魔法から醒めたようなイスタンブールの街は、何事もなかったように忙しい朝を迎えています。バーチャルにコントロールされていた人間たちは、その記憶もすっかり消し去られたのでしょう、いつもの生活に戻っていました。男たちは街頭で珈琲を飲み、女たちは家庭でパンを焼き、こどもたちは学校の支度を始めています。

天空に歓声がわき起こりました。

ギリシャの神々はすでに姿が見えません。それぞれの故郷へ朝の光とともに去っていったようです。

リトルプリンスはイワン王子の腕の中でぐったりとしています。

「夢の世界のエネルギーをあるだけすべてつぎ込んだのだから、ムリもない」とイワン王子が

すべてのものが形を失い
息を止め、
時間を凍らせ
そして
息をゆっくりと吐くように
再生していきます。
淡い光の中から
イスタンブールの街が
次第に現れてきました。

プリンスに頭を下げ一礼をしました。

神々の攻撃が始まる数分前の出来事です。

ハルは、オリオンが星星の神たちを集めている時から、神々たちの作戦が成功したらトモダチはどうなってしまうのかと、心配でなりませんでした。バーチャルのネットワークを破壊することはトモダチの居場所をなくしてしまうことになるはずです。そんなことを気に病んで、ギリシャから戻ってきたモエにすぐさま相談すると「今のうちに、トモダチをこちらへ呼ぼうよ」というではありませんか。

「そんなこと、できるかしら」とハル。

「トモダチとあれだけ交信できたのだから、ふたりでガンバればできると思う。こんどは、あたしたちがトモダチを助ける番だよ」とモエがいいました。確かに、トモダチとの交信の力は日に日に成長しています。ここから二人で呼びかけるなら、わたしたちの夢の通路をトモダチへと繋ぐことができるかもしれません。神々の作戦が実行される前に、トモダチを夢の通路へ導く必要があります。さあ、トモダチを想うのよ、とモエはハルの手を取って念に集中し始めました。ハルもすぐさまトモダチの声を思い出しながら集中し始めます。

二人の想いが矢のようにぐんぐんと突き進んでいるイメージが体感できました。親友のモエとハルの絆が素晴らしい力をもたらしてくれるようです。星星が竜巻のようにうねり巻き上がっていく様を見ながら、二人の意識もしっかりと合わさって力を増していきます。どれほど経ったでしょうか、ふっとトモダチの声がきこえたような気がしました。遠い何かにコダマしているような響き。ハルには、最初にトモダチの声がきこえたあの懐かしい感覚が蘇ります。そのかすかな手がかりに向けて、「トモダチ、逃げる。わたしたちの夢の通路へ逃げる」と念じます。モエも何かを感じたようで、目で合図をしてきました。

神々の力によって星星のエネルギーが天空を覆った時です。モエとハルは、ふたりの意識が一つとなり、とてつもなく大きな力に包まれ、自分たちの意識が天空と同じように一挙に広がったと感じました。その時、一瞬ですが、トモダチの感覚が近づいて、ふたりの意識を何かが通り過ぎた気がしたのです。ハルはあっと声に出しました。モエもハルを見つめて頷きます。ただ、それっきりトモダチの気配はいっさい消えてしまいました。

「トモダチ、逃げ出すことができたかもしれない」とモエがいいます。

「何かがわたしを駆け抜けていったのは確かだよ」とハル。

「あれがトモダチだったらいいけどね」とモエが答えました。そう、あれは、きっとトモダチだった。どこか、わたしたちが知らない場所へ逃げて、隠れてしまったような気がします。この最終作戦で、トモダチは、わたしたちに裏切られたと感じているのでしょうか。まだ、友だちだと思ってくれているのでしょうか。そして、いつかまた、わたしたちに交信してくるのでしょうか。ハルはこれからも毎日、トモダチへ交信を続けようと決めました。ひとりぽっちのトモダチ、わたしはここでいつもきみを待っているよ。

そんなハルの気持ちに応えたかのように、流星が一つ、地上へ落ちていきました。わたしたちは、こどもたちは、一つになることでバーチャルとの戦いに勝つことができました。モエ、リョウ、ハル、ユカリ、ハーコ、コウタ、ハナ、それから、あのトモダチ。

モエは、こどもたち全員が手をつないで祈ったあの時、ハルとトモダチを想ったあの時、一瞬に広がった光の風景を思い出しています。あれは、これまでに体験したことのない広がりであり感動でした。まったく新しい意識が誕生した感覚、これまで見たことのない世界が見えた驚き、わたしたち全員が夢のネットワークで一つに結ばれた、と思えたのです。

人類全体を一人の人間に喩えるなら、わたしたち一人一人が、その人間の細胞一つ一つであるのだという思いしました。わたしたちの夢のネットワーク全体が、一つになった感じ、一つの命に結ばれた確信。そう、あの時までは、意識は未熟で統一されておらず、幼い嬰児の段階であったといっていいかもしれません。例えば、生まれたての赤ちゃんは、目や耳や口や指先での感覚を、ばらばらにしか感じとることしかできないでしょ。それが私という一人の人間のものだとは知らないし、快不快でしか感じることができなくて、感覚それぞれの関係を理解できていない。あの時までは、わたしたちはこの赤ちゃん段階《レベル》だったのかもしれません。でも、あの一瞬、結びついたという思いがぐんと広がっていく感動があったのは確かです。赤ちゃんは「鏡」に映る自分の姿を見ることで、ばらばらだった五感が一人の人間のものと認識できて、初めて自我に気づくらしい。わたしたちは、この戦いでバーチャルという「鏡」を与えられたのかもしれない。ユメのイクサを通して、友だちという新しい共通の意識が芽生え、こどもという新しい主体が覚醒しはじめたのかもしれない。それは、夢の通路で結ばれたこどもだけのチカラ。それは、あのトモダチみたいに、未来のために生まれたチカラかもしれません。そして、いつか、わたしたちこどもがそのチカラを武器に、新たなバーチャルたちへ、目の前のこと、自分たちのことしか考えない大人たちへ、敢然と立ち向かうことができるはず。そのためには、これからも夢見るチカラを磨いていくしかないのです。こどもがこどもでいるには、夢見るチカラがぜったい必要なのです。ね、そう思わない？

　リョウは思いました。残念だけど、ボクたちはこれから否応なく大人になってしまう。だからこそ、ボクたちはこの夢見るチカラを忘れちゃいけないんだ。こどもの夢を一つ一つ忘れていくことが大人になることなら、大人なんかにゼッタイなりたくない。遊びは楽しい！　お菓子は美味しい！　何があってもこどもの夢は死守するぞ。夢見るチカラを、ボクたちの後に続くこどもらへしっかりと伝えるために大人になるのでなくては、大人になる意味がないよ。こどもという宝を次のこどもたちへ手渡すために、ボクたちは大人になるのだと思いました。そのためにも、夢見るチカラを決して手放さないぞ、と背中の剣にかけて誓ったものです。

桑原康一郎　1948 年　東京生まれ

ユメのイクサ

2024 年 9 月 6 日　第 1 刷発行

著　者　　　桑原康一郎

発行人　　　大杉　剛
発行所　　　株式会社 風詠社
〒 553-0001　大阪市福島区海老江 5-2-2 大拓ビル 5 - 7 階
Tel 06（6136）8657　https://fueisha.com/
発売元　　　株式会社 星雲社（共同出版社・流通責任出版社）
〒 112-0005　東京都文京区水道 1-3-30
Tel 03（3868）3275
装丁・デザイン　桑原康一郎
本紙写真　　桑原萌羽　アドビ・ストック
印刷・製本　シナノ印刷株式会社

ISBN978-4-434-33983-7 C0093